Братья Карамазовы 2

푸른숲
징검다리
클래식
029

카라마조프 집안의 형제들 2

Братья Карамазовы 2

표도르 M. 도스토옙스키 지음

서상범 옮김

푸른숲주니어

'푸른숲 징검다리 클래식'을 펴내며

어린 시절, 할머니께서 조근조근 들려주시던 옛날이야기는 새로운 세상과 통하는 작은 창이었다. 상상의 날개를 달고 떠나는 창 너머 세상으로의 여행은 들어도 들어도 질리지 않는 재미와 마음속 깊은 곳을 울리는 감동을 선사해 주곤 했다. 그뿐 아니라 우리의 삶을 어떻게 꾸려 가야 하는지 곰곰이 생각해 보게 하는 지혜를 가르쳐 주었다. 말하자면 우리는 그 이야기들을 통해 '삶'을 배운 셈이다.

우리가 문학 작품을 읽어야 하는 까닭 또한 '삶을 배운다'는 점에서 크게 다르지 않다. 우리는 한 편 한 편의 문학 작품을 만나 사랑을 배우고, 우정을 배우고, 진실을 배우고, 지혜를 배운다.

그런 점에서 '푸른숲 징검다리 클래식'은 참 의미가 깊다. 오랜 세월을 거치며 각 나라의 문학사에 확고히 자리매김한 작품들을 한데 모았기 때문이다. 문학을 사랑하는 사람들이 즐겨 읽어 세계적인 명저로 일컬어지는 작품들……. 이를테면 우리 부모 세대, 아니 그 이전 세대부터 즐겨 읽었던 작품들로 많은 이들에게 삶의 의미와 가치를 일러주고, 또 '인생'이란 망망대해에서 등대 역할을 담당했던 것들이다.

세월이 흘러 사람들이 사는 모습도 달라지고 생각도 달라졌다. 그러나 시대와 장소를 뛰어넘어 변하지 않는 것이 있다. 바로 '삶' 이다. 사람이 있는 곳이라면 어디든지 존재하는 삶은 항상 저마다 의 무게를 떠안고 있다. 그 무게는 진실이라는 옷을 입고 문학 작품 속에 영원한 생명을 불어넣는다. 우리는 그것을 '고전'이라 부른다.

그러나 제아무리 훌륭한 고전이라 해도 독자가 읽고 소화할 수 없다면 아무런 소용이 없다. 지나치게 방대한 분량과 길고 어려운 문장은 책을 읽으려는 청소년들의 의지를 꺾을 뿐 아니라 좌절감 마저 불러일으킨다.

'푸른숲 징검다리 클래식'은 바로 그러한 점을 염두에 두고 기획 된 세계 명작 시리즈이다. 작품이 본디 지닌 맛과 재미를 고스란히 살리면서 우리 청소년들이 읽고 소화하기 쉽게 글을 다듬었다.

그리고 본문 뒤에는 현직 국어 교사들이 직접 쓴 해설을 붙였다. 작가나 작품에 대한 풍부한 설명은 물론, 그 작품들이 지니고 있는 현재적 의미까지 상세하게 짚어 보이고 있다. 아울러 해설 곳곳에 관련 정보를 담은 팁과 시각 자료를 배치해, 읽는 재미를 넘어 보는 재미까지 만끽할 수 있도록 했다.

아무쪼록 '푸른숲 징검다리 클래식'을 통해 우리 청소년들의 삶 이 더욱더 깊고 풍성해지기를……

2006년 4월
기획위원 강혜원·계득성·전종옥·송수진

| 차례 |

제 1 6 장
조시마 신부, 생애 마지막 날

알렉세이는 조시마 신부의 암자에 들어서면서 놀라움을 감추지 못했다. 의식을 잃은 채 사경을 헤맬 줄 알았던 신부가 명랑하게 사람들과 담소를 나누고 있었기 때문이다. 마지막이 될지도 모르는 그 자리에는 이오시프 신부와 파이시 신부, 견습 수사 포르피리 등 오랫동안 그에게 헌신해 온 벗들이 모여 있었다. 이미 땅거미가 내려앉기 시작한 터라, 방 안에는 램프와 양초가 환하게 불을 밝히고 있었다.

알렉세이가 당황한 표정으로 들어서자, 조시마 신부가 미소를 지으며 손을 내밀었다.

"어서 오너라, 알렉세이! 네가 올 줄 알았다."

알렉세이는 그에게 다가가 고개를 깊이 숙이고 절을 하다가 갑자기 울컥하고 치밀어 오르는 슬픔 때문에 그만 눈물을 보이고 말았다.

"왜 그러느냐? 울지 마라. 이렇게 좋은 이들과 이야기를 나누고 있으니 앞으로 몇 십 년은 더 살 수 있을 것 같구나."

신부는 미소 띤 얼굴로 나지막이 말했다.

"그래, 집에 가서 형은 만나 보았니?"

알렉세이는 조시마 신부가 형에 대해 연거푸 얘기하는 것이 마음에 걸렸다. 어제도 두 형의 곁에 머물라고 신신당부하지 않았던가.

'어느 형을 말하는 걸까?'

알렉세이가 속으로 중얼거리자, 마치 듣기라도 한 듯이 조시마 신부가 답했다.

"어제 내가 큰절을 했던 네 큰형 말이다."

"오늘은 만나지 못했습니다."

"내일은 꼭 만나 보렴. 만사 제쳐 두고 꼭 만나야 해. 그래야 끔찍한 일을 막을 수 있어. 나는 어제 네 형이 앞으로 겪게 될 고통 앞에 절을 한 것이란다."

알렉세이는 잠시 생각에 잠겼다. 도무지 이해할 수가 없었다.

"신부님, 저는 잘 모르겠습니다. 큰형이 겪게 될 고통이란 게 도대체 무엇입니까?"

"어제 그를 보는 순간, 무언가 큰일을 저지르고서 고통스러운 운명과 맞닥뜨리겠다는 생각이 들더구나. 전에도 몇 번인가 그런 표정을 하고 있는 사람들을 본 적이 있지. 슬프게도 그들의 운명은 내 짐작대로 되고 말았어. 네가 형에게 도움이 될 것 같아서 일부러 보냈는데……."

신부는 부드러운 미소를 지으면서 말을 이었다.

"내 사랑스러운 아들아, 너는 이곳에서 나가 속세에 살더라도 수사와 같은 삶을 살 거다. 더러 시기하는 사람도 있겠지만 결국엔 모두가 너를 사랑하게 될 거야. 너는 불행 속에서도 행복을 찾을 수 있는 힘을 지녔단다. 다른 이들이 자신의 삶을 축복할 수 있도록 도와주어라. 너는 그럴 수 있어."

조시마 신부는 감동에 젖은 듯한 얼굴로 좌중을 둘러보며 말했다.

"신부님들, 내가 어째서 이 청년을 이토록 사랑하는지 이야기하려 합니다. 잘 들어 주십시오.

내겐 형님이 한 분 계셨습니다. 형님은 열일곱이란 꽃다운 나이에 세상을 떠났지요. 그 뒤로 오랜 시간을 살아오면서, 차츰 나는 형님이 내 운명의 지표 같은 존재였다는 것을 깨달았습니다. 만약 형님이 없었다면 나는 결코 수사 신부가 되지 못했을 테니까요.

그런데 인생의 황혼기에 이르러, 형님의 모습을 다시 보았습니다. 바로 알렉세이를 통해서 말이지요. 비록 얼굴은 형님과 비슷하지 않지만, 정신적인 면에서는 무척 닮았습니다. 알렉세이를 보는 순간, 내 인생의 말년에 어떤 영감을 주려고 형님이 다시 찾아온 건 아닐까, 하고 착각했을 정도니까요."

조시마 신부가 생애 마지막 날, 자신의 곁에 있던 사람들에게 한 이야기는 그 일부가 기록으로 남아 있었다. 신부가 죽고 난 후, 알렉세이가 그를 추모하기 위해 기록해 둔 것이었다. 그것이 그 당시 이야기한 내용 그대로인지, 아니면 알렉세이가 그전에 신부와 나누었던 이야기를 바탕으로 기록한 것인지는 정확하지 않다. 다만 여기서는 그 기록을 근거로 조시마 신부의 삶을 정리해 보도록 하겠다.

조시마는 변변치 않은 귀족 가문에서 태어났다. 두 살 때 아버지를 여의고 홀어머니 밑에서 형과 함께 자랐다. 조시마보다 여덟 살이 많았던 형 마르켈은 착한 성품이었으나 예민하고 냉소적이었으며, 이상할 정도로 말이 없었다. 마르켈이 열일곱 살이 되던 해에 꽤나 명망 있는 철학자가 정치적인 이유로 그 마을로 유배를 왔다. 마르켈은 겨우내 그 집에 드나들면서 정신적으로 깊은 영향을 받았다. 그 후로, 어머니의 독실한 신앙심을 비웃으며 이렇게 말하곤 했다.

"모두 다 소용없어. 신은 절대로 없다고."

4월 무렵, 마르켈의 몸에 이상한 징후가 나타나기 시작했다. 의사가 진찰을 하더니 급성 결핵에 걸려 봄을 넘기기 힘들 거라고 말했다. 어머니는 큰 충격에 빠져서 눈물을 흘리며 미사를 드리고 영성체를 받으라고 부탁했다. 마르켈은 처음에 화를 냈지만, 자신이 곧 죽을 것이라는 사실을 알게 되자 차츰 심경의 변화를 보였다. 미사를 드리면서 그 자신도 깜짝 놀랄 만큼 신앙심이 돈독해졌던 것이다.

그의 영혼은 이내 신에 대한 사랑으로 가득 차올랐다. 기도를 시작한 다음부터는 늘 온화하고 맑은 얼굴로 미소를 지으며 사람들을 맞았다. 어머니는 변해 버린 아들의 모습이 반가우면서도 죽을 날이 가까워져서 그러는 거라며 눈물을 쏟곤 했다. 그는 어머니를 위로했다.

"어머니, 울지 마세요. 아직 전 살아가야 할 날이 많이 남았어요. 남은 삶을 가족과 기쁨을 나누며 살고 싶어요. 삶은 즐겁고 기쁜 것이니까요. 울지 마세요, 어머니. 삶은 곧 천국이잖아요. 우리는 모두 천국에 있는 거예요."

마르켈의 말은 지금껏 그를 알아 왔던 사람들을 놀라게 하기에 충분했다. 그는 자신을 찾아온 이들에게 이렇게 말했다.

"여러분, 내가 여러분에게 무슨 일을 했다고 이토록 사랑해 주는 겁니까? 왜 나 같은 놈을 사랑하는 거죠? 예전에는 아무것도 몰랐습니다. 몰랐으니 감사히 여기지도 못했지요."

또 하인들이 방에 들어오면 이렇게 말해서 놀라게 했다.

"무엇 때문에 나한테 이렇게 잘해 주는 건가요? 내가 이런 대접을 받을 자격이 있나요? 만약 하느님께서 나를 불쌍히 여기시어 계속 살게 해 주신다면, 남은 삶은 여러분에게 봉사를 하겠습니다. 왜냐하면 우리는 서로서로에게 봉사해야 하기 때문이지요."

하루는 그의 침대 곁에 앉아 그를 돌보던 어머니의 손을 잡고 말했다.

"어머니, 우리는 모두 죄인이에요. 이걸 어떻게 설명해야 할지 모르겠지만……, 아무튼 누구든 다른 사람 앞에서 죄인이라는 걸 뼈저리게 느끼고 있어요. 지금껏 왜 이 사실을 깨닫지 못하고 화만 내면서 살았을까요? 세상은 온통 하느님의 영광으로 가득 차 있어요. 사람들뿐만 아니라 새도, 나무도, 하늘도. 그런데 저는 이런 아름다움과 영광은 쳐다볼 생각조차 안 하고 치욕 속에서 살아온 거예요."

그가 눈물을 흘리자, 어머니 역시 눈물을 보이며 아들을 품에 안았다.

"얘야, 세상의 모든 죄를 네 탓으로 돌리는구나. 세상에 흉악하고 무서운 죄인들이 얼마나 많은데, 무엇 때문에 너 자신을 그렇게 비난하고 슬퍼하는 거니?"

"어머니, 지금 저는 슬퍼서 우는 게 아니에요. 진실로 기쁘기 때문이에요. 아, 이 마음을 뭐라고 표현해야 할지……. 제가 사람들에게 죄를 지었다고 고백한다면 그들은 기꺼이 저를 용서해 주겠죠? 그것이 바로 천국이 아닐까요?”

황혼이 방 안을 물들이던 어느 날 저녁, 조시마는 마르켈이 혼자 앉아 있는 방으로 들어갔다. 마르켈은 손짓으로 조시마를 부르더니 사랑이 가득한 눈빛으로 한참 동안 바라보았다. 마침내 그가 입을 열었다.

“내 몫까지 살아 주길 바란다! 그리고 하느님이 창조하신 모든 피조물들을 사랑하렴. 자, 이제 맘껏 뛰어 놀아라.”

조시마는 그날의 일을 떠올릴 때마다 눈물을 흘리곤 했다. 그리고 살아가는 동안 형이 했던 말들을 두고두고 되새겼다.

부활절이 지나고 몇 주 후, 마르켈은 세상을 떠났다. 그는 마지막까지도 의식이 또렷했으며, 즐겁고 행복한 미소를 잃지 않았다.

조시마의 삶에 커다란 영향을 미친 것 중 또 하나는 성경이었다. 그는 아름다운 그림이 그려진 어린이판 성경책으로 글을 배웠는데, 그 전에 이미 정신적 감화를 경험했다. 여덟 살 무렵, 어머니와 함께 미사에 참석했을 때였다. 그는 햇살 가득한 교회에 앉아서, 향 연기가 뽀얗게 물결을 그리며 천장으로 올라가다가 스르르 녹아 사라지는 모습을 바라보고 있었다. 그런데 어느 순간 알 수 없는 감동이 온몸을 휘감았다. 그는 태어나서 처음으로 하느님의 말씀을 읽는다는 것이 무엇인지 이해했고, 그 말씀을 영혼으로 받아들였다.

그는 성경이야말로 인간에 대한 하느님의 사랑이 고스란히 담긴 책이라고 여겼다. 그렇기에 그 속에 담긴 하느님의 사랑을 깨닫지 못하는 사람들을 볼 때마다 가슴속 깊은 곳에서 가여운 마음이 일곤 했다.

하지만 조시마의 성경에 대한 믿음과 사랑이 평생토록 한결같았던 것은 아니다. 형이 죽고 난 후, 조시마의 어머니는 아들의 장래를 위해 그를 상트페테르부르크의 사관학교에 보냈다. 그곳에서 소년기와 청년기를 보내면서, 그는 여느 학생들과 마찬가지로 성경이나 종교적 수행과는 담을 쌓았다. 사관학교를 졸업하고 장교가 되었을 때에는 지나친 음주와 방탕한 생활에 빠진 채 만용을 부리며 지냈다. 참으로 신기한 점은, 그런 생활 속에서도 어디를 가든 성경은 꼭 지니고 다녔다는 것이다. 물론 한 번도 펴 보지는 않았지만.

장교로 부임한 지 사 년가량 되었을 무렵, 그는 당시 부대가 있던 마을에서 한 여인을 알게 되었다. 아름답고 총명한 여인이 상냥하게 대하자, 그는 곧바로 사랑에 빠져 버렸다. 아니, 사랑에 빠졌다고 믿었다. 한참 뒤에야 자신이 그녀를 진짜로 사랑한 것이 아니었다는 사실을 깨달았다. 그저 해맑고 고귀한 성격과 명망 있는 그녀의 가문을 존경했을 뿐이었던 것이다. 하지만 그

당시에는 그녀를 향한 사랑이 활활 타오르고 있었기에 조만간 그녀에게 청혼을 하리라 마음먹고 있었다.

그러나 조시마가 다른 마을로 두 달 동안 파견을 나간 사이에 그녀는 그 마을의 젊은 지주와 결혼을 하고 말았다. 그 남자는 훌륭한 가문에서 자라나 상류 사회에 좋은 연줄도 있을뿐더러 성격도 매우 온화한 사람이었다. 그는 그녀가 이미 오래전에 그 남자와 약혼했다는 사실을 알고 뒤늦게 큰 충격을 받았다. 그녀의 집에서 그 약혼자를 몇 번인가 맞닥뜨리기도 했지만, 자기 잘난 맛에 취해 있다 보니 아무것도 눈치채지 못했다.

'아니, 모두들 알고 있었는데 어떻게 나만 모르고 있었지? 다들 알고 있었으면서, 아무도 나를 말리지 않았다니!'

그는 자신이 비웃음거리가 되었다는 생각에 참을 수 없는 모욕감과 질투심을 느꼈다. 그 치욕을 반드시 되갚아 주고 싶었다. 결국 그는 어느 모임에서 그녀의 남편에게 아주 사소한 시비를 걸어 모욕하고 결투를 신청하기에 이르렀다.

결투를 하루 앞둔 날 저녁, 조시마는 술에 잔뜩 취한 채 숙소로 돌아와서는 자신의 시중을 들고 있는 당번병의 얼굴을 아무 이유 없이 힘껏 후려갈겨 피투성이로 만들었다. 그러고는 쓰러지듯 잠이 들었다가 세 시간쯤 후에 깨어났다. 어느새 날이 밝아 오고 있었다. 그는 창문 쪽으로 다가가 창문을 열었다. 창밖으로 펼쳐진 아름다운 풍경과 생기 있게 지저귀는 새들을 보자 알 수 없는 부끄러움이 치밀어 올랐다.

'이 느낌은 무얼까? 왜 이런 치욕감과 저열함이 느껴지는 걸까? 죽음이 두려워서? 아니, 그것은 아니다……'

그는 곧 무엇이 문제인지 깨달았다. 어젯밤에 자신이 당번병을 때린 것 때문이었다. 사람이 사람을, 마치 짐승처럼 잔혹하게 때린 것이었다! 순간 날카로운 무언가가 자신의 영혼을 찌르는 듯한 아픔이 느껴졌다. 그는 침대 위에 쓰러져 두 손으로 얼굴을 가리고 흐느껴 울기 시작했다. 그 순간 형 마르켈이 죽음을 앞두고 사람들에게 했던 말들이 떠올랐다.

"무엇 때문에 나한테 이렇게 잘해 주는 건가요? 내가 이런 대접을 받을 자격이 있나요? 내가 무슨 일을 했다고 이토록 사랑해 주는 겁니까? 사람은 누구나 다른 사람 앞에서 죄인입니다. 지금껏 그것을 모르고 있었을 뿐입니다."

그러자 갑자기 진리가 한 줄기 빛처럼 나타났다.

'나야말로 누구보다 더 많은 죄를 지었으며, 그 누구보다 더 나쁜 사람이다! 내가 지금 무슨 짓을 하려는 거지? 아무 잘못도 없는 선량하고 고귀한 사람을 죽이고, 그의 부인의 행복을 빼앗아 고통 속으로 몰아넣으려는 게 아닌가!'

조시마는 침대에 얼굴을 파묻고 한참 동안 엎드려 있었다. 그때 결투에서 입회인이 되어 주기로 했던 동료가 그를 데리러 왔다. 그는 마차를 타러 나가다가 돌연 우뚝 멈춰 섰다.

"여기서 잠깐 기다리게. 집에 두고 온 게 있어."

그는 동료를 기다리게 한 뒤, 당번병의 방으로 뛰어 들어가 이렇게 말했다.

"어제 심하게 때려서 정말 미안하네. 나를 용서해 주게."

그는 그것으로도 부족하다 싶어서 이마가 땅에 닿도록 발밑에 엎드려 용서를 빌었다. 당번병은 몹시 놀라서 쩔쩔맸다.

"대, 대위님, 어떻게……. 아니, 제가 무슨 자격으로……."

당번병은 감격에 찬 울음을 터뜨렸다.

조시마는 마음 가득 환희를 느끼며 결투 장소로 향했다. 결투 상대는 이미 자리를 잡고 서 있었고, 주위에 결투를 보러 온 동료들이 모여 있었다. 그는 미소를 지으며 상대를 마주 보고 섰다. 그러자 상대가 재빨리 총을 쐈다. 다행히 총알은 그의 뺨을 살짝 스치고 지나갔다. 그가 소리쳤다.

"천만다행입니다! 사람을 죽이지 않았으니까요."

그러더니 자신의 권총을 숲 속으로 휙 내던지고는 상대에게 다가가 말했다.

"나를 용서해 주십시오. 나의 잘못된 생각으로 당신을 모욕한 것도 모자라 총까지 쏘게 했습니다."

그러자 상대는 화를 벌컥 냈다.

"뭐라고? 대체 이게 무슨 수작이오? 싸울 마음도 없으면서 결투를 신청했던 거요?"

"어제는 한량없이 어리석었지만, 오늘은 다행히 영리해졌기 때문입니다."

"도대체 무슨 뜻인지 모르겠군요. 정말로 쏘지 않을 거요?"

"쏘지 않겠습니다."

그러자 그의 동료들이 황당해 하며 소리쳤다.

"이보게, 이게 무슨 짓이야? 결투선 앞에서 용서를 구하다니, 이럴 줄은 몰랐네!"

조시마는 동료들을 돌아보며 말했다.

"나의 어리석음을 깨닫고 잘못을 공개적으로 사죄하는 일이 그렇게 놀랄 일인가?"

"그렇지만 왜 하필이면 결투선 앞에서 그러는 건가?"

"그럼 내가 여기에 오자마자, 저분이 총을 발사하기 전에 용서를 구해야 했나? 그랬다면 모두들 나를 겁쟁이라고 손가락질하고, 내 말은 들으려 하지 않았겠지. 하지만 내가 저분의 총탄을 견뎌 냈으니, 이제 비로소 내 말이 의미를 지닐 수 있지 않겠나?"

그는 그 자리에 모인 사람들을 둘러보며 말을 이었다.

"여러분, 주위를 보십시오. 청명한 하늘, 신선한 공기, 작은 새들……, 자연은 이토록 아름답고 순결합니다. 그런데 우리는 너무나 어리석어서 인생이 천국이라는 사실을 모르고 있습니다. 우리가 이해하려고만 한다면 당장 천국은 그 아름다움을 발할 것입니다······."

그는 더 이상 말을 이을 수가 없었다. 알 수 없는 행복감이 가슴속을 가득 채웠다.

"당신은 독특한 사람이군요."

결투 상대가 미소를 지으며 말했다.

"비웃어도 좋습니다. 그래도 나중에는 칭찬을 하실 겁니다."

"아니, 지금이라도 얼마든지 칭찬할 수 있습니다. 당신은 정말 진실한 사람인 것 같으니까요. 자, 당신에게 악수를 청합니다."

결투 상대는 손을 내밀었다.

"지금은 아닙니다. 나중에 내가 더 좋은 사람이 되어 존경을 받을 자격이 생기면 그때 손을 내밀어 주십시오."

결투는 그렇게 끝이 났다. 조시마는 결투를 구경하러 온 동료들 앞에서 지금 당장 퇴역 신청을 하고 수도원에 들어가겠다고 선언했다. 동료들은 그의 결정을 의아해 했지만, 이내 박수를 보내고 응원해 주었다.

조시마의 결투 사건은 당시 사교계에서 꽤 흥미로운 이야깃거리로 여러 사람들의 입에 오르내렸다. 퇴역 신청을 하고, 그것이 처리되기를 기다리는 동안 그는 이런저런 모임에 초대를 받았다. 그가 있는 자리에서는 누구나 결투 사건을 이야기하며 웃고 떠들었다.

어느 날, 한 모임에서 또다시 그의 이야기가 화제에 올랐다.

"아니, 어떻게 내가 모든 사람에게 죄인이라는 거죠?"

누군가 물었다.

"이걸 어떻게 설명해야 여러분이 이해할 수 있을지 모르겠군요. 나는 평생에 딱 한 번 참된 행동을 했는데, 이렇게 여러분의 비웃음거리가 됐으니까요."

그러자 젊은 부인들 중 한 사람이 일어나 그에게 다가왔다. 조시마가 한때 신붓감으로 생각했던 바로 그 여인이었다. 그는 그녀의 등장에 깜짝 놀랐다. 그녀는 손을 내밀며 말했다.

"내가 당신을 비웃지 않는 첫 번째 사람이라는 걸 꼭 말하고 싶어요. 나는 당신에게 감사드리며 당신의 행동에 존경을 표합니다."

그러자 그녀의 남편이 다가왔고, 이어 모두가 그의 곁으로 다가와 그에게 존경을 표했다. 그 사람들 중 유난히 눈에 띄는 중년의 신사가 있었다. 한 번도 인사를 나눈 적이 없었지만 뭔가를 이야기하려는 듯한 간절한 눈빛이 조시마의 눈길을 사로잡았다.

그 신사는 그 지역의 사람들에게 존경받는 부유한 관리이자 자선가였다. 나이는 쉰 살가량 되었으며 진중한 인상에 말이 없는 편이었다. 십 년 전 자신보다 훨씬 젊은 여인과 결혼하여 세 아이를 두고 있었다. 놀랍게도 그 신사가 다음 날 조시마를 찾아왔다.

"나는 여러 모임에서 당신의 결투 이야기를 듣고 굉장한 호기심을 갖게 되었습니다. 당신과 개인적으로 인사를 나누고 좀 더 많은 이야기를 나누고 싶어서 이렇게 찾아왔는데……, 괜찮겠습니까?"

조시마는 그의 예기치 못한 방문에 무척 놀랐다. 그러면서도 한편으로는 다른 사람에게서는 찾아볼 수 없는 진지하고 공손한 태도에 강한 신뢰와 호기심을 느꼈다.

"괜찮다마다요. 더할 나위 없이 영광입니다."

"당신은 참으로 대단한 분입니다. 자신이 옳다고 믿는 일을 위해서 위험을 무릅쓰고 사람들의 경멸도 감수했으니까요. 그렇게 하는 것은 생각보다 훨씬 더 어려운 일이지요. 그것을 알기 때문에 당신의 행동에 큰 충격을 받았고, 당신을 만나고 싶었습니다. 괜찮다면, 결투에서 용서를 빌기로 마음먹은 그 순간에 당신이 무엇을 느꼈는지 얘기해 줄 수 있습니까? 그것이 왜 궁금한지는 묻지 말아 주십시오. 하느님께서 우리를 더욱 가까이 이어 주신다면 반드시 설명할 날이 올 테니까요."

신사는 조시마의 얼굴을 뚫어져라 바라보며 이야기를 했다.

"그 얘기를 하자면, 아주 처음부터 말씀드려야 합니다."

조시마는 결투 전날 당번병과 있었던 일부터 시작하여 결투를 하러 가기까지의 과정을 자세히 이야기해 주었다.

"이미 집에서 첫걸음을 내딛었기 때문에 그다음부터는 모든 일이 어렵기는커녕 기쁘고 즐거웠던 겁니다."

조시마가 이야기를 마치며 신사를 바라보았는데, 그의 얼굴
이 무척 평온해 보였다.

"정말 흥미로운 얘기로군요. 내일 다시 와서 당신과 더 많은
이야기를 나눠 보고 싶습니다. 괜찮겠지요?"

그날 이후 신사는 매일 저녁 조시마를 찾아왔다. 그는 자신의
이야기는 거의 하지 않았고, 자신이 궁금한 것을 캐묻거나 조시
마가 하는 이야기를 듣고만 있었다. 조시마는 그런 점을 이상하
게 생각했지만 크게 마음 쓰지 않았다. 오히려 신사의 겸손함과
현명함 때문에 그를 좋아하게 되었다.

신사가 조시마를 찾아온 지 거의 한 달쯤 되었을 무렵이었다.
평소처럼 열렬하게 이야기를 나눈 뒤 잠시 어색한 침묵이 흘렀
다. 갑자기 신사가 새하얗게 질린 얼굴로 조시마를 바라보았다.

"아니, 왜 그러십니까? 어디 불편하세요?"

조시마가 물었다.

"나는…… 그러니까, 나는 사람을…… 죽인 적이 있습니다."

"도대체 무슨 말씀입니까?"

조시마는 너무 놀라 거의 고함을 지르듯 물었다.

"이 첫마디를 하기가 얼마나 힘이 들었는지……. 말을 꺼냈으
니, 제 길로 들어선 셈입니다. 이제 내가 왜 당신을 찾아오게 되
었는지 이야기하죠.

십사 년 전, 나는 젊고 아름다운 한 여인을 사랑하게 되었습니다. 부유한 지주의 미망인이었는데, 그건 별로 중요하지 않습니다. 나는 그녀에게 사랑을 고백하고 청혼했습니다. 그러나 그녀는 이미 다른 사람을 사랑하고 있다며 내 청혼을 거절했습니다. 다시는 자기를 찾아오지 말라더군요.

그 일이 있고서 두 주쯤 지났을 때, 나는 한밤중에 그녀 집으로 몰래 숨어들어 갔습니다. 그 집의 구조를 잘 알고 있었기에 가능한 일이었지요. 마침 그날따라 하녀가 이웃집 잔치에 가느라 자리를 비웠고, 나머지 하인들도 웬일인지 모두 일찌감치 잠자리에 들었더군요. 애초에 어떤 목적을 갖고 그 집에 갔던 건 아닙니다. 모든 상황이 그렇게 맞아떨어졌던 것뿐이지요.

그녀는 곤히 잠들어 있었습니다. 잠든 그녀를 보자 내 마음속에는 그녀를 향한 열정과 함께 복수욕과 질투심이 미칠 듯 치밀어 올랐습니다. 나는 무엇에라도 홀린 듯 그녀에게 다가가 그 가슴에 칼을 꽂았습니다. 아……, 정말 제정신이 아니었지요. 그녀는 비명도 지르지 못하더군요. 나는 재빨리 머리를 굴렸습니다. 돈을 노린 범죄인 것처럼 보이게 하려고 지갑과 값나가는 물건 몇 개를 훔치고, 옷장과 서랍을 마구 뒤져 어지럽혔지요. 그런 다음 들어갔던 길로 조용히 나왔습니다.

그야말로 엄청나게 끔찍한 사건이었습니다. 온 마을이 그 일로 한바탕 떠들썩하게 소동이 일 정도였으니까요. 하지만 아무도 나를 의심하지 않았습니다. 내가 그녀를 사랑했던 걸 아는 사람이 거의 없었을뿐더러, 최근 두 주 동안은 그녀를 찾아간 적도 없었으니까요.

대신 그녀의 하인인 표트르가 용의자로 지목되었습니다. 다행인지 불행인지 모든 상황이 그를 범인으로 몰고 갔습니다. 평소 그녀는 표트르를 내쫓겠다고 말해 왔다더군요. 그 사실을 알고 있던 표트르가 술에 취해서 그녀를 죽여 버리겠다고 말하는 것을 여러 사람이 들었고요.

그녀가 죽기 이틀 전, 그는 어디론가 도망을 쳤다가 살인 사건이 있고 난 다음 날 길바닥에 쓰러진 채 발견되었습니다. 몸을 가누지도 못할 만큼 술에 잔뜩 취해 산송장이나 다름없었다고 하더군요. 그의 호주머니에서는 칼이 발견되었고, 오른손이 피로 물들어 있었습니다.

그는 자신이 죽이지 않았다고 우겼지만, 아무도 그 말을 믿지 않았습니다. 증거가 너무나 명확했으니까요. 그는 곧바로 체포되었습니다. 그런데 재판이 시작되고 일주일 뒤에 그가 열병에 걸려 앓아누웠다는 소식을 들었습니다. 그러고는 며칠 후 결국 죽고 말았지요. 그렇게 사건이 일단락되었습니다.

나는…… 처음에는 양심의 가책 같은 것은 전혀 느끼지 않았습니다. 괴롭기는 했어도 사람을 죽인 죄책감으로 괴로웠다기보다는 그녀를 볼 수 없다는 아쉬움 때문이었지요. 하인이 그렇게 된 것도 내 탓이 아니라 그가 술에 취해 밤새 축축한 땅에서 뒹굴다가 병이 든 것이라고 합리화했습니다. 나는 훔친 돈과 물건에 더 많은 돈을 보태 양로원에 기증했습니다. 그러고 나니 마음이 편해지더군요.

그 후 더욱더 열심히 일을 하고, 자선사업에도 손을 댔습니다. 자연스레 이름이 알려졌지요. 그런데 차츰 고통스러운 생각들이 나를 괴롭히기 시작하더군요.

아름답고 현명한 여인을 만나 아내로 맞게 되니, '혹시 아내가 그 일을 알아 버리면 어떡하지?'라는 생각이 고개를 들었습니다. 첫 아이가 생기자 '새 생명이 태어나는데, 정작 나는 남의 생명을 빼앗은 몸이라니……. 내가 이 아이를 사랑하고 교육시킬 자격이 있나?'라는 생각이 들어 아이의 얼굴을 제대로 바라볼 수도, 어루만질 수도 없었습니다.

나는 매일 밤 악몽을 꾸며 지옥 같은 날들을 보냈습니다. 시간이 갈수록 고통은 심해지는데, 누구에게도 말할 수 없다는 현실이 나를 더욱 힘들게 하더군요. 자살을 해 버릴까, 하는 생각도 수차례 했고요. 그러다 마침내 결심했습니다. 다 말해 버리자. 모두를 불러 놓고 내가 사람을 죽였다고 공표해 버리자! 하지만 실행에 옮길 생각을 하니 두려운 생각이 들더군요. 그런데 마침 당신의 결투 사건이 일어났던 겁니다. 당신의 이야기를 듣고 마음을 정했습니다."

신사가 긴 이야기를 마쳤다. 조시마는 너무 놀라 한동안 멍하니 그를 바라보았다.

"사람들은…… 당신 말을 믿지 않을 겁니다. 십사 년이나 지난 일인걸요."

"증거가 있습니다. 증거를 제시할 겁니다. 그런데…… 아내와 아이들은 어떻게 될까요? 아내와 아이들에게 그토록 끔찍한 기억을 남겨야 하다니! 그들과 헤어져야 합니까? 영원히 버려야 합니까?"

신사가 울음을 터뜨렸다. 조시마는 한참 동안 침묵하다가 무겁게 입을 열었다.

"가세요. 가서 사람들에게 공표하십시오. 아이들이 자라면, 당신의 결단에 얼마나 큰 용기가 담겨 있는지 이해할 겁니다. 지금은 이해하지 못할 수도 있지만, 결국에는 알게 될 거예요. 당신은 진리에, 드높은 진리에 봉사했으니까요."

신사는 정말로 단단히 결심을 한 듯 결의에 찬 얼굴로 자리에서 일어났다. 그러나 이 주일이 지나도록 실행에 옮기지 못하고 매일 조시마를 찾아와 괴로운 마음을 토로했다. 어느 날은 당장이라도 공표할 것처럼 감동에 젖어 이야기하다가, 다음 날은 공포감에 휩싸여 어쩔 줄을 몰라 했다.

며칠 후, 신사는 평소처럼 저녁 때 그와 이야기를 나누고 집으로 돌아갔다. 조시마는 그날따라 신사의 처지가 몹시 안타깝게 여겨져, 그를 위해 거의 한 시간 넘게 기도를 드리고 있었다. 그런데 자정이 다 되었을 무렵, 그가 다시 찾아왔다. 조시마는 깜짝 놀랐다.

"왜 다시 오셨습니까?"

"뭔가를 두고 간 것 같아서……. 아니, 그냥 좀 앉아 있으려고……."

신사는 의자에 앉아 이 분쯤 조시마를 바라보았다. 그러더니 갑자기 벌떡 일어나 그를 꼭 껴안고 입을 맞추었다.

"기억해 두십시오. 내가 오늘 두 번째로 당신을 찾아왔다는 사실을 꼭 기억해 두세요."

신사는 더 이상 아무 말도 하지 않고 밖으로 휙 나가 버렸다. 조시마는 드디어 때가 왔다고 직감했다.

다음 날은 신사의 생일이었다. 여느 해처럼 많은 사람들이 생일을 축하하기 위해 그의 집으로 모여들었다. 만찬이 절정에 달할 즈음, 신사가 수많은 사람들 앞에 섰다. 그러고는 큰 소리로 자신의 죄를 낱낱이 고백한 뒤, 살인을 하면서 훔쳤던 목걸이와 십자가를 증거로 제시했다. 일순간 경악과 침묵이 흐르다가 곧이어 여기저기서 웅성거리기 시작했다. 그러나 결과적으로 누구도 신사의 말을 믿지 않았고, 나중에는 그가 정신이 나간 것이라며 동정하기까지 했다.

닷새쯤 뒤에 조시마는 신사가 심장에 문제가 생겨서 목숨이

위태롭다는 소식을 들었다. 그는 당장 신사를 찾아갔다. 신사는 안쓰러울 만큼 손을 부들부들 떨고 숨을 헐떡거렸다. 그러나 표정만큼은 감동과 기쁨에 흠뻑 젖어 있었다. 그가 힘겹게 입을 열었다.

"하느님께서 나를 부르시는군요. 난 죽어 가고 있지만, 참으로 오랜만에 평화와 기쁨을 누리고 있답니다. 이제는 아내와 아이들에게 당당하게 사랑한다고 말할 수 있어요. 아무도 내 말을 믿지 않았습니다. 아이들도 결코 믿지 않겠지요. 이게 다 하느님의 자비로움 덕분이 아니겠습니까? 난 지금 천국에 있는 듯 즐겁답니다……."

신사는 잠시 숨을 몰아쉬다가 조시마를 가까이 끌어당겨 속삭였다.

"내가 두 번째로 당신을 찾아갔던 날을 기억하십니까? 사실 나는 그때 당신을 죽이려고 했습니다."

뜻밖의 고백에 조시마는 몸을 부르르 떨었다.

"갑자기 당신이 너무 증오스럽더군요. 당신이 밀고할까 봐 두려웠던 게 아니라 '자수하지 않으면 당신 얼굴을 어떻게 볼 수 있을까?'라는 생각 때문에. 모든 사실을 알고 있는 당신이 어디서든 나를 심판한다는 생각이 들어 미칠 것 같았습니다. 그 순간 당신을 죽이고 싶었어요. 하지만 하느님께서 내 안의 악마를 무찔러 주셨지요. 아무튼 그때 당신은 죽음과 가장 가까이 있었다는 사실을 알아 두십시오."

일주일 뒤 신사는 세상을 떠났다. 그 마을의 사람들 모두 그의 죽음을 진심으로 슬퍼했다. 신사가 조시마의 집에 들락거린 것을 알고 있던 사람들은 그가 신사를 그 지경으로 만든 것이라며 몹시 비난했다. 그러나 조시마는 그 일에 대해 단 한마디도 하지 않았다. 몇 달 후 조시마는 그 마을을 떠나 수도사의 길로 들어섰다. 그는 이 이야기를 지금까지 혼자만의 비밀로 간직해 왔다.

이것은 알렉세이가 기록해 둔, 조시마 신부의 젊은 시절 이야기이다.

조시마 신부는 자신을 둘러싼 벗들의 얼굴을 찬찬히 보면서 그들과 이런저런 이야기를 주고받았다. 그러다가 알렉세이를 바라보며 말했다.

"알렉세이, 수도사는 누구보다도 민중과 가까워야 한단다. 그리고 러시아의 구원은 러시아 정교를 굳게 믿는 민중의 힘으로 이루어질 것이다. 이것을 잊지 마라."

그러고는 좌중을 둘러보며 잔잔하게 말을 이어 갔다.

"여러분, 사람은 누구나 평등합니다. 언젠가는 모두가 진실로 온유해져서 하인을 동등하게 대할뿐더러, 나아가 다른 사람의 하인 노릇도 기꺼이 할 수 있게 되기를 바랍니다. 그렇게 되면 주인과 하인이라는 관계는 더 이상 존재하지 않을 것입니다. 진정한 평등은 우리 안에서 찾을 수 있습니다. 하느님이 창조하신 모든 피조물을 사랑하세요. 동물을 사랑하고 식물을 사랑하고 죄 지은 사람도 사랑해야 합니다. 모든 사물을 사랑하면 그 속에 깃든 하느님의 진리를 깨닫게 될 겁니다.

그리고 그 누구도 다른 이를 심판할 수 없다는 걸 잊지 마세요. 그 죄에 대해 그 누구보다 책임이 많다는 것을 깨닫는 자만이 심판자가 될 수 있습니다. 자신 앞에 선 죄인의 죄를 받아들이고 함께 고통을 나누어야 합니다. 그 누구든 책망하지 말고 품에 안으세요.”

조시마 신부는 갑자기 통증이 이는 듯 얼굴이 창백해지더니 손으로 가슴을 움켜쥐었다. 모두들 자리에서 일어나 그에게로 다가갔다. 그는 고통스러워하면서도 미소를 잃지 않은 채 사람들을 바라보았다. 그러고는 마룻바닥으로 내려와 무릎을 꿇고는 바닥에 입을 맞추며 기도를 했다. 곧이어 그 자신이 가르친 그대로 조용하게 하느님께 영혼을 바쳤다.

제 1 7 장
파 한 뿌리

조시마 신부가 세상을 떠나자, 수도원의 절차대로 장례 의식이 진행되었다. 파이시 신부와 이오시프 신부는 시신 곁을 지키면서 교대로 복음서를 낭독했다. 조시마 신부의 부음은 금세 온 마을로 퍼져 나가, 날이 새기도 전에 곳곳에서 사람들이 모여들었다. 사람들은 성스러운 신부의 죽음이 기적으로 발현될 것이라는 기대감에 잔뜩 들떠 있었다. 파이시 신부는 장례에 관한 일을 처리하는 동시에 사람들의 동요와 불안을 진정시키느라 정신이 없었다.

그러나 오후 들어 분위기가 어수선해졌다. 수도원 여기저기에서 알 수 없는 웅성거림이 터져 나왔다. 사람들은 위대한 고인의 시신에서 썩는 냄새가 난다고 수군거렸다. 너무나 두려워 감히 입에 담기도 힘든 이야기였으나, 나중에는 누구도 아니라고 말하지 못할 정도로 지독한 악취가 진동을 했다.

알렉세이는 사랑하고 존경하는 스승을 떠나보내고 깊은 슬픔에 잠겼다. 마음이 온통 잿빛이었다. 사랑했던 스승의 주검에서 악취가 진동한다는 사실을 받아들이기가 몹시 힘들었다. 그는 조시마 신부가 위대한 성자의 반열에 들어도 손색이 없다는 것을 조금도 의심하지 않았다. 그렇게 두터운 믿음을 가졌기에 고통 또한 이루 말할 수 없이 컸다. 게다가 신부가 숨을 거두기 전에 말했던, 큰형에 관한 우울한 예언도 머릿속에서 떠나지 않았다. 그는 슬프고 복잡한 심정으로 신부와 아프게 이별하고 있었다.

사방에 어둠이 짙게 드리워졌을 무렵, 라키친은 소나무 숲을 지나다가 알렉세이를 발견했다. 알렉세이는 나무 밑에 앉아 다리 사이에 얼굴을 묻은 채 꼼짝도 않고 있었다.

"너로구나, 알렉세이! 네가 갑자기 사라지는 바람에 두 시간 넘게 찾아다녔어. 여기서 뭘 하는 거야? 어이, 나 좀 봐."

그제야 알렉세이는 고개를 들면서 나무에 등을 기댔다. 그의 얼굴에는 온통 고통이 배어 있었다. 눈에는 날카로운 기운마저 감돌았다. 그러나 시선은 라키친이 아닌 다른 먼 곳을 향하고 있었다.

"이봐, 네 얼굴은 완전히……. 예전의 온화함은 아예 사라져 버렸네. 누구한테 화라도 난 거야? 야, 정신 좀 차려 봐!"

"저리 가. 날 좀 내버려 둬."

알렉세이는 라키친을 쳐다보지도 않고서 피곤하다는 듯 손을 내저었다.

"야, 대체 왜 그래? 너 정말로 그 노인의 주검에서 악취가 풍겼다고 이러는 거야? 그럼 넌 진짜로 그가 기적 따위를 일으킬 거라고 믿었다는 말이야? 쳇, 우리 같은 수도사도 별수 없군."

"그래, 그렇게 믿었고 지금도 믿고 있어. 앞으로도 그렇게 믿을 거야!"

알렉세이가 짜증을 내며 소리쳤다.

"참, 나, 그래서 지금 반항한답시고 이러고 있는 거야?"

"반항이 아니야. 그냥 하느님의 세계를 받아들이지 않는 것뿐이지."

알렉세이가 비웃는 표정으로 말했다.

"받아들이지 않는다니, 그게 무슨 소리야?"

라키친이 의아하다는 듯 물었다. 그러나 알렉세이는 대답하지 않았다.

"뭐, 어쨌든 이제 그만해. 그나저나 뭘 좀 먹었니?"

"글쎄, 먹은 것 같기도 하고……."

"안색이 엉망이네. 뭐라도 요기를 해야겠다. 아참, 시내에 나갔다가 가지고 온 소시지가 있는데……. 먹어 볼래? 참, 넌 소시지 같은 건 안 먹지."

"아니야, 이리 줘 봐."

"뭐야, 이젠 다 포기한 거야? 이러고 있지 말고 잠깐 내 방으로 가자. 안 그래도 보드카나 한잔할까 했거든. 피곤해서 죽을 지경이야. 너한테는 보드카가 어림없는 소리겠지만……. 아니, 혹시 마실래?"

"보드카도 좋지."

"이게 무슨 일이래! 기적이 일어난 거야, 친구!"

라키친이 믿기지 않는다는 듯 알렉세이를 바라보며 말을 이었다.

"뭐, 보드카든 소시지든 해로운 건 마찬가지지. 이런 좋은 기회를 놓칠 순 없잖아. 자, 가자!"

알렉세이는 말없이 일어나 라키친을 따라나섰다.

"참, 너의 형 이반이 오늘 아침에 모스크바로 떠났다던데……, 알고 있니?"

"알고 있어."

알렉세이가 무심한 말투로 대답했다. 불현듯 그의 머릿속에 드미트리의 모습이 어른거렸다.

조금 앞서 걷던 라키친이 문득 걸음을 멈추더니 알렉세이의 어깨를 붙잡았다.

"이봐, 알렉세이! 우리 아예 수도원 밖으로 나가 볼까? 어디로 가는 게 좋을까?"

"어디든 상관없어……. 너 좋을 대로."

라키친은 잠시 머뭇거리다가 조심스레 물었다.

"그럼……, 우리 그루센카 집에 갈래?"

"그래, 그루센카 집으로 가자."

알렉세이는 별로 망설이지 않고 바로 대답했다. 라키친은 깜짝 놀라 몸을 움찔했다. 이렇게 쉽게 동의할 거라고는 전혀 예상치 못했기 때문이다.

"자……, 그럼 가자!"

라키친은 혹시라도 알렉세이의 마음이 변하지는 않을까 싶어서 그의 손목을 꽉 잡은 뒤 재빨리 시내로 이끌었다. 두 사람은 한참 동안 말없이 걷기만 했다.

'그루센카가 얼마나 좋아할까? 아마 좋아 죽겠지.'

라키친은 혼자서 웅얼대다가 금세 입을 다물었다. 그가 알렉세이를 그루센카의 집으로 데리고 가는 목적은 두 가지였다. 첫째는 이 선량한 청년의 치욕을 보는 것이었다. 그것은 말 그대로 알렉세이가 성자에서 죄인으로 전락하는 모습을 보고 싶다는 비열한 열등감 내지는 복수심에서 비롯된 것이었다. 둘째는 약간의 물질적인 이득 때문이었다. 이 이야기는 곧 하게 될 것이다.

'와, 이런 순간이 올 줄이야! 그래, 이 순간을 놓치지 말고 저 놈의 목덜미를 꽉 잡는 거야. 이렇게 기막힌 기회가 또 어디 있 겠어?'

라키친은 속으로 쾌재를 불렀다.

그루센카는 시내의 번화가에 살고 있었다. 미망인 모로조바 의 집 마당 한켠에 있는 곁채를 빌려 쓰고 있었다. 모로조바는 곁채를 세놓을 만큼 가난한 형편은 아니었으나, 자신의 친척이 자 그루센카의 후견인인 삼소노프의 비위를 맞추기 위해 그녀 를 자기 집으로 들였다. 사람들은 질투심 많은 삼소노프가 그루 센카를 굳이 모로조바의 집에 들어앉힌 것은 그 노파가 그녀의 행실을 감시하기에 가장 적합한 인물이기 때문일 거라고 입을 모았다.

삼소노프가 겁 많고 수줍음 잘 타는 열여덟 살짜리 처녀를 이 집으로 데려온 지 벌써 사 년이 지났다. 이 처녀에 대해 확실히 아는 사람은 아무도 없었다. 빼어난 미인으로 성장하여 사람들 의 관심을 한 몸에 받고 있는 지금도 마찬가지였다. 그저 열일 곱 살 때 어느 장교에게서 버림받았다는 소문만 나돌 뿐 더 자 세한 얘기는 흘러나오지 않았다. 장교는 그녀를 떠난 후 다른 여자와 결혼을 했고, 그루센카는 치욕과 함께 지독한 가난까지 떠안게 되었다고 했다. 들리는 말로는, 그루센카가 삼소노프 덕 분에 가난에서 탈출할 수 있었다고 했다. 확실하지는 않지만, 원래는 그녀가 점잖은 성직자 집안 출신이라는 얘기도 있었다.

아무튼 모욕감에 젖어 있던 그루센카는 이곳에 온 지 사 년 만에 발그스레한 뺨에 풍만한 몸매를 자랑하는 러시아 최고의 미녀로 자라났다. 그녀는 대담하고 결단력 있는 성격에 걸맞게 사업 수완이 좋았다. 일찍이 돈맛을 알아 버린 데다 수단과 방법을 가리지 않은 탓에 상당한 재산을 긁어모았다.

그런 그녀에게 삼소노프를 제외하고는 어느 누구도 함부로 접근할 수 없었다. 그녀의 호감을 얻으려고 적지 않은 남자들이 시도를 했다가 번번이 낭패를 보았다. 그녀는 얼마 전 새로운 사업에 뛰어들었다. 표도르 파블로비치와 동업을 시작한 것이었다. 그들은 헐값에 어음을 사들였다가 비싸게 되팔아서 굉장한 이득을 보고 있는 중이었다.

어마어마한 부자이지만 인색하고 완고하기 짝이 없는 삼소노프는 나이가 들수록 그루센카 없이는 살 수 없다며 엄청나게 집착을 했다. 그러면서도 그녀가 원하는 목돈은 절대로 내주지 않았다. 대신 팔천 루블을 내밀면서 이렇게 말했다.

"넌 아둔한 여자는 아니니까 이 돈을 잘 굴려 목돈을 만들 수 있을 게다. 해마다 주는 생활비를 제외하고 네게 주는 돈은 이게 전부야. 물론 유산도 땡전 한 푼 남기지 않을 생각이다."

그 말은 사실이었다. 그는 죽으면서 자식들에게 전 재산을 물려주었다. 유언장에는 그루센카에 관한 이야기가 단 한마디도 언급돼 있지 않았다.

표도르 파블로비치는 사업을 계기로 그루셴카를 알게 되었다가 그만 그녀에게 홀딱 빠지고 말았다. 그러다 최근에 그의 아들 드미트리마저 그녀에게 푹 빠져 버린 탓에 카라마조프 부자의 어처구니없는 연적 관계가 서막을 열었다.

그루셴카는 매우 검소한 편이어서 살림살이도 아주 간소했다. 집 안에는 집주인이 쓰던 오래된 마호가니 가구들뿐이었다. 그녀에게는 하녀가 둘 있었다. 한 명은 생가에서 데려온 늙은 식모로 귀머거리나 다름없었다. 또 한 명은 식모의 젊고 발랄한 손녀 페냐였다. 실제로는 페냐가 그루셴카의 몸종 노릇을 했다.

라키친과 알렉세이는 해질 녘이 되어서야 그루셴카의 집에 도착했다. 아직 불을 밝히지 않아 집 안은 어두웠다. 그때 그루셴카는 검은 비단 원피스를 입은 채 응접실의 낡은 소파에 누워 있었다. 머리에는 가벼운 레이스 모자를 쓰고 있었고, 어깨에는 삼각형의 숄을 두르고서 황금빛 브로치로 여미고 있었다. 한껏 차려입은 것으로 보아 누군가를 기다리는 모양이었다. 그녀는 기다림에 지쳐 애가 타는지 바짝 긴장한 얼굴이었다. 잠시도 가만있지를 못하고, 오른쪽 발끝으로 소파의 팔걸이를 톡톡 치고 있었다.

그런데 마침, 라키친과 알렉세이가 갑작스레 방문을 하자 집 안에 작은 소동이 일었다. 그루셴카는 소파에서 잽싸게 일어나

누가 왔느냐고 다그쳐 물었다.

"그분이 아닙니다. 다른 분들이세요. 상관없는 분들이요."

페냐가 손님을 맞으며 대답했다.

라키친이 알렉세이와 함께 응접실로 들어가면서 중얼거렸다.

"도대체 무슨 일이 있는 거야?"

그루센카는 마음을 가라앉히지 못한 채 소파 옆에 서서 그들을 물끄러미 바라보았다.

"아, 너구나, 라키친. 깜짝 놀랐잖아. 같이 온 사람은 누구야? 맙소사, 이게 누구야?"

그녀는 알렉세이를 찬찬히 살펴보고는 탄성을 내질렀다.

"어서 촛불이나 좀 밝히라고 해."

라키친은 그녀와 허물없는 사이라도 되는 듯 거리낌 없이 말했다.

"촛불? 물론 밝혀야지. 페냐, 촛불을 갖고 와. 참으로 기막힌 순간에 저분을 모시고 왔네!"

그녀는 다시 탄성을 내지르더니 거울 앞으로 가서 재빨리 머리 모양을 가다듬었다. 그런데 어쩐지 뾰로통해 보였다.

"왜? 내가 와서 실망이라도 했나?"

라키친이 언성을 높였다.

"아니, 갑자기 와서 조금 놀란 것뿐이야."

그루센카는 미소를 지으며 알렉세이 쪽으로 몸을 돌렸다.

"나를 무서워하는 건 아니겠죠? 사랑스러운 알렉세이, 당신이 와서 정말 기뻐요. 이렇게 나를 찾아오다니! 아무튼 라키친, 너 때문에 깜짝 놀랐잖아. 드미트리가 들이닥친 줄 알았지 뭐야. 실은 그에게 삼소노프 영감 집에 있겠다고 거짓말을 했거든. 드미트리는 내가 지금 거기에 있는 줄 알아. 그런데 나는 이제나저제나 하고 기다리는 소식이 있어서 말야. 참, 페냐! 문을 열고 주위를 잘 살펴봐. 혹시라도 그이가 어딘가에 숨어서 지켜보고 있을지도 몰라. 무서워 죽겠어, 정말!"

"아무도 없어요, 아씨. 다 둘러봤는걸요. 저도 무섭고 불안해서 계속 문구멍으로 살펴보고 있는 중이에요."

"덧문은 잘 잠갔어? 커튼도 치면 좋겠는데. 불빛을 보면 당장이라도 들이닥칠 테니까."

라키친이 의아한 표정으로 물었다.

"드미트리가 왜 무섭다는 거야? 그 사람은 네가 원한다면 간이라도 빼 줄 양반인데."

"말했잖아, 어떤 소식을 기다리고 있다고. 드미트리가 오면 절대 안 돼!"

"그런데 어딜 가려고 그렇게 빼입었어? 지금 쓰고 있는 그 모자 너무 괴상하지 않아?"

"너야말로 괴상한 놈이야, 라키친! 귀한 소식을 기다리고 있다고 몇 번이나 말해야 돼? 소식이 오면 당장 날아가야 하니까

미리 만반의 준비를 하고 있는 거라고."

"도대체 어딜 간다는 거야?"

"너무 많은 걸 알면 빨리 늙는 법이지."

"아주 신이 나서 어쩔 줄 모르는구먼. 네가 이러는 건 여태 처음 본다."

라키친은 그녀를 위아래로 훑어보면서 못마땅한 듯 투덜거렸다. 그루센카는 라키친의 말을 무시하고 알렉세이에게로 몸을 돌리며 말을 걸었다.

"알렉세이, 당신을 마주 보고 있는데도 믿기지가 않네요. 어쩜 우리 집에 올 생각을 다 했어요? 솔직히 전혀 기대하지 않았어요. 지금은 좀 곤란한 상황이긴 하지만, 당신을 만나서 정말로 기뻐요. 자, 여기 앉아요. 난 아직도 뭐가 뭔지 잘 모르겠네. 라키친, 이 사람을 어제나 그저께 데리고 왔다면 좋았잖아. 지금이라도 데려와 줘서 기쁘긴 하지만 말이야. 뭐, 어쩌면 그저께보다는 지금이 더 나을 수도 있고……."

그루센카는 알렉세이 옆에 나란히 앉아서 한없이 기쁜 얼굴로 그를 바라보았다. 그녀는 정말로 기뻐하는 듯이 보였다. 그녀의 강렬한 눈빛과 웃음기 가득한 입술이 진심임을 말해 주고 있었다.

알렉세이는 그녀의 그런 표정이 낯설었다. 이제껏 막연히 그녀가 무서운 사람일 거라고 생각해 왔다. 게다가 그저께 카테리나에게 너무나 교활하고 표독스럽게 구는 모습을 보고 소스라치게 놀란 터라, 지금 그녀의 상냥함이 도리어 놀라울 따름이었다. 그녀는 그저께와는 완전히 다른 사람 같았다. 카테리나 집에서처럼 일부러 달짝지근하게 행동하거나 나긋나긋하게 굴지도 않았다. 오히려 소탈한 말투에 활발하고 시원시원한 몸짓을 보였다.

"맙소사, 오늘은 모든 게 다 뒤죽박죽이네."

그녀는 이렇게 중얼거리더니 알렉세이를 보며 다시 한 번 말했다.

"당신이 찾아온 게 왜 이렇게 기쁜지 나도 잘 모르겠어요."

라키친이 씩 웃으며 말했다.

"모르겠다는 게 말이 돼? 전부터 나를 붙잡고 알렉세이를 데려오라고, 꼭 데려오라고 그렇게 졸라 댔잖아. 그러니까 분명 무슨 목적이 있었던 거지."

"물론 그랬지. 그렇지만 이제 그게 사라졌어. 참, 먹을 거라도 내와야겠네. 나도 좀 착해졌거든. 라키친, 너도 앉아. 왜 그렇게 서 있는 거야? 알렉세이, 저 사람 좀 봐요. 내가 당신한테 먼저 앉으라고 했다고 삐친 거예요. 아이, 우리 라키친은 툭하면 삐친다니까. 삐치는 데는 일등이야, 일등!"

그루셴카는 즐겁게 웃어 대다가 문득 알렉세이의 눈을 들여다보며 물었다.

"그런데 당신은 왜 이렇게 슬픈 표정인 거죠, 알렉세이? 내가 무서워서 그래요?"

"쟤는 괴로운 일이 있어."

라키친이 소파에 앉으며 목소리를 낮게 깔고 말했다.

"그래요? 알렉세이, 나 당신 무릎에 앉을래. 자, 이렇게!"

그녀는 작은 고양이처럼 유연한 몸짓으로 알렉세이의 무릎에 올라앉더니 오른손으로 그의 목을 부드럽게 휘감았다.

"내가 즐겁게 해 줄게요, 신앙심 돈독한 우리 꼬마 양반! 정말로 당신 무릎에 좀 앉아 있어도 괜찮죠? 안 돼요? 명령만 하면 당장 내려앉을게요."

알렉세이는 얼어붙어 버린 듯 아무 말도 하지 못했다. 하지만 그의 마음속에서는 이상한 일이 일어나고 있었다. 저 앞에 앉아 음탕하게 눈알을 굴리며 눈치를 살피고 있는 라키친으로서는 절대로 짐작할 수 없는 그런 일이었다. 거대한 슬픔이 그의 모든 감각을 완전히 마비시켜 버려, 그 어떤 유혹과 시험에도 두려움이나 고통 없이 맞설 수 있게 하였다. 그는 자신의 마음속에 생겨난 이 새롭고 묘한 감각 때문에 몹시 놀라고 있었다. 예전 같았으면 생각만으로도 공포감을 불러일으켰을 이 무서운 여자가 더 이상 조금도 두렵지 않았다. 오히려 호기심 같은 것이 생겨났다.

"그루센카, 장난은 그만하고 샴페인이나 내와. 나한테 빚진 게 있잖아. 너도 잊지 않았지?"

라키친이 짜증 섞인 목소리로 말했다.

"빚이 있긴 하지. 알렉세이, 내가 저 사람한테 당신을 데려오면 그 대가로 샴페인부터 내오겠다고 약속했거든요. 나도 마셔야지. 페냐, 샴페인을 가져와. 드미트리가 두고 간 거 있잖아. 당장 가져와. 나는 원래 엄청난 구두쇠지만 오늘은 기꺼이 샴페인을 내놓겠어. 하지만 라키친, 널 위해 내놓는 게 아니라는 건 알지? 지금 내 정신이 딴 데 팔려 있긴 하지만, 당신들과 즐겁게 마시겠어. 떠들썩하게 한판 벌이고 싶거든!"

"도대체 뭘 숨기고 있는 거야? 기다리고 있다는 소식은 또 뭐고? 진짜 말 못 할 비밀이라도 있는 거야?"

라키친은 그루센카의 끊임없는 핀잔에도 불구하고 호기심을 감추지 못했다.

"비밀은 무슨……. 너도 알고 있는 일이야. 장교가 오기로 했어, 라키친. 나의 장교가 말이야."

"그 얘기는 들은 적이 있어. 그런데 장교가 지금 여기로 온다는 거야?"

"지금 모크로예에 있어. 조금 전에 편지를 받았는데, 금방 소식을 보내겠대. 그래서 이렇게 기다리고 있는 거야."

"왜 하필 모크로예에 있대?"

"이야기하자면 기니까 그 정도만 알고 있어."

"그런데 드미트리는? 그 사람은 알고 있어?"

"당연히 모르지. 어떻게 알겠어? 만약 알게 된다면 당장 그를 죽여 버리겠다고 난리칠걸. 그렇지만 난 하나도 무섭지 않아. 라키친, 입 다물고 있어. 드미트리 얘기는 꺼내지도 말라고. 그는 내 마음을 완전히 뭉개 버렸어. 지금은 떠올리고 싶지 않아. 오로지 알렉세이만 생각하고 싶어. 알렉세이, 날 보고 웃어 줘요. 나의 어리석음과 기쁨을 보고 환하게 웃어 달란 말이에요. 정말로 미소를 짓네. 어쩜 이렇게 상냥한 눈이 다 있담. 알렉세이, 나는 당신이 그저께 일 때문에, 그 아가씨 때문에 나한테 화가 나 있을 거라고 생각했어요. 내가 정말 고약하게 굴긴 했지……. 하지만 차라리 잘된 일이에요."

그루센카는 그때 일이 생각났는지 씩 웃었는데, 언뜻 잔인한 빛이 스쳐 지나갔다.

"드미트리 말로는, 그 아가씨가 '그 여자를 때려 줬어야 했는데……'라고 소리쳤다던데요? 맞아요, 내가 그 아가씨를 심하게 모욕하긴 했죠. 하지만 나를 불러 놓고 초콜릿으로 살살 달래면서 눌러 버리려고 하는데 가만히 있을 순 없잖아요? 어쨌든 다 잘된 일이에요."

그녀는 또다시 씩 웃으며 말을 이었다.

"내가 지금 무서운 건 당신이 화가 났으면 어쩌나, 하는 것뿐이에요."

"아니, 정말이야? 알렉세이, 이 여자는 햇병아리 같은 네가 정말로 무서운가 봐."

라키친은 놀란 척하며 비꼬았다.

"라키친, 너한테는 이 사람이 햇병아리겠지. 너는 양심이라는 게 없는 인간이니까. 난 이 사람이 좋아, 정말로! 알렉세이, 내가 당신을 진심으로 좋아한다는 거 믿을 수 있죠?"

"수치심이라곤 눈곱만큼도 없는 여자라니까! 알렉세이, 이 여자가 지금 너한테 사랑 고백을 하는 건가 보다."

"뭐가 어때서? 정말로 사랑한다니까!"

"그럼 그 장교는? 모크로예에서 온다던 그 귀한 소식은?"

"그건 그거고, 이건 이거지."

"하, 여자들은 늘 이런 식이라니까."

그루센카가 발끈했다.

"나한테 성질부리지 마, 라키친. 그건 그거고 이건 이거라고. 알렉세이에 대한 사랑은 다른 거야. 알렉세이, 솔직히 전에는 당신에게 교활한 생각을 갖고 있었어요. 나는 난폭하고 저질스러운 여자지만 가끔 당신에게서 내 양심을 보곤 해요. 그저께 그 아가씨 집에서 내 행동을 봤으니, 나 같은 여자를 경멸하는 건 당연하다고 생각했지요. 드미트리도 알고 있어요. 오래전부터 그렇게 생각해 왔다고 고백했으니까. 알렉세이, 당신을 바라보고 있으면 모든 게 부끄러워져요. 나 자신이 부끄러운 거예요.

언제부터 이런 생각을 하게 됐는지 나도 모르겠지만요."

늙은 식모가 들어와 탁자 위에 쟁반을 내려놓았다. 거기에는 마개를 뽑은 샴페인 병과 샴페인이 가득 담긴 술잔 세 개가 놓여 있었다. 라키친이 소리쳤다.

"샴페인이다! 그루센카, 넌 지금 흥분해서 제정신이 아니야. 술 한잔 들어가면 춤이라도 추겠는걸. 어라, 이런! 노인네가 병마개도 없이 샴페인 병만 덜렁 가져왔네. 김이 다 빠졌잖아. 이런 것도 제대로 모르다니. 뭐, 하는 수 없지."

라키친은 잔을 들어 단숨에 쭉 들이켜고는 한 잔 더 따랐다. 그는 혀로 입가를 훑으며 말했다.

"샴페인을 맛볼 기회는 흔치 않거든. 자, 알렉세이, 너도 한잔해야지. 그나저나 무엇을 위해 마시지? 천국의 문을 위해서? 잔을 들어, 그루센카. 너도 천국의 문을 위해서 마시는 거야."

그루센카가 잔을 들며 물었다.

"천국의 문이라니 무슨 소리야?"

알렉세이는 잔을 들어 샴페인을 한 모금 마신 뒤 다시 내려놓으며 나지막이 말했다.

"역시 마시지 않는 게 낫겠다."

"그렇게 허풍을 떨더니만!"

라키친이 핀잔을 줬다.

"그럼 나도 안 마실래. 라키친, 한 병 다 네가 마셔. 알렉세이가 마시면 그때 나도 마실 거야."

그루셴카도 샴페인을 거부하자 라키친은 잔뜩 약이 올랐다.

"오냐오냐 떠받들어 주느라 신이 났군! 알렉세이의 무릎에 앉아 장단을 잘도 맞추네! 쟤는 슬퍼서 그런다 치고, 너는 왜 그러는 건데? 쟤는 하느님한테 반항한답시고 소시지도 먹어 치울 태세였다고."

"그게 무슨 소리야?"

"오늘 저 친구의 하늘 같은 스승이 죽었거든. 조시마 신부님, 그 성자 말이야."

"조시마 신부님께서 돌아가셨다고? 어머, 난 그것도 모르고 있었네!"

그루셴카가 별안간 소리를 질렀다. 그러고는 곧바로 경건하게 성호를 그으며 말했다.

"맙소사, 이게 무슨 짓이람. 감히 이 사람의 무릎에 앉다니!"

그녀는 눈 깜짝할 사이에 알렉세이의 무릎에서 내려와 소파에 앉았다. 알렉세이의 얼굴이 그제야 조금 환해졌다. 갑자기 그가 단호한 어투로 말했다.

"라키친, 내가 하느님한테 반항한다 어쩐다 하면서 놀리지 말아 줘. 너한테 나쁜 마음을 갖고 싶지 않으니까. 너도 이제 좀 착하게 굴었으면 해. 나는 네가 절대로 가져 본 적 없는 보물을 잃어버렸어. 그러니까 네가 지금 나를 이러쿵저러쿵 판단할 수 없다는 말이야. 여기, 이분을 봐. 나를 얼마나 가엾게 여기니? 나는 사악한 영혼을 찾으려고 이곳에 왔어. 내가 저속한 인간이기에 이끌려 온 것이지만, 결국은 진실한 누이를 만난 셈이야. 사람을 사랑할 줄 아는 천사 같은 영혼을 말이야. 그루셴카, 나는 지금 당신 얘기를 하는 거예요. 당신이 내 영혼을 회복시켜 줬어요.”

알렉세이는 숨을 가쁘게 쉬며 말을 멈추었다.

“꼭 저 여자가 구원이라도 해 준 것처럼 말하는군! 저 여자는 너를 꿀꺽 잡아먹을 생각이었어. 알기나 해?”

라키친이 표독스럽게 웃으며 말했다.

“그만둬, 라키친!”

그루셴카가 자리에서 벌떡 일어나며 소리쳤다.

“알렉세이, 당신도 입 다물어요. 당신의 조용한 목소리를 듣고 있노라니 부끄러워 미치겠어요. 난 못된 여자니까요. 원래 그런 여자란 말이에요. 라키친, 너도 거짓말만 하는 그 입 좀 다물어. 한때 이 사람을 망치려고 비열한 생각을 한 건 사실이지만, 지금은 절대로 아니란 말이야. 라키친, 네 말은 더 이상 듣고 싶지 않아!”

그루셴카는 몹시 흥분한 듯 보였다. 라키친은 두 사람을 노려보며 씩씩거렸다.

“어럽쇼! 둘 다 정말 가관이군! 완전히 제정신이 아니야. 여기가 무슨 정신 병원이라도 되는 줄 아나 보지? 이러다간 둘 다 감격의 눈물이라도 흘릴 태세군."

그루셴카가 발끈했다.

"그래, 울 거야. 울고말고! 이 사람이 나를 누이라고 불렀어. 나는 오늘을 절대 잊지 않을 거야. 내가 못된 여자인 건 사실이지만, 나도 파 한 뿌리를 준 적은 있단 말이야!"

"파 한 뿌리라니, 그건 또 무슨 말이야? 쳇, 다들 정신이 나간 게 분명해."

그루셴카는 비아냥거리는 라키친을 무시해 버리고 알렉세이를 바라보면서 말했다.

"이봐요, 알렉세이. 내가 어릴 때, 저기 부엌에 있는 식모한테서 들은 얘기예요.

옛날에 마음씨가 아주 고약한 노파가 살고 있었대요. 그런데 이 노파가 갑자기 죽고 말았어요. 노파는 살아 있는 동안 단 한 번도 착한 일을 한 적이 없었어요. 악마는 이 노파를 잡아다가 불바다 속에 던졌지요. 그러자 노파의 수호천사가 어떻게든 도우려고 곰곰이 생각한 끝에 '저 노파는 밭에서 파 한 뿌리를 뽑아 거지에게 준 적이 있습니다.'라고 하느님께 말씀드렸어요. 그러자 하느님께서는 이렇게 대답하셨죠. '그럼 네가 그 파를 들고 가서, 노파가 그걸 붙잡고 나올 수 있게 하여라. 만약 밖으로 나올 수 있다면 천국으로 가도 좋다.'

천사는 노파한테 달려가 파를 내려 주면서 '이 파를 붙잡고 올라와요.'라고 말했어요. 천사가 조심스럽게 그 파를 끌어올리는데, 불바다 속에 있던 다른 죄인들이 동요하기 시작했어요. 다들 살아 보겠다고 노파에게 매달리려고 한 거죠. 그러자 노파는 '이건 나를 끌어올려 주는 거야, 너희가 아니라고. 이건 내 파야!'라고 말하며 사람들을 뿌리쳤어요. 그 말이 끝나기가 무섭게 파가 뚝 끊어지고 말았답니다. 결국 노파는 다시 불바다 속에 빠져서 지금까지도 계속 타고 있대요.

알렉세이, 이 못된 노파가 바로 나예요. 나를 착한 여자라고 생각하지 말아요. 기껏해야 파 한 뿌리 주고서 으스대는, 참으로 못되고도 못된 여자예요. 그런데 나를 칭찬하다니…… 너무너무 부끄럽네요. 내친 김에 다 고백하겠어요. 들어 봐요, 알렉세이. 나는 당신을 우리 집에 불러들이고 싶어서, 라키친에게 줄곧 당신을 데려오라고 졸랐어요. 그러면 이십오 루블을 주겠다고 하면서 말이에요. 잠깐만, 라키친!"

그녀는 빠르게 탁자 쪽으로 다가갔다. 그러고는 서랍 안의 지갑에서 이십오 루블짜리 지폐를 꺼내 라키친에게 내밀었다.

"무슨 짓이야?"

라키친이 잔뜩 열 받은 목소리로 소리쳤다.

"받으라고, 라키친. 네 입으로 수당을 달라고 했잖아. 설마 거절하려는 거야?"

그루센카는 라키친에게 지폐를 획 던졌다. 그는 애써 곤혹스러워하는 기색을 감추려는 듯 목소리를 내리 깔고 말했다.

"거절할 리가 있나? 수지맞는 일인데. 바보는 똑똑한 사람한테 이익을 주기 위해 존재하는 거야."

"이제 진짜 입 다물어, 라키친. 지금부터 하는 말은 너 들으라고 하는 게 아니야. 너는 우리를 좋아하지 않으니까 그저 잠자코 있으면 돼."

"내가 너희를 좋아해야 할 이유라도 있나?"

라키친은 아예 드러내 놓고 툭툭 쏘아 댔다. 그는 아무렇지도 않은 듯 돈을 주머니에 챙겨 넣었지만, 사실은 속으로 너무나 부끄러웠다. 알렉세이 몰래 돈을 받을 속셈이었는데, 막상 이렇게 되고 나니 수치심으로 얼굴이 화끈거렸다. 그때까지 그는 그루셴카가 혹시라도 돈을 주지 않을까 봐 그녀가 함부로 말을 하는데도 일부러 대들지 않고 있었다. 돈을 받고 난 뒤에는 화를 감추지 않고 내키는 대로 소리쳤다.

"누군가를 좋아하려면 뭐든 이유가 있어야 하는 법이지. 대체 너희가 나한테 뭘 해 줬다고 좋아해야 해?"

"아무런 이유 없이, 조건 없이 사랑할 순 없어? 알렉세이처럼 말이야."

"쟤가 너를 사랑한다고 생각해? 알렉세이의 어떤 면을 보고 저 난린지, 원!"

그루셴카는 응접실 한가운데에 서서 날카롭게 쏘아붙였다.

"입 다물어, 라키친. 너는 우리 얘기를 전혀 이해하지 못하고 있어. 그리고 앞으로는 절대로 나한테 너라고 부르지 마. 왜 함부로 반말을 하는 거야, 정말! 여기 구석에 앉아서 입 다물고 있으란 말이야. 알렉세이, 당신에게는 모든 걸 솔직하게 말할게요. 내가 어떤 여자인지 당신이 똑바로 알도록 말이에요. 나는 당신을 파멸시키고 싶었어요. 알렉세이, 이건 사실이에요. 얼마나 그러고 싶었으면 라키친을 돈으로 매수하기까지 했겠어요? 내가 왜 그랬을까요?

알렉세이, 당신은 나에게 눈길 한 번 주지 않았지만, 나는 당신을 지금까지 백 번도 더 봤어요. 만나는 사람마다 당신에 대해 물어봤지요. 당신을 처음 봤을 때부터 강한 인상이 남았거든요. 그런데 '저 사람은 나를 경멸해. 나를 거들떠보지도 않아.'라는 생각이 들더라고요.

믿을지 모르겠지만, 이곳 사람들은 누구든 내게 함부로 접근할 수 없어요. 내게 흑심을 품는 건 아예 꿈도 꾸지 못할 일이죠. 나한테는 오직 삼소노프 영감 하나만 있어야 하거든요. 나는 그에게 완전히 묶인 몸이에요. 사탄이 우리를 엮어 줬으니까. 그런데 당신을 보면서 마음먹었어요. '저 녀석을 잡아먹자. 잡아먹고 비웃어 주자.'라고. 내가 얼마나 사악한지 알겠어요? 이런 여자를 당신은 누이라고 부른 거예요.

나는 지금 나를 모욕했던 사람의 연락을 기다리고 있어요. 그가 나한테 어떤 의미인지 알아요? 삼소노프 영감이 나를 처음 이곳으로 데려왔을 때, 나는 누구에게도 내 모습을 보이고 싶지 않았어요. 방구석에 처박혀 흐느끼며 몇 날 밤을 새웠지요. '나를 버린 그 사람은 어디에 있을까? 분명히 다른 여자와 함께 나를 비웃고 있겠지. 그에게 반드시 복수해 줄 테다.'라는 생각을 곱씹고 또 곱씹었어요. 고통스러운 밤을 독기로 버텨 낸 다음 날이면 떠돌이 개보다 더 사악해져서 온 세상을 집어삼킬 수도 있을 것 같더군요.

그다음의 상황은 대충 알지 않나요? 나는 돈을 모으기 시작했어요. 그러면서 인정머리 없는 여자가 되었죠. 통통하게 살도 오르고 그만큼 이전보다 똑똑해지고…… 이게 전부인 것 같죠? 겉으로는 그랬지만, 밤이 되면 여전히 오 년 전 철부지 계집아이처럼 쓰러져 밤새도록 이를 갈며 울곤 했어요.

그런데 한 달 전에 그 남자한테서 편지가 왔어요. 그사이 홀아비가 되었고, 내가 그립다고 쓰여 있더군요. 숨이 탁 멎는 것 같았어요. 불현듯, 그가 와서 휘파람을 불면 나는 고통에 잠 못 이루던 날들을 모조리 잊고서 강아지처럼 달려가겠구나, 하는 생각이 들었어요. 나 자신이 한심해서 견딜 수가 없더군요. 알렉세이, 나는 스스로를 다스리지 못하는 여자예요. 그래서 드미트리를 이용했죠. 나도 모르게 그 사람에게 달려갈까 봐서요.

라키친, 나를 심판하는 건 네 몫이 아니야. 나는 당신들이 오기 전에 벌써 내 운명을 결정했어. 하지만 그것까지 말해 줄 순 없지. 알렉세이, 그 아가씨한테 그저께 일은 정말 미안하다고 전해 줘요. 이 세상 그 누구도 지금 내가 어떤 상태인지 알 수 없을 거예요. 그 사람한테서 소식이 오면 칼을 품고 갈지도 모르지……."

그루센카는 감정이 격해진 나머지, 미처 말을 다 끝내지도 못한 채 두 손으로 얼굴을 가리고는 소파 위 베개에 엎드려 어린아이처럼 흐느끼기 시작했다.

알렉세이는 자리에서 일어나 라키친에게 다가갔다.

"라키친, 이분 때문에 기분이 상했더라도 지금은 화를 내지 말아 줘. 이분의 말을 잘 들었지? 인간의 영혼에게 너무 많은 것을 요구할 수는 없어. 우린 좀 더 자비로워야 해."

알렉세이는 참을 수 없는 격정에 사로잡혀 이렇게 말했다. 그는 뭐든 말을 하고 싶었다. 만약 그 자리에 라키친이 없었다면 혼자서라도 외쳤을 것이다. 하지만 곧 라키친의 냉담한 표정을 보고는 멈칫했다. 라키친은 증오에 찬 미소를 지었다.

"오래전부터 사람들이 너를 네 스승이라는 실탄으로 장전해 놓았지. 그리고 오늘 네가 그 실탄을 나한테 발사하는구나. 하느님의 사람, 알렉세이!"

알렉세이는 순간 울컥했다.

"라키친, 비웃지 마. 고인을 두고 그렇게 말하다니. 그분은 이

땅에 존재했던 그 누구보다도 드높은 존재였어. 라키친, 나는 심판관의 자격으로 말하는 게 아니야. 사실 가장 고약한 피고인 셈이지. 스스로를 파멸시키기 위해 이곳을 찾은 나는 더없이 나약하고 속 좁은 놈에 불과해.

그루센카는 오 년이 넘게 고통을 겪었으면서도 첫사랑이 찾아와 진심을 말하자 모든 것을 용서하며 울고 말았어. 그러니 절대로 칼을 품고 가지는 않을 거야. 하지만 나란 놈은 그렇게 하지 못할 게 분명하지. 그러니까 이분의 사랑은 우리보다 더 높은 경지에 있어. 이분이 지금 이야기한 것을 전에도 들은 적이 있니? 아니, 없을 거야. 만약 들었다면 벌써 이분의 모든 것을 이해했을 테니까.

그저께 모욕을 당한 카테리나도 사정을 알게 되면 이분을 기꺼이 용서할 거야. 알기만 하면……. 이분은 아직 영혼의 안정을 찾지 못한 것뿐이야. 이제 우리가 위로하자. 어쩌면 이분의 영혼 속에서 보물을 발견할지도 몰라.”

알렉세이는 숨을 가쁘게 내쉬며 말을 멈추었다. 라키친은 그토록 얌전한 알렉세이가 이렇게 긴 설교를 늘어놓자 조금 당황스러웠다.

“네가 저 여자의 변호인이라도 되는 거냐? 아니면 저 여자한테 반하기라도 한 거야? 그루센카, 우리의 단식 수도사 양반이 너한테 홀딱 반한 모양이야. 너의 승리다!”

라키친이 능글맞게 웃으며 말했다. 그루센카는 베개에서 고개를 들고 알렉세이를 바라보았다. 울어서 부어오른 얼굴에 미소가 빛나고 있었다.

"알렉세이, 저 사람 말은 신경 쓰지 말아요. 당신은 나의 천사예요. 라키친, 너한테 욕설을 퍼부은 걸 사과하려고 했는데 이제 그러고 싶지 않아졌어. 알렉세이, 여기 내 곁에 와서 앉아요."

그녀는 알렉세이의 손을 잡아당겨 곁에 앉히고는 그의 얼굴을 가만히 들여다보았다.

"말해 봐요, 알렉세이. 나를 모욕했던 그 사람을 내가 아직도 사랑하는 걸까요? 당신들이 오기 전까지 여기 어둠 속에 누워 나 자신에게 끊임없이 묻고 있었어요. '그 사람을 사랑하는 걸까, 아닌 걸까?' 알렉세이, 당신이 결정을 내려 줘요. 당신이 말하는 대로 할래요. 그를 용서해 줄까요, 말까요?"

"벌써 용서했잖아요."

알렉세이가 미소를 지으면서 대답했다.

"용서야 하긴 했지요."

그루센카는 잠시 생각에 잠겼다가 이렇게 말했다.

"정말이지 야비해! 나의 야비한 마음을 위하여!"

그녀는 갑자기 술잔을 들어 단숨에 들이켜고는 빈 잔을 마룻바닥에 내팽개쳤다. 술잔은 요란한 소리를 내며 산산이 깨졌다. 그녀의 얼굴에 언뜻 잔인한 기운이 번득였다.

"아니, 어쩌면 아직 용서하지 않았는지도 몰라."

그녀는 눈을 내리깔고 혼잣말처럼 중얼거렸다.

"어쩌면 이제 막 용서할 준비를 하고 있는지도 모르지요. 나는 아직도 내 마음과 싸우고 있어요. 알렉세이, 나는 지난 오 년간 흘린 눈물을 사랑해 온 거예요. 어쩌면…… 내가 받은 모욕을 사랑한 것일 뿐, 그 사람은 전혀 사랑하지 않았는지도 모르죠."

"그 사람, 참 끔찍한 신세가 됐군."

라키친이 비아냥댔다.

"라키친, 네가 그런 신세가 되진 않을 테니 잠자코 있어. 넌 그저 내 신발이나 꿰매는 허드렛일에 제격이지, 절대로 내 상대가 될 수 없잖아? 그래……, 그건 그 사람도 마찬가지고."

"그 사람도? 그럼 뭣 때문에 그렇게 빼입은 거야?"

라키친은 계속 그녀를 약 올리듯 말했다.

"라키친, 쓸데없는 옷차림 타령은 그만해. 네가 내 마음을 다 아는 것도 아니잖아. 이런 옷쯤이야 갈기갈기 찢어 버리면 그만 이야."

그녀는 응접실 안이 쩌렁쩌렁 울리도록 소리를 질렀다.

"라키친, 내가 이렇게 차려입은 이유를 모르겠어? 그에게 가서 '이렇게 아름다운 나를 본 적이 없지?'라고 말하고 싶었던 거야. 그가 버린 나는 볼품없이 여위고 병약한, 겨우 열일곱 살짜리 계집아이에 불과했어. 하지만 지금은 사정이 다르지. 그의 곁에 바싹 붙어 앉아서 유혹한 다음 완전히 파멸시킬 거야. 그러 곤 이렇게 말해야지. '그래, 바로 이게 내 모습이야. 친애하는 나리, 이제 와서 사정해 봤자 콧수염만 적실 뿐 입에 넣진 못할걸!' 바로 그러기 위해서 이렇게 차려입은 거라고."

그루센카는 표독스럽게 웃으면서 말을 이었다.

"아까도 말했듯이, 나는 도저히 나 자신을 통제하지 못하겠어. 난 정말이지 난폭한 여자야. 차라리 내 옷을 갈기갈기 찢고, 나의 아름다움을 망가뜨리고, 나의 얼굴을 불태운 다음 구걸이나 하러 다니겠어. 지금은 어디에도, 그 누구에게도 가지 않아. 내일 당장 삼소노프 영감이 나한테 주었던 선물과 돈을 전부 다 돌려보내고 날품팔이 노릇이나 하면서 살 거야! 내가 못 할 것 같아? 지금 당장이라도 할 수 있어. 그러니까 날 건드리지 마. 그래, 저놈을 쫓아 버려야지. 저놈이 다신 내 앞에 얼씬도 못 하게 하겠어!"

그루센카는 신경질적으로 외치더니 또다시 두 손으로 얼굴을 가린 채 베개 위로 쓰러져 흐느끼기 시작했다. 라키친이 아무렇지도 않은 듯 자리에서 일어서며 말했다.

"알렉세이, 시간이 늦었어. 이러다 수도원에 못 들어가겠다."

그러자 그루센카가 자리에서 벌떡 일어났다.

"아니, 알렉세이, 당신도 가려고요? 지금 나한테 무슨 짓을 하는 거죠? 내 마음을 온통 찢어발겨 놓았으면서, 이 밤에 나 혼자 있으란 말이에요?"

"그렇다고 저 녀석이 이 집에서 밤을 보낼 순 없잖아. 뭐, 저 녀석이 원한다면 할 수 없지만. 나 혼자라도 가겠어."

라키친이 아니꼽다는 듯 놀려 댔다.

그루센카는 분에 못 이겨 소리쳤다.

"입 다물어, 이 사악한 영혼 같으니! 너는 저 사람처럼 내게 진심으로 말해 준 적이 한 번도 없어."

"대체 저 녀석이 너한테 무슨 말을 했는데?"

라키친이 짜증을 냈다.

"모르겠어, 몰라! 저 사람이 나한테 무슨 말을 해 주었는지 기억나지 않지만, 내 마음이 반응했어. 알렉세이가 내 마음을 흔들어 놓았단 말이야. 그는 나를 안쓰러워해 준 첫 번째 사람, 그러니까 유일한 사람이야."

그녀는 알렉세이 앞에 무릎을 꿇고 말했다.

"나는 평생 동안 당신 같은 사람을 기다렸고, 그런 누군가가 와서 나를 용서해 줄 거라고 믿었어요. 그래도 누군가는 나를 진정으로 사랑해 주지 않을까……, 기대했지요. 더러운 욕정 따위는 품지 않고요."

알렉세이가 몸을 숙여 다정하게 그루센카의 손을 잡으면서 말했다.

"내가 당신한테 그렇게 했다고요? 나는 당신에게 해 준 것이 없어요. 그저 아주 작은 파 한 뿌리를 주었을 뿐인데……."

알렉세이는 소리 없이 눈물을 흘리기 시작했다. 그 순간 누군가가 현관으로 부산스럽게 들어오는 소리가 들렸다. 그루센카는 소스라치게 놀라 자리에서 벌떡 일어났다. 이윽고 페냐가 소리를 지르면서 안으로 뛰어 들어왔다.

"아씨, 아씨! 사람이 왔어요! 모크로예에서 아씨를 위해 마차를 보냈어요. 그리고 여기, 편지도요."

그루센카는 페냐에게서 편지를 낚아채더니 촛불 쪽으로 가져갔다. 편지 내용이 몇 줄밖에 되지 않아 순식간에 다 읽었다. 그녀가 창백해진 얼굴로 말했다.

"나를 오라고 하는군요. 드디어 휘파람을 불었어. 그럼 기어가야지, 이 강아지는!"

하지만 그녀는 잠깐 망설이는 듯했다. 그녀의 뺨이 불꽃처럼 빨갛게 달아올랐다.

"간다! 나의 지난 오 년은 이제 안녕이다. 알렉세이, 잘 가요. 운명은 결정되었어요. 자, 이제 다들 썩 꺼져 줘. 앞으로 내 얼굴을 볼 일은 없을 거야. 그루센카는 새로운 인생 속으로 날아가는 거니까. 라키친, 나를 나쁜 년이라고 욕하지는 마. 어쩌면 나는 죽으러 가는 건지도 모르거든. 아아, 아무래도 술에 취한 것 같아."

그녀는 그들을 내버려 두고 침실로 달려갔다.

"우리는 안중에도 없는 모양이야."

라키친이 툴툴거렸다.

"가자! 저 여자의 비명이 또 언제 시작될지 모르잖아. 시도 때도 없이 눈물을 찔찔 짜는 모습도 이제 정말 지겨워."

알렉세이는 라키친이 잡아끄는 대로 몸을 맡겼다.

마당에는 정말로 마차가 한 대 서 있었는데, 등불을 든 사람들이 말을 바꿔 매느라 부산을 떨었다. 알렉세이와 라키친이 현관 앞 계단을 내려가고 있을 때, 그루센카가 침실 창문을 열고 온 힘을 다해 소리쳤다.

"알렉세이, 드미트리에게 안부를 전해 줘요. 이 못된 년을 나쁘게만 생각하지 말라고요. 그리고 내가 이렇게 말했다고 꼭 전해요. '그루센카는 점잖은 드미트리를 버리고 비열한 놈한테 몸을 맡겼다!'라고요. 또 드미트리를 사랑한 건 딱 한 시간뿐이었다는 것을 알려 줘요. 그가 그 한 시간을 영원히 추억할 수 있게요. 그게 내 평생소원이라고 전하세요."

그녀는 흐느끼는 듯한 목소리로 외치다가 창문을 쾅 닫았다.

"흥! 드미트리를 다 죽여 놓고선 평생 기억해 달라니, 진짜 잔인하지 않냐?"

라키친이 비아냥거렸지만, 알렉세이는 아무 소리도 듣지 못한 것처럼 말없이 걷기만 했다.

그때 라키친은 뭔가에 찔린 듯 쓰라린 기분이었다. 알렉세이를 그루센카 집으로 데려가면서 기대한 것은 이런 게 아니었다. 그가 원했던 것과는 전혀 다른 일이 일어나고 말았다.

"폴란드 사람이야. 그녀의 옛 장교 말이야."

라키친이 화제를 돌려 말을 꺼냈다.

"아니, 지금은 장교도 뭣도 아니지. 시베리아 어디, 중국과 맞닿은 국경 지대에서 세관 관리로 근무했대. 일자리를 잃었다는 소문도 있더군. 그루센카가 돈을 좀 모았다는 소리를 듣고서 찾아온 거야. 뻔한 거지, 뭐."

알렉세이가 이번에도 아무 소리도 듣지 못한 듯이 행동하자, 라키친은 더 이상 참지 못하고 소리를 버럭 질렀다.

"뭐야, 저 죄 많은 여자가 끝내 가엾다는 거냐?"

그러고는 기분 나쁘게 웃어 댔다.

"그러니까 탕녀를 진리의 길로 인도했다 이거냐고. 그녀에게서 네가 악귀를 쫓아내 준 거야? 이거야말로 기적이네!"

"그만해, 라키친."

알렉세이는 마음속 깊은 곳에 고통을 느끼며 말했다.

"아까 본 이십오 루블 때문에 나를 경멸하겠지. 친구를 팔아먹었다고 말이야. 하지만 네가 그리스도가 아니듯 나도 유다가 아니야."

"라키친, 나는 그 일에 전혀 신경 쓰지 않아, 진심으로."

알렉세이가 대답했지만, 라키친은 화가 잔뜩 나서 소리쳤다.

"젠장, 너희 모두 악마한테 잡혀가 버려라! 뭐 하러 내가 너 같은 녀석과 어울리는지 모르겠어. 네가 어떤 놈인지 더 이상 알고 싶지도 않아. 혼자 가라. 네 길은 저쪽이야!"

그는 몸을 획 돌리더니 알렉세이를 어둠 속에 내버려 두고 다른 거리 쪽으로 가 버렸다. 알렉세이는 곧장 들판을 가로질러 수도원으로 향했다.

알렉세이가 암자에 도착한 것은 이미 아홉 시를 넘긴 시각이었다. 모두들 불안하고 소란스런 하루를 마친 후 휴식을 취하고 있었다. 알렉세이는 조심스럽게 조시마 신부의 관이 놓여 있는 방으로 들어갔다. 파이시 신부가 관 앞에 앉아 홀로 복음서를 읽고 있었고, 견습 수사 포르피리는 마룻바닥에 쓰러져 깊이 잠들어 있었다.

파이시 신부는 알렉세이가 들어오는 소리를 듣고도 눈길을 주지 않았다. 알렉세이는 오른쪽 구석으로 가서 무릎을 꿇고 기도를 하기 시작했다. 그의 영혼이 뭔가로 가득 차오르면서 알 수 없는 달콤한 기분에 젖어 들었다. 그런데 이상하게도 그러한 감정이 조금도 놀랍지 않았다. 그는 자기 앞에 놓인 관을, 그에게는 너무나 소중했던 스승의 주검을 물끄러미 바라보았다. 이제는 더 이상 눈물이 나거나 고통스럽지 않았다.

그는 조용히 기도에 몰입하려 했지만, 온갖 잡념들이 머릿속을 휘저어 놓는 바람에 생각처럼 되지 않았다. 다행히도 이따금 씩 기도 속으로 쑥 빠져들곤 했는데, 그때마다 모든 것을 사랑하며 감사한다고 고백하고 또 고백했다. 그러나 이내 온몸에 피곤이 몰려왔다. 파이시 신부의 목소리가 점점 잦아드는가 싶더니 어느새 꾸벅꾸벅 졸기 시작했다.

꿈속에서 누군가 그에게 다가오고 있었다. 다가온 사람은 바로 그분, 그의 스승이었다. 기쁨에 찬 얼굴은 눈부시게 환했다. 눈에서는 밝은 빛이 뿜어져 나왔다. 그의 조용한 목소리가 울려 퍼졌다.

"얘야, 왜 여기에 숨어 있느냐? 조용하고 온순한 나의 아이야, 너는 오늘 갈증에 시달리는 여인에게 파 한 뿌리를 주었다. 그러니 이제부터 너의 일을 시작하여라!"

갑자기 알렉세이의 가슴속에서 무언가가 불타오르면서 환희의 눈물이 솟구쳤다. 그는 두 팔을 뻗으며 뭐라고 소리치다가 잠에서 깨어났다. 그러고는 자리에서 벌떡 일어나 관 옆으로 다가갔다. 파이시 신부의 어깨를 슬쩍 건드렸지만 그것을 알아채지도 못했다. 파이시 신부는 성경에서 눈을 떼고 잠시 알렉세이를 바라보다가, 그에게 뭔가 이상한 일이 일어났음을 눈치채고 이내 고개를 돌렸다.

알렉세이는 팔각형 십자가가 달린 두건을 쓴 채 가슴에 성상을 안고 관 속에 누워 있는 고인을 바라보았다. 꿈속에서 들었던 스승의 목소리가 아직도 귓가에서 생생하게 울리고 있었다. 그는 무슨 말이라도 들리는 것처럼 귀를 기울이다가 갑자기 몸을 돌려 방에서 뛰쳐나갔다.

그는 빠른 걸음으로 밖으로 향했다. 그의 영혼은 자유와 드넓은 공간을 갈망하고 있었다. 하늘은 조용히 빛나는 별들로 가득 차 있었고, 은하수 두 줄기가 지평선까지 희미하게 늘어져 있었다. 신선하고 고요한 밤이 온 땅을 뒤덮었다.

알렉세이는 가만히 서서 하늘을 바라보다가 갑자기 땅으로 풀썩 쓰러졌다. 그는 눈물을 흘리면서 땅에 입을 맞추었다. 왜 그러고 싶은지, 왜 그렇게 하는지 자신도 알 수 없었다. 그는 흥분에 휩싸인 채 그것을 영원히 사랑하겠노라고 맹세하고 또 맹세했다.

'땅을 너의 기쁨의 눈물로 적시고 너의 그 눈물을 사랑하라.'라는 말이 그의 영혼 속에서 울리고 있었다. 그는 자신을 용서해 달라고 빌고 싶었다. 자신만을 위해서가 아니라 이 세상 모든 이를 위하여, 모든 것을 위하여, 바야흐로 만물을 위하여 용서를 빌고 싶었다. 그러자 또 다른 목소리가 울려 퍼졌다.

'다른 이들도 나를 위해 용서를 빌어 주리라.'

그는 이제 자신의 내부에 튼튼하고 강력한 무언가가 자리 잡았음을 느꼈다. 아마도 그 순간의 감정은 평생 잊을 수 없으리라. 땅에 몸을 던진 것은 한없이 연약한 청년이었으나, 일어섰을 때는 누구보다 강한 투사가 되어 있었다.

"그때 누군가가 내 영혼을 찾아 주었다."

훗날 그는 이렇게 말하곤 했다.

사흘 뒤, 알렉세이는 수도원을 떠났다. 속세에 머물라고 명령한 조시마 신부의 유언을 따른 것이었다.

제 18 장
운명의 장난

드미트리는 그루셴카가 자신에게 마지막 인사를 전했다는 사실은 까맣게 모른 채 부산을 떨고 있었다. 알렉세이는 전날 아침 내내 형을 찾아다녔지만 만날 수가 없었다. 이반 역시 술집에서 오랫동안 기다렸지만 결국 만나지 못했다. 드미트리는 세들어 사는 집주인에게 자신의 행방을 비밀로 해 달라고 신신당부하고서, 이틀간 자신의 운명과 싸워 스스로를 구원해 내려고 사방팔방으로 뛰어다녔다. 그루셴카를 감시하는 일을 소홀히 하는 것이 마음에 걸리긴 했지만, 급하게 처리할 일이 있어서 멀리 떨어진 교외까지 다녀왔다.

이 모든 것이 나중에 자세히 밝혀질 테니, 지금은 이틀간 그에게 일어난 사건 중에서 꼭 알아야 할 부분만 짚어 보도록 하겠다.

그루센카는 비록 한 시간이긴 하지만 그를 진심으로 사랑했다. 또한 그만큼 잔인하고 무자비하게 괴롭히기도 했다. 드미트리는 그녀의 속마음이 어떤지 전혀 가늠할 수가 없었다. 애무든 완력이든, 무슨 수로도 그녀를 유혹하는 것은 불가능했다. 그녀는 그 어떤 노력에도 꿈쩍하지 않았을뿐더러 여차하면 오히려 그에게서 완전히 등을 돌릴 태세였다. 그는 그녀가 남모를 사정으로 속을 끓이느라 갈피를 잡지 못하고 있으며, 그 때문에 지독한 열정을 보이는 자신을 도리어 증오하는 것이라고 나름대로 추측했다. 하지만 그는 그루센카가 무엇 때문에 가슴앓이를 하는지는 도무지 알 수가 없었다.

'나일까, 아버지일까?'

그는 이런 생각에 빠진 채 몹시 괴로워했다. 표도르 파블로비치는 그루센카에게 청혼하기 위해서라면 삼천 루블 이상의 돈도 거리낌 없이 쓸 것이 분명했다. 그녀는 고작 삼천 루블에 만족하지 않을 것이기 때문이었다. 드미트리는 그녀가 누구를 골라야 더 실속을 챙길 수 있을지 저울질하느라 고통스러워하는 거라고만 생각했다.

그루센카가 흥분과 두려움을 갖고서 목 빠지게 기다리는 장교, 다시 말해 그녀의 숙명적인 남자가 돌아오리라곤 상상조차

하지 못하고 있었다. 그녀가 한 달 전쯤 옛 남자한테서 편지를 받았다는 사실은 그도 들어 알고 있었다. 편지의 내용까지도 조금은 알고 있는 형편이었다.

그루셴카가 편지를 보여 주었을 때, 드미트리는 별로 관심을 보이지 않았다. 그때 그가 왜 그랬는지는 설명하기가 쉽지 않다. 어쩌면 이 여인을 두고 아버지와 정신없이 싸우느라, 아버지보다 더 위험한 인물은 없을 거라고 여겼을지도 몰랐다. 더욱이 그가 본 장교의 첫 번째 편지는 별 내용 없이 그야말로 뜬구름만 잡고 있었다. 그렇기에 그가 곧 오리라는 것은 꿈에도 생각지 못했을 것이다.

사실 그루셴카는 '당신에게 돌아가겠다.'고 또박또박 적은 마지막 구절을 살짝 감추었다. 게다가 편지를 읽어 주는 그녀의 얼굴에 경멸감이 드러나 있었기에, 장교의 존재 따위는 더더욱 신경을 쓰지 않았다. 그녀는 이 새로운 연적에 대해 더 이상 아무 말도 하지 않았고, 드미트리도 곧 그 장교를 완전히 잊어버렸다.

드미트리는 표도르 파블로비치와의 격돌이 코앞으로 다가왔기 때문에 다른 생각은 전혀 할 수가 없었다. 그는 바짝바짝 애를 태우며 그루셴카의 결정만을 기다렸다. 그녀가 '나를 데려가 줘. 나는 영원히 당신 거야.'라고 말한다면, 당장 그녀의 손을 잡고 이곳을 떠나리라 다짐했다. 최대한 빨리, 더 먼 곳으로, 하다

못해 러시아의 끝 어디로든 가서 아무도 모르게 그녀와 결혼할 생각이었다. 그러면 전혀 다른 삶이 시작될 것 같았다.

그는 확연하게 달라진 자신의 모습을 상상하며 흥분하곤 했다. 미친 듯이 빠져들었던 이 시궁창에서 벗어나면 괴로움도 혐오스러움도 모두 사라지리라! 사람들에게서, 이 저주받은 곳에서 떠나는 순간, 모든 것이 새로 태어날 것이다! 그는 이런 희망에 애처로울 정도로 매달리고 있었다.

하지만 만약 그녀가 '그만 가 봐. 나는 표도르 파블로비치와 결혼할 거야. 당신 따위는 필요 없어.'라고 말한다면……. 드미트리는 그럴 경우에 대해서는 전혀 계획을 세울 수 없었다. 그에게는 분명한 의도 따위가 없었기 때문에 범죄를 생각할 수도 없었다. 그는 하릴없이 그루센카만 감시하는 생활에 몹시 지쳤음에도, 행복한 미래에 대한 기대감 때문에 그것을 지속할 수 있었다. 다른 생각은 애써 하지 않으려고 노력했다.

그래서 더 큰 고뇌가 시작되었다. 그녀가 드미트리에게 '나는 당신 거야. 나를 데려가 줘.'라고 말한다면, 무슨 수로 그녀를 데리고 떠날 것인가? 그럴 만한 돈이 대체 어디 있단 말인가? 그즈음엔 표도르 파블로비치에게 야금야금 받아 오던 용돈마저도 완전히 바닥나 있었다.

물론 그루센카는 돈이 많았다. 하지만 그의 자존심이 그녀의 재산에 손대는 것을 허락하지 않았다. 자신의 돈으로 그녀와 함께 새로운 삶을 시작하고 싶었다. 카테리나의 돈을 도둑처럼 슬쩍해 버린 것에 대한 양심의 가책 때문에 더 집착을 하는지도 몰랐다.

'한 여자에게 이미 야비한 놈이 되었는데, 또 다른 여자에게도 야비한 놈이 될 수는 없지. 그루센카가 알게 되면 나 같은 야비한 놈 따위는 싫다고 할 거야. 그런데 어디서 돈을 마련한담? 돈을 못 구하면 모든 게 끝장인데!'

어쩌면 그는 어디서 어떻게 돈을 구할 수 있는지, 그것이 어디에 놓여 있는지 알고 있었을 수도 있다. 이것은 나중에 모두 밝혀질 문제이기 때문에 지금은 잠시 접어 두도록 하겠다.

드미트리는 도피 자금을 손에 넣기 위해 일단 카테리나에게 삼천 루블을 돌려주기로 결심했다. 이틀 전, 길에서 알렉세이와 마지막으로 마주쳤을 때 그루센카가 카테리나를 모욕한 일을 전해 듣고서 마음먹은 것이었다. 그는 스스로의 야비함에 몸서리를 치면서 카테리나에게 진 빚은 반드시 갚아야 한다고 생각했다.

"차라리 내가 도둑놈이나 살인자가 되어 시베리아로 가는 편이 낫지. 카테리나를 배반하는 것도 모자라, 그녀의 돈까지 나 몰라라 하고 다른 여자와 도망칠 수는 없어. 그건 정말 안 될 일이야!"

드미트리는 이를 악물고 이렇게 중얼거렸다.

하지만 그는 너무나 절망적인 상황이었다. 알거지나 다름없는 형편인데 당장 어디서 돈을 구하겠는가? 그런데도 그는 끝까지 삼천 루블을 반드시 구할 것이라고, 하늘에서라도 뚝 떨어질 것이라고 믿었다. 유산을 받아 공짜로 손에 넣은 돈을 써 댈 줄만 알았지, 돈을 어떻게 버는지에 대해선 아무런 개념이 없는 사람이 흔히 그러듯이 말이다.

그저께 알렉세이와 헤어진 뒤, 그의 머릿속은 온통 뒤죽박죽이 되었다. 그는 결국 어처구니없는 작전에 돌입했다. 사람이 궁지에 몰리면 가장 불가능하고 비현실적인 방법이 오히려 제일 그럴싸하게 여겨지는 모양이었다.

드미트리는 상인 삼소노프를 찾아가서 한 가지 제안을 하고, 그것을 조건으로 필요한 돈을 얻어 내기로 결심했다. 그가 보기에 상업적인 면으로만 따지면 완벽한 계획이었지만, 삼소노프가 자신의 행동거지를 어떻게 생각할지가 걱정이 되었다. 드미트리는 삼소노프의 얼굴만 알고 있을 뿐, 인사를 나누거나 이야기를 나눈 적은 한 번도 없었다. 그러나 그루센카가 '전도유망한 청년'과 결혼해 성실한 삶을 살아 보겠다고 한다면 분명 자신을 믿어 줄 것이라고 확신했다. 그것은 어디까지나 허황된 착각이었으나, 드미트리는 그 노인이 표도르 파블로비치보다는 자신을 더 좋아할 것이라는 근거 없는 결론을 내렸다.

이런 생각은 드미트리가 그루센카의 과거를 완전히 끝난 것으로 여겼기 때문에 가능했다. 그는 그녀의 과거가 그야말로 과거일 뿐이며 연민의 대상에 불과하다고 생각했다. 그루센카가 그를 사랑한다고 말하는 순간, 둘은 완벽하게 순결한 사람으로 다시 태어나는 것이라고 단정 지었다.

드미트리도 삼소노프가 그루센카의 삶에서 도저히 빼놓을 수 없는 중요한 인물이라는 것은 알고 있었다. 그러나 그는 그녀가 그 노인을 단 한순간도 사랑한 적이 없으며, 이미 볼 장 다 본 노인네로 여기고 있다고 생각했다. 게다가 지금 그 노인은 병마에 시달리고 있으니, 그루센카와는 부녀지간 같은 관계를 유지하고 있을 뿐이라고 여겼다.

알렉세이와 마지막으로 이야기를 나눈 다음 날, 드미트리는 거의 뜬눈으로 밤을 지새우다가 아침 열 시경 삼소노프를 찾아갔다. 삼소노프는 드미트리가 만나길 청하자 단칼에 거절했다. 그럼에도 계속 요청을 하자, 하인에게 그의 행색이 어떤지, 혹시 술에 취했는지, 행패를 부릴 것 같지는 않은지 꼬치꼬치 캐물었다. 그러자 하인이 대답했다.

"술은 마시지 않은 것 같은데, 나리께서 만나 주기 전까지는 돌아가지 않겠다고 합니다."

삼소노프는 무슨 생각에선지 다시 거절해 버렸다. 드미트리는 미리 준비해 간 종이에 '그루센카와 관련된 아주 긴요한 일로 찾아왔습니다.'라고 적어서 하인에게 들려 보냈다. 그제야 삼소노프는 현관문을 열어 주었다.

　삼소노프는 몸집이 큰 작은아들을 대동하고 드미트리를 만나기 위해 응접실로 나왔다. 그가 아들을 데리고 나온 것은 드미트리가 무서워서가 아니라, 만일의 사태에 대비해 증인이 필요하다고 여겼기 때문이었다.

　"무슨 일로 날 찾아오셨소?"

　노인은 또박또박한 목소리로 예의 바르게 말했다.

　드미트리는 몸을 바들바들 떨면서 과장된 몸짓을 섞어 가며 말을 하기 시작했다. 그 모습을 보고 삼소노프는 속으로 이렇게 중얼거렸다.

　'갈 데까지 다 가서 파멸하기 일보 직전이구먼. 비상구를 찾지 못하면 당장 물속으로 뛰어들겠어.'

　삼소노프는 단숨에 드미트리의 모든 것을 파악하고는 싸늘한 표정으로 그의 이야기를 들었다.

　"고귀하기 그지없는 쿠지마 쿠지미치 삼소노프, 내 아버지가 어머니의 유산을 가로챈 일로 나와 충돌하고 있다는 건 알고 계시겠지요? 온 마을이 그 일을 두고 이러쿵저러쿵 떠들고 있으니까요.

　나는 석 달 전에 저명한 변호사인 파벨 파블로비치 코르네플로도프를 찾아가 이 일을 상의했습니다. 그는 서류를 꼼꼼히 검토하더니, 어머니가 남긴 체르마쉬냐의 땅은 마땅히 내 소유이기 때문에 소송을 제기하면 추악한 우리 영감쟁이에게 제대로 한 방 먹일 수 있다고 하더군요. 한마디로 아버지한테서 육천 루블, 아니 칠천 루블까지도 받아 낼 수 있다는 말이었습니다. 체르마쉬냐에 있는 땅의 시세가 최소한 이만 오천 루블, 아니 이만 팔천 루블은 되니까요.

그래서 드리는 말씀인데……, 나의 권리를 당신한테 위임할 테니 나에게 삼천 루블만 주실 수 없는지 묻고 싶습니다. 내 권리를 가지고 소송을 벌인다면 당연히 이길 겁니다. 당연하죠! 내 명예를 걸고 맹세합니다. 게다가 육천 루블, 아니 칠천 루블을 벌 수도 있습니다. 다만 중요한 것은 이 일을 오늘 당장 끝내야 한다는 사실입니다.

나는 모든 것을 할 준비가 되어 있습니다. 필요한 서류를 당장 작성하고 나에게 삼천 루블을 내주시면……, 그래서 나를 구해 주신다면 참으로 고귀한 일을 하시는 겁니다. 왜냐하면…… 나는 당신이 아버지와 같은 마음으로 돌봐 주고 계시는 그루센카와 진심 어린 감정을 나누고 있기 때문입니다. 당신의 아버지 같은 사랑이 없었다면 내가 여기에 올 일도 없었겠지요.

아시겠습니까? 이제 모든 것이 당신 손에 달렸습니다. 내 말이 온통 뒤죽박죽이라 죄송합니다. 이해해 주시겠지요? 만약 내 얘기를 이해하지 못하셨다면, 당장이라도 물속에 뛰어들겠습니다. 진짭니다!"

드미트리는 일장 연설을 마친 후, 자리에서 벌떡 일어나 자신의 멍청한 제안에 대한 답을 기다렸다. 아무 말 없이 냉정한 눈으로 바라보고만 있던 삼소노프는 이야기를 다 듣고도 한참 동안 잠자코 있었다. 그러다 마침내 아주 단호한 어조로 말했다.

"죄송합니다만, 그런 일은 하지 않습니다. 재판이니 변호사니, 그런 건 딱 질색이거든요."

드미트리는 갑자기 다리에 힘이 탁 풀리는 것을 느꼈다.

"그럼 나는 어떻게 합니까? 정말이지 나는 이제 끝장입니까?"

드미트리가 창백한 얼굴로 중얼거리자, 삼소노프는 좋은 수가 있다는 듯 표정을 바꾸고 말했다.

"정 그렇다면, 그 사람에게 한번 가 보시지요."

"누구 말씀입니까? 오! 당신 덕분에 다시 살아나나 봅니다."

"이곳 출신은 아닙니다. 여기에 살지도 않고요. 바로 랴가브이라는 사람인데, 벌써 일 년째 표도르 파블로비치와 체르마쉬냐의 숲을 두고 흥정을 해 왔어요. 최근에는 가격 때문에 둘 사이가 완전히 틀어졌지요. 아마 들어 봤을지도 모르겠군요. 마침 그가 지금 볼로비야 역 근처에 있는 일린스코예 마을에 머물고 있다고 합니다. 그 마을 신부의 집에서 지낸다고 하더군요. 표도르 파블로비치는 그 사람과 다시 흥정을 하고 싶어 한답니다. 만약 당신이 표도르 파블로비치보다 먼저 랴가브이를 찾아가서 아까와 같은 제안을 한다면, 기대 이상으로 얘기가 잘 풀릴지도 모르겠군요."

"정말 기막힌 생각입니다. 바로 그 사람이에요. 하하하! 어떻게 감사를 드려야 될지 모르겠습니다."

드미트리는 아주 만족스러워서 큰 소리로 웃음까지 터뜨렸다.

"별말씀을요. 전혀 감사받을 만한 일이 아닙니다."

삼소노프가 고개를 숙이며 말했다.

"당신이 날 구원하신 겁니다. 자, 그럼 서둘러야겠군요. 몸도 편치 않으신데 정말 실례가 많았습니다. 당신의 은혜는 영원히 잊지 않겠습니다. 모두가 그녀를 위해서입니다. 이것이 모두 그녀를 위한 일이라는 걸 당신은 아실 테지요!"

드미트리는 온 방이 떠나가도록 크게 말하고 큰절까지 한 뒤, 밖으로 성큼성큼 걸어 나왔다. 그는 몹시 감동하여 몸이 다 떨릴 지경이었다.

'끝장이 날 판국이었는데, 수호천사가 날 구원해 준 거야. 이 노인처럼 수완 있는 사업가가 내놓은 방법이니 당연히 승산이 있겠지. 지금 당장 달려가면 밤까지는 돌아올 수 있을 거야. 설마 저 노인이 나를 갖고 놀았을 리는 없을 테고……. 이제 다 해결된 거나 다름없어.'

그러나 설마 했던 생각이야말로 가장 정확한 것이었다. 훗날 모든 것이 파국을 맞았을 때, 삼소노프는 그 당시 드미트리를 갖고 놀았던 것이라고 고백했다. 삼소노프는 워낙에 냉소적인 성품인 데다가 타인에게는 병적일 정도로 반감을 품고 사는 사람이었다. 그런 사람이 드미트리를 진심으로 도울 리가 없었다.

그러나 이 노인이 정확히 무엇 때문에 드미트리를 곤경에 빠뜨렸는지는 알려지지 않았다. 드미트리가 자신을 얕보고 시답잖은 제안을 한 것이 괘씸했을 수도 있고, 그루센카에 대한 질투심 때문이었을 수도 있다.

어쨌든 드미트리가 노인 앞에서 자기는 이제 끝장이라고 외친 그 순간, 노인의 머릿속에는 그를 골려 줄 생각만이 가득했던 것이다.

당장이라도 출발을 해야 했건만, 드미트리에게는 말을 빌릴 돈조차 없었다. 가진 것이라곤 이십 코페이카짜리 은화 두 닢과 오래전에 멈춰 버린 낡은 은시계뿐이었다. 그는 은시계를 들고 유대 인이 운영하는 시계방을 찾아갔다. 시계방 주인은 시계 값으로 육 루블을 쳐 주었다. 드미트리는 기대 이상으로 많이 받았다고 환호하며 집으로 돌아온 후 집주인에게 삼 루블을 더 빌려 마차 삯을 마련했다. 이렇게 겨우 구 루블을 모아 볼로비야 역까지 갈 역마차를 불렀다.

볼로비야 역으로 달려가면서 드미트리는 모든 일이 잘 해결될 거라고 확신했다. 그러면서도 자기가 없는 동안 그루센카가 혹시라도 표도르 파블로비치에게 가기로 결심하지는 않을까, 하는 두려움이 가슴으로 파고들었다. 바로 그런 이유로 그루센카에게 아무 말도 하지 않았고, 집주인에게는 누가 그를 찾더라도 절대로 행방을 알려 주지 말라고 당부해 두었던 것이다.

"반드시, 반드시 오늘 저녁까지는 돌아와야 해."

그는 마차에 올라앉아 이렇게 되뇌었다. 그러나 운명은 야속하게도 그의 계획이 실현되도록 허락하지 않았다. 우선 그는 볼로비야 역에서 길을 잘못 들어서는 바람에 한참을 돌아서 목적지에 도착했다. 엎친 데 덮친 격으로, 신부는 집을 비우고 없었다. 드미트리가 이웃 마을로 가서 신부를 찾아내는 동안 그만 날이 저물고 말았다. 힘겹게 만난 신부는 랴가브이가 그곳에서 좀 더 떨어진 산지기의 오두막에서 오늘 밤을 보낼 거라고 말했다. 드미트리는 지칠 대로 지쳤으면서도 당장 랴가브이에게 가야 한다며 신부를 붙잡고 사정했다. 신부는 어쩔 수 없이 그를 랴가브이에게 데려다 주기로 했다.

늦은 밤 깜깜한 산길을 걸으면서 드미트리는 신부에게 자신의 계획이 무엇인지 이야기했다. 또 랴가브이가 어떤 사람인지, 그를 만나면 어떤 점을 주의해야 하는지 등을 물으며 쉴 새 없이 떠들어 댔다. 신부는 주의 깊게 듣기는 했지만 별다른 충고는 해 주지 않았다. 그러다가 드미트리가 유산 문제로 아버지와 다투고 있다는 이야기를 듣고는 소스라치게 놀랐다. 그 자신이 표도르 파블로비치와 모종의 관계를 맺고 있었기 때문이다. 어쨌든 한참을 걸은 끝에 그들은 겨우 산지기의 오두막에 도착했다.

드미트리는 잔뜩 기대에 부푼 채 오두막 안으로 들어갔지만 이내 또다시 실망하고 말았다. 그가 만나려던 랴가브이는 술에 흠뻑 취해서 드렁드렁 코를 골며 자고 있었던 것이다.

'깨워야 해. 이게 얼마나 중요한 일인데! 서둘러 이 일을 해결하고 오늘 안으로 돌아가야 해.'

드미트리는 그를 열심히 흔들어 깨웠다. 그러나 잠에 곯아떨어진 사람은 도무지 일어날 기미를 보이지 않았다. 드미트리는 초조해진 나머지 랴가브이의 손과 발을 마구 잡아당겼다. 그래도 꿈쩍도 하지 않자 몸을 일으켜서 의자에 앉혀 보려고까지 했다. 그러나 돌아온 것이라고는 알아듣기 힘들 정도로 지독한 욕설뿐이었다.

"안 되겠습니다. 좀 더 기다리시지요. 아무래도 제정신이 아닌 것 같은데……."

신부가 조용한 말투로 드미트리를 말렸다.

"하루 종일 퍼마셨어요."

산지기가 한마디 보탰다.

"내가 지금 얼마나 절박한지, 얼마나 큰 절망에 빠져 있는지 아십니까?"

드미트리는 울부짖듯 소리쳤다.

"그래도 아침까지 기다리는 편이 낫겠습니다."

신부가 다시 말했다.

드미트리는 잠에 취해 늘어져 있는 술꾼을 바라보며, 한순간 차라리 다 집어치우고 이대로 돌아갈까 하는 생각을 했다.

'안 돼, 그래도 아침까지는 기다려 보자. 그래, 오기로라도 버텨야지. 그냥 간다면 아예 오지 않은 것만 못하잖아. 게다가 타고 갈 마차도 없으니 무작정 떠날 수도 없어. 아, 정말로 대책이 없군!'

드미트리는 달리 방법이 없다는 사실을 깨닫고는 의자에 털썩 주저앉았다. 랴가브이가 일어날 때까지 기다리려고 했지만, 하루 종일 돌아다니느라 너무 지쳤던 탓에 자기도 모르게 잠이 들고 말았다.

다음 날, 드미트리는 느지막이 눈을 떴다. 오두막의 창문으로 햇살이 쏟아져 들어왔다. 그러나 그의 희망은 더 멀리 날아간 듯했다. 랴가브이는 진작에 일어나 남아 있던 술을 바닥낸 상태였다. 그것도 모자랐는지 새 술병의 절반 이상을 비우고 있었다. 그는 어제보다 더 심하게 곤드레만드레 취해 있었다. 드미트리는 어떻게든 랴가브이를 달래서 이야기를 나누어 보려고 말을 걸었다.

"저기, 나는 드미트리 표도로비치 카라마조프라고 합니다. 당신이 사려고 하는 숲의 주인인 표도르 파블로비치 카라마조프의 아들인데……."

"거짓말하지 마! 표도르? 표도르 따위는 난 전혀 몰라."

랴가브이는 잘 돌아가지도 않는 혀로 힘겹게 말했다.

"내 아버지한테서 숲을 사려고 한다면서요? 이봐요, 정신 좀 차려 보세요. 삼소노프가 당신에게 가 보라고 했어요."

"거, 거짓말! 너는 칠장이야! 이 비열한 놈!"

"제발 정신 좀 차려 보세요. 나는 드미트리 표도르비치 카라마조프입니다. 당신에게 한 가지 제안을 하려고…… 숲과 관련해서요."

드미트리는 절망에 가득 차서 어쩔 줄 몰라 했다. 그 순간 이건 아니다, 싶은 느낌이 이마를 세게 때렸다. 그는 그제야 모든 것을 깨달았다. 삼소노프에게 완전히 속았던 것이다. 랴가브이는 자신의 계획에 아무 소용이 없는 사람이었다. 다른 때 같았으면 격분한 나머지 바로 앞에 앉아 히죽거리는 랴가브이를 죽여 버렸을지도 모른다. 그러나 지금은 너무나 지친 상태였기 때문에 그저 조용히 외투를 집어 들고 오두막에서 나왔다.

오두막 주위에는 오직 숲뿐, 아무것도 없었다. 어느 쪽으로 가야 할지 알 수가 없었다. 전날 밤 신부와 함께 올 때는 경황이 없기도 한 데다 워낙 어두워서 길을 제대로 봐 두지 못했다. 드미트리는 발길 가는 대로 걷기 시작했다. 그는 그 누구에게도, 심지어 삼소노프에게도 복수심을 품지 않았다. 아무 생각 없이 흐리멍덩하게 걸을 뿐이었다.

한참 후 그는 용케도 숲에서 빠져나왔다. 갑자기 한없이 넓은 들판이, 추수를 끝내 황량하기 그지없는 들판이 눈앞에 펼쳐졌다.

"절망……, 완전히 죽음뿐이다!"

드미트리는 이렇게 중얼거리면서 될 대로 돼라는 심정으로 성큼성큼 걸음을 옮겼다. 그러다 다행히도 마침 그곳을 지나던 마부의 눈에 띄어 마차를 얻어 탈 수 있었다. 세 시간쯤 후, 그는 볼로비야 역에 도착해 시내로 가는 역마차를 불렀다. 그러고 나니 갑자기 뱃가죽이 등에 들러붙을 만큼 배가 고팠다. 말을 매는 동안 계란 프라이와 빵, 소시지를 단숨에 먹어 치우고 보드카까지 석 잔이나 연거푸 들이켰다. 허기가 사라지고 힘이 나니 다시 용기가 솟았다. 그는 마부를 재촉해 엄청난 속도로 달리기 시작했다. 마차 안에서 그는 오로지 새로운 계획에만 집중했다. 저녁까지 어떻게든 돈을 구해야 했다.

"기가 막힌다. 겨우 삼천 루블 때문에 인간의 운명이 끝장이라니! 오늘 당장 끝을 보고야 말겠어!"

드미트리는 온몸을 떨면서 소리쳤다. 혹시라도 그사이 그루센카에게 무슨 일이 일어나지는 않았을까, 하는 생각에 초조함만 더욱 깊어졌다. 그녀에 대한 생각이 날카로운 칼처럼 그의 영혼을 자꾸만 찔러 댔다. 그는 시내에 도착하자마자 그루센카에게로 달려갔다.

제 1 9 장

치욕 그 이상의 것

이것이 바로 그루셴카가 라키친에게 언급했던 드미트리의 방문에 얽힌 이야기였다. 그녀는 급한 소식을 기다리고 있었기 때문에 드미트리가 이틀 동안 찾아오지 않은 것이 매우 기뻤다. 기왕 이렇게 되었으니, 장교의 연락을 받고 떠날 때까지 오지 않기를 간절히 바라고 있었는데, 하필 그가 지금 들이닥쳤던 것이다.

그루셴카는 드미트리를 따돌리기 위해, 돈 문제로 삼소노프를 만나야 하니 그 집까지 데려다 달라고 부탁했다. 드미트리는 두말없이 그녀를 데려다 주고는 열두 시쯤 다시 오겠다고 했다. 그는 그루셴카가 삼소노프 집에 있으므로 표도르 파블로비치한테 가지는 않을 거라고 안심하며 그 자리를 떠났다.

'이제 스메르쟈코프를 족쳐서 어제 저녁에 무슨 일이 있었는지 알아내야지. 혹시라도 그루센카가 아버지한테 갔다면……'

그는 마음이 조급해졌다. 조금이라도 좋으니 우선 필요한 돈부터 구해야 할 듯싶었다. 그는 돈을 어디서 구할 수 있을지 곰곰 생각해 보았다. 그러자 두 가지 안이 떠올랐다. 그중 한 가지는 자신이 애지중지하는 권총을 저당잡히는 것이었다.

그에게는 총알이 장전된 결투용 권총이 한 벌 있었다. 소지품 중에서 가장 아끼는 것이었기 때문에 지금까지 이것만은 저당을 잡히지 않고 있었다. 언젠가 시내의 술집에서 만난 적 있는 젊은 관리가 리볼버(탄창이 회전식으로 되어 있는 권총—옮긴이)나 단도 같은 무기를 아주 좋아해서 집에 걸어 놓고 자랑하는 게 취미라고 했던 게 생각났다. 바로 그 사람을 찾아갈 작정이었다.

드미트리는 곧장 그 관리의 집으로 달려갔다. 그리고 권총을 담보로 십 루블을 빌려 달라고 간청했다. 그는 권총을 몹시 탐내며 아예 자기한테 팔라고 설득했다. 하지만 드미트리는 끝내 그 제안을 받아들이지 않았다. 별수 없이 그 관리는 이자 없이 십 루블을 내주었다. 그들은 친구가 되기로 하고 그대로 헤어졌다.

드미트리는 빠른 걸음으로 표도르 파블로비치의 집 뒤쪽에 있는 오두막으로 향했다. 여기서 중대한 사실 하나를 밝혀 두도록 하겠다. 앞으로 이야기할 사건이 발생하기 불과 서너 시간 전만 해도 드미트리는 단돈 일 코페이카도 없어서 애지중지하던 권총마저 저당잡힌 상태였다. 그러나 세 시간 뒤에는 수천 루블을 손에 쥐고 있었다. 비극이 시작된 것이었다.

드미트리는 표도르 파블로비치와 이웃해 사는 마리야에게서 스메르쟈코프가 지하 창고에서 굴러떨어져 발작을 일으켰다는 소식을 전해 듣고 충격과 혼란에 휩싸였다. 또 이반이 오늘 아침에 모스크바로 떠났다는 소식도 들었다. 이반이 떠났다는 말을 들었을 때는 '나보다 먼저 볼로비야를 지나갔겠군.' 하고 생각하고 말았지만, 스메르쟈코프가 몸져누웠다는 사실에는 왠지 자꾸 신경이 쓰였다.

'이제 누가 영감을 감시하고 나한테 정보를 주지?'

그는 이웃집 여자를 붙잡고 어제 저녁에 아무 일이 없었는지 꼬치꼬치 캐물었다. 그녀는 그가 궁금해하는 게 뭔지 잘 알고 있었다. 그래서 이반 외에는 아무도 오지 않았다고 거듭 강조하면서 그를 안심시켜 주었다. 드미트리는 잠시 생각에 잠겼다.

'오늘은 어디서 망을 봐야 할까? 여기서? 아니면 삼소노프의 집 앞? 사태를 봐 가면서 망을 봐야겠는데……. 일단은 한 시간 안에 모든 문제를 매듭짓고, 삼소노프의 집으로 가서 그루센카가 있는지 확인한 다음 이곳으로 되돌아오는 거야. 여기에 열한 시까지 있다가 다시 그녀를 데리러 가면 되겠군.'

드미트리는 곧장 집으로 달려가 얼굴을 씻고 옷을 차려입은 다음 호흘라코바 부인의 집으로 향했다. 아, 두 번째 안은 바로 이것이었다! 호흘라코바 부인에게 삼천 루블을 빌릴 생각이었던 것이다. 터무니없게도 그는 호흘라코바 부인이라면 자신의 부탁을 거절하지 않으리라 확신했다.

사실 최근 한 달 동안 호흘라코바 부인과는 절교를 한 것이나 다름없었다. 이전에도 그렇게 절친한 사이는 아니었다. 게다가 호흘라코바 부인은 드미트리를 매우 싫어했는데, 그도 그 사실을 잘 알고 있었다. 그녀는 드미트리가 카테리나의 약혼자라는 사실을 몹시 안타까워했다. 차라리 카테리나가 그보다는 교양이 넘치는 이반과 결혼하기를 바랐다. 드미트리는 바로 이런 점에 착안하였다.

'내가 카테리나와 결혼할까 봐 전전긍긍하고 있으니, 내게 삼천 루블쯤이야 선뜻 내주겠지? 그 돈만 있으면 그녀를 단념하고 영원히 이곳을 떠날 테니까. 호강에 겨워 사는 상류층 부인들은 자기들이 원하는 대로 일을 성사시키기 위해서라면 아무것도 아까워하지 않는 법이지. 게다가 그녀는 돈이 남아돌잖아.'

그는 호흘라코바 부인에게도 체르마쉬냐의 땅에 대한 권리를 제안할 생각이었다. 하지만 삼소노프에게 그랬던 것처럼, 삼천 루블을 주면 그 두 배인 육천 루블이나 칠천 루블을 벌 수 있다는 상업적인 목적을 강조할 생각은 아니었다. 그저 빚에 대한 점잖은 담보물로서 제시할 속셈이었다. 그는 자신의 새로운 계획이 아주 만족스러웠다. 무언가를 새로 시작하거나 갑자기 결단을 내려야 할 때마다 늘 그렇게 흥분하곤 했다. 새로운 생각이라면 뭐든 간에 열정적으로 매달렸기 때문이다.

그러나 호흘라코바 부인의 집으로 들어서자 등골이 오싹해지는 공포가 느껴졌다. 그는 지금이 자신에게 주어진 마지막 기회라는 사실을 상기했다. 이것 말고는 이 세상에 남은 것이 아무것도 없다는 것을, 이번 계획마저 실패하면 '사람을 죽이고라도 삼천 루블을 손에 넣을 수밖에 더 이상 방법이 없다.'는 것을 절실하게 깨달았던 것이다.

드미트리가 호흘라코바 부인의 집 앞에서 초인종을 누른 시각은 일곱 시 반 무렵이었다. 처음에는 순조롭게 일이 풀리는 듯했다. 부인을 만나러 왔다고 하자 즉시 안으로 들어갈 수 있었다. 응접실로 들어서니 부인이 뛰다시피 들어와 그를 반갑게 맞았다.

"드미트리 표도로비치, 당신을 기다렸어요! 당신이 우리 집을 찾을 리는 없다고 생각하면서도 당신을 얼마나 기다렸는지 모른답니다."

"정말 놀라운 일이군요, 부인."

드미트리는 엉거주춤 자리를 잡으면서 말했다.

"나는…… 굉장히 중대한 일 때문에 찾아왔습니다. 나에게는 말이죠, 부인. 사정이 아주 급합니다."

"아주 중대한 일 때문이라는 건 알고 있어요, 드미트리 표도로비치. 카테리나에게 그런 일이 생겼는데, 당신이 오지 않을 리가 있겠어요? 참, 조시마 신부님께서 돌아가셨다는 얘기는 들으셨지요?"

"아뇨, 부인. 금시초문입니다."

드미트리는 약간 놀라며 알렉세이를 떠올렸다.

"오늘 새벽에 돌아가셨으니……."

"잠깐만요, 부인. 내 말을 먼저 들어 보세요. 나는 지금 아주 절망적인 상황에 놓여 있습니다. 만약 부인이 도와주지 않는다면 모든 것이 끝장입니다. 표현이 거칠어서 죄송합니다만, 나는 지금 열에 들떠 있습니다. 거의 열병……."

"알고 있어요, 열병이겠죠. 당신이 무슨 말을 하건 나는 이미 다 알고 있어요. 오래전부터 당신을 지켜봐 왔거든요. 드미트리 표도로비치, 나는 제법 노련한 정신과 의사랍니다."

"부인이 노련한 의사라면, 나는 노련한 환자겠지요."

드미트리는 억지로 그녀의 장단을 맞춰 주었다.

"부인, 파멸에 직면한 내 운명을 구해 주시기 전에 내가 제안을 하나 하겠습니다. 사실 부인에게 기대하는 것이 있어서 이렇게 찾아왔는데……."

"얘기할 필요 없어요. 나는 남을 돕는 일에는 익숙하니까요.

드미트리 표도로비치, 내 사촌 벨메소바에 대해 들어 봤나요? 그녀의 남편이 파산했는데, 아니 당신 표현대로 끝장이 났는데 내가 그에게 말을 길러 보라고 조언해 줬답니다. 그의 사업은 지금 아주 번창하고 있어요. 혹시 그쪽 일에 대해서 뭐 아는 게 있나요?"

드미트리는 초조한 나머지, 몸까지 들썩거리면서 대답했다.

"아, 슬프게도 전혀 없습니다. 제발 부탁이니, 부인, 나에게 딱 이 분만 주세요. 좋은 제안을 하겠어요. 지금 나에겐 시간이 금 쪽같습니다. 급하게 처리할 일이 한두 개가 아니거든요."

드미트리는 그녀가 또 말을 시작할까 봐 목청껏 소리를 질러 그녀의 말을 막았다.

"나는 그야말로 절망의 구렁텅이에 빠져서 부인에게 삼천 루 블을 빌리러 왔습니다. 물론 믿을 만한, 아주 믿을 만한 담보가 있습니다. 부인, 일단 한번 이야기를 들어 보면……."

"그런 얘기는 이따가 하세요."

호흘라코바 부인은 단호하게 한 손을 내저으며 말했다.

"드미트리 표도로비치, 나는 이미 다 알고 있다니까요. 삼천 루블이 필요한 모양인데, 더 많은 돈으로 당신을 구해 주겠어요. 우선 내 말부터 잘 들어 보세요."

그러자 드미트리는 자리에서 벌떡 일어나 소리쳤다.

"부인, 정말 선량하세요! 나를 구한 겁니다……. 한 인간이 죽지 않도록, 권총으로 자살해 버리지 않도록 구해 주었어요."

"나는 당신에게 삼천 루블보다 훨씬 많은 돈을, 정말 엄청나게 많은 돈을 얼마든지 줄 수 있어요."

호흘라코바 부인은 드미트리가 기뻐하는 모습을 보면서 미소를 지었다.

"아, 돈이 많이 필요한 건 아닙니다. 내가 필요한 건 오직 숙명과도 같은 삼천 루블입니다. 그 금액에 해당하는 담보물도 있고 해서, 부인에게 제안을 하나 하려고 하는데⋯⋯."

"됐어요, 드미트리 표도로비치. 나는 한 번 말한 건 행동에 옮기는 사람이니까요."

호흘라코바 부인은 딱 잘라 말했다.

"내 입으로 당신을 구해 주겠다고 약속했으니까 꼭 그렇게 해야죠. 드미트리 표도로비치, 금광에 대해서 어떻게 생각하세요?"

"금광이라뇨? 나는 그런 건 꿈에도 생각해 본 적이 없습니다, 부인."

"그럴 줄 알고 내가 당신을 대신해서 생각해 봤어요. 난 벌써 백 번도 넘게, 당신이야말로 금광에 걸맞은 사람이라고 생각하고 또 생각했어요. 당신의 생김새와 걸음걸이까지 면밀히 연구하고 내린 결론이지요."

"내 걸음걸이를 말입니까, 부인?"

드미트리는 어이가 없다는 듯한 미소를 지으며 물었다.

"네, 걸음걸이요! 걸음걸이로 사람의 성격도 알 수 있어요. 심지어 자연 과학에서도 이 문제를 다룬답니다."

"부인, 내게 삼천 루블을 빌려 주기로 한 것과 걸음걸이가 무슨 상관이 있습니까? 나는……."

호흘라코바 부인이 바로 말을 잘랐다.

"드미트리 표도로비치, 설마 그 돈이 당신을 피해 가겠어요? 어쨌거나 삼천 루블은 당신의 호주머니로 들어갈 거예요. 삼천이 아니라 삼백만 루블은 될걸요. 드미트리 표도로비치, 당신은 금광을 찾아내어 수백만 루블을 벌어서 돌아올 거예요. 그리고 이 지역의 활동가가 되어서 우리를 이끌겠죠. 당신은 건물을 세우고 여러 회사를 만들 거예요. 또 가난한 사람들을 도울 테고, 그들은 당신을 존경하겠지요. 드미트리 표도로비치, 당신은 유명 인사가 되어서 정부의 관리들도 모두 당신만 찾게 될걸요. 요즘 환율이 자꾸만 폭락하고 있잖아요. 이럴 땐 금광이 실속 있는 법이지요. 이런 쪽으로 나를 알아주는 사람은 별로 없지만, 내가……."

"부인, 부인!"

드미트리는 불안한 예감이 들어 말을 끊었다.

"부인의 말씀대로 하겠습니다. 네, 금광을 찾아 떠나도록 하지요. 그런데 지금은 삼천 루블, 부인이 조금 전에 약속한 삼천 루블만 있으면 나는 모든 것으로부터 해방입니다. 오늘 당장……, 나는 시간이 없습니다. 단 한 시간도! 당장 어떻게 안 되겠습니까?"

"됐어요, 드미트리 표도로비치. 됐다니까요!"

호흘라코바 부인이 또다시 말을 끊었다.

"내 말은, 금광을 찾아가겠어요? 결심을 굳혔나요, 아닌가요? 단도직입적으로 대답해 주세요."

"갑니다, 부인. 부인이 원하는 곳이라면 어디라도요. 그러니 일단……."

"잠깐만요!"

호흘라코바 부인은 이렇게 외친 뒤, 자리에서 벌떡 일어나 서랍이 많이 달린 화려한 장식장 앞으로 달려갔다. 그녀는 서랍을 하나하나 열어 보며 허둥지둥 뭔가를 찾기 시작했다. 드미트리는 그녀가 당장 돈을 주려는 줄 알고 거의 까무러칠 지경이 되었다.

'삼천 루블이라는 돈을, 서류 한 장도 없이……. 아, 참 대단한 여성이야! 말이 많은 게 탈이지만.'

"여기 있군요! 이게 바로 내가 찾던 거예요."

호흘라코바 부인이 탄성을 지르며 다시 자리로 돌아와 앉았다. 그녀는 끈이 달린 자그마한 은제 성상을 들고 있었다.

"이건 키예프에서 온 거예요."

그녀가 경건한 어조로 말을 이었다.

"위대한 순교자의 유해에서 나온 거죠. 내가 직접 당신의 목에 걸게 해 주세요. 이렇게 당신의 새로운 삶과 위업을 축복하고 싶어요."

그러고는 그의 목에 성상을 걸어 주려 했다. 드미트리는 어안이 벙벙해졌지만 일단 몸을 앞으로 살짝 숙여 그녀가 성상을 걸 수 있게 했다.

"자, 이제 떠나도 돼요."

호흘라코바 부인이 다부지게 말했다.

"부인, 이토록 호의를 베풀다니…… 어떻게 감사를 드려야 할지 모르겠습니다. 하지만 나는 시간이 없습니다. 물론 부인의 관대함을 믿지만 돈을……, 부인이 그토록 선량하고 관대하다면……."

마침내 드미트리는 참고 참았던 감정을 터뜨리며 소리를 질렀다.

"부인에게 털어놓도록 해 주십시오. 어차피 부인도 이미 알고 있을 겁니다. 나는 한 여인을 사랑하게 되어 카테리나를 배반했습니다. 카테리나에게는 비인간적이고 불성실한 인간이었지요. 하지만 남들이 모두 경멸할지도 모르는 한 여자를 사랑하게 되면서부터 절대로 그녀만은 실망시키지 않겠다고 다짐했습니다. 그래서 지금 삼천 루블이……."

"모두 단념하세요."

호흘라코바 부인이 또다시 말을 가로막았다.

"특히 여자를 단념해야 돼요. 당신의 목적은 금광이지 여자가 아니에요. 나중에 부귀영화를 얻어 금의환향하면 상류 사회에서 제일가는 여자를 얻게 될 테니까요. 교양 있고 이해심 많은 현대적인 아가씨를 말이죠. 그 무렵이면 그야말로 신여성이 나타날 거예요."

"부인, 지금 그 얘기가 아니라……."

드미트리는 두 손을 모으고 애원하듯 말했지만 호흘라코바 부인은 막무가내였다.

"드미트리 표도로비치, 이게 진정 당신에게 필요한 일이라니까요. 당신 스스로도 원하는 일이라고요. 나는 여성 문제에 대해서도 조예가 상당히 깊어요. 여성이 역량을 쌓아 정치적 역할까지 담당하는 것, 이것이 바로 나의 이상이랍니다. 내게도 딸이 있으니까요. 하지만 이런 쪽으로 날 알아주는 사람 역시 참 드물어요. 어머! 왜 그러세요, 드미트리 표도로비치?"

결국 드미트리는 벌떡 일어나 애원했다.

"부인, 나를 정녕 울릴 작정인가요? 그토록 관대하게 약속을 해 놓고 이렇게 꾸물거리다니……."

"그럼 우세요, 드미트리 표도로비치. 울어도 되고말고요! 슬픔은 아름다운 감정이에요. 눈물을 흘리다 보면 마음이 한결 가벼워질 것이고, 그다음엔 아마도 기쁜 감정이 생길 거예요. 그렇게 되면 나와 기쁨을 나누기 위해 시베리아에서도 잊지 않고 찾아올 테죠."

기어이 드미트리는 울부짖기 시작했다.

"마지막으로 부탁합니다. 제발 좀 말씀해 주세요. 부인이 약속한 돈을 오늘 중으로 줄 수 있나요? 만약 지금 안 된다면, 정확히 언제 그 돈을 받으러 오면 되겠습니까?"

"돈이라고요?"

"부인이 약속한 삼천 루블 말입니다. 선뜻 내주겠다고⋯⋯."

"삼천 루블이라니요? 아니, 무슨 말씀이세요? 나한테 삼천 루블이 어디 있어요?"

호흘라코바 부인은 정말로 놀라는 듯한 기색을 보였다. 드미트리는 당황스러워서 말이 제대로 나오지 않았다.

"아니, 어떻게⋯⋯, 아까 얘기했잖습니까? 그 돈은 어쨌거나 내 주머니에 있는 거나 마찬가지라고요."

"어머나, 내 말을 잘못 이해했군요, 드미트리 표도로비치. 나는 금광 얘기를 했던 거예요. 내가 당신에게 삼천 루블보다 더 많은 돈을 얼마든지 주겠다고 약속하긴 했죠. 하지만 그건 어디까지나 금광을 염두에 두고 한 얘기인걸요."

"그럼 돈은요? 삼천 루블은요?"

드미트리는 어이가 없다는 듯 소리쳤다.

"오, 저런! 지금 나에게는 돈이 전혀 없어요. 게다가 요즘 관리인들과 자꾸 마찰이 생기는 바람에, 며칠 전에는 표트르 알렉산드로비치에게 오백 루블을 빌렸을 정도랍니다. 그리고 설사 돈이 있다고 해도 빌려 주지 않을 거예요. 난 그 누구에게도 돈은 빌려 주지 않아요. 돈을 빌려 주면 싸움이 나게 마련이니까요. 당신에게라면 특히 더 빌려 주지 않겠어요. 당신을 아끼는 마음에서, 당신을 구해 주기 위해서 말이에요. 오직 금광만이 당신을 구원해 줄 거예요."

"에잇, 빌어먹을!"

드미트리는 으르렁거리며 주먹으로 힘껏 탁자를 내리쳤다.

"어머나!"

호흘라코바 부인은 깜짝 놀라 비명을 지르며 응접실 구석으로 몸을 피했다.

드미트리는 침을 탁 뱉고는 빠른 걸음으로 부인의 집에서 뛰쳐나와 어두운 거리로 향했다. 그는 마치 미친 사람처럼 휘청휘청 걸어가면서 자신의 가슴을 내리쳤는데, 그 자리는 그저께 저녁 알렉세이와 마지막으로 마주쳤을 때 쳐 댔던 부분이었다. 그가 자기 가슴을 쳐 대는 것이 무엇을 의미하는지 아무도 알지 못했다. 그것은 알렉세이에게도 털어놓지 못한 비밀이었다. 그 비밀 속에는 치욕 이상의 것이 감춰져 있었다. 그는 카테리나에게 삼천 루블을 갚을 수 없다면, 그러니까 그의 양심을 짓누르는 가슴속 치욕을 씻을 수 없다면 자살을 하는 수밖에 없다고 생각했던 것이다.

마지막 희망마저 사라져 버리고 말았다. 드미트리는 호흘라 코바 부인의 집에서 불과 몇 걸음 떼자마자 어린아이처럼 펑펑 눈물을 쏟아 냈다. 그는 주먹으로 눈물을 훔치면서 정신없이 걸어갔다. 그렇게 광장까지 걸어왔을 때 자기도 모르게 누군가와 탁 부딪쳤다. 그 바람에 하마터면 넘어질 뻔한 어떤 노파가 비명을 질렀다.

"아이고, 사람 잡겠네그려! 눈은 어디다 두고 걷는 거야, 이 불한당 같은 놈아!"

"이런! 할멈 아니오?"

드미트리는 어둠 속에서 노파를 알아보고 소리쳤다. 그녀는 바로 삼소노프의 시중을 드는 노파였다.

"나리는 뉘시오? 어두워서 통 알아볼 수가 없네요."

노파는 목소리를 완전히 누그러뜨리고 말했다.

"삼소노프 댁에서 시중을 들며 살죠?"

"그렇긴 한데, 나리는 뉘신지요?"

"저기, 할멈. 그루셴카가 지금 그 집에 있소? 아까 내가 직접 데려다 주고 왔는데."

드미트리는 조바심을 내며 물었다.

"아까 다녀갔지요. 잠깐 앉아 있다가 떠났어요."

"뭐라고요? 떠났다고요? 언제 떠났어요?"

"오자마자 바로 갔지요. 한 일 분쯤 앉아 있었나? 옛날 얘기 하나로 주인 나리를 실컷 웃겨 놓고는 냉큼 나가 버렸어요."

"빌어먹을 년이 내게 거짓말을 했어!"

드미트리는 이렇게 울부짖으며 그루센카의 집으로 달려갔다.

그루센카가 모크로예로 떠난 지 채 십오 분도 지나지 않았을 때였다. 페냐는 할머니와 함께 부엌에 앉아 있었다. 그런데 갑자기 문이 벌컥 열리더니 드미트리가 뛰어 들어왔다. 페냐는 너무나 놀란 나머지 온 집이 떠나가라 비명을 질러 댔다. 드미트리도 고함을 질렀다.

"왜 소리를 지르고 난리야? 아씨는 어디에 있느냐?"

드미트리는 갑자기 페냐의 발아래로 몸을 내던지며 사정했다.

"페냐, 제발 부탁이다. 그리스도의 이름으로 말해 다오. 아씨는 지금 어디에 있는 거냐?"

"아무것도 모릅니다, 나리. 정말로 아무것도 몰라요. 아까 나리와 함께 나가셨잖아요."

"다시 돌아왔단 말이다!"

"나리, 아씨는 집으로 안 오셨어요. 하느님께 맹세코요!"

"거짓말! 그래, 네가 이렇게 무서워하는 꼴을 보니 그년이 어디에 있는지 똑똑히 알겠다."

드미트리는 이렇게 소리치고는 밖으로 내달렸다. 페냐와 할머니는 집을 나서는 그를 보며 한 번 더 놀란 가슴을 쓸어내려야 했다. 탁자 위에 놋쇠로 된 절구가 놓여 있었는데, 그 안에는 그리 크지 않은 놋쇠 공이가 들어 있었다. 드미트리가 달려 나가면서 그 놋쇠 공이를 주머니 속에 쑤셔 넣었던 것이다.

"분명 누굴 죽일 작정인 거야."

페냐가 기겁을 하며 말했다.

드미트리는 어디로 달려갔을까? 불 보듯 빤한 일이었다.

'아버지의 집이 아니라면, 그년이 도대체 어디로 갔겠어? 삼소노프 집에서 곧장 아버지한테로 달려간 거야. 그년의 계략을 이제야 알아차리다니! 마리야도 음모에 동참한 게 분명해. 스메르쟈코프 놈도 마찬가지이고. 다들 매수당한 거야.'

이런 생각들이 그의 머릿속을 회오리처럼 훑고 지나갔다.

그는 골목을 지나 표도르 파블로비치의 집 주위를 크게 한 바퀴 빙 돌아서 거리로 나갔다. 거기서 다리를 건너면 곧바로 집 뒤쪽의 인적이 드문 골목길로 이어졌다. 그 골목을 따라 한쪽에는 이웃집의 텃밭 울타리가, 또 다른 한쪽으로는 표도르 파블로비치의 정원을 둘러싼 높고 견고한 담장이 있었다. 여기서 그는 한 지점을 골랐는데, 그곳이 바로 리자베타가 아기를 낳기 위해 담을 넘었던 곳인 듯했다.

'그 여자도 넘었다는데 나라고 못 넘겠어?'

그는 높이 뛰어올라 단숨에 담장의 꼭대기에 한 손을 걸치고는 힘껏 몸을 끌어 올려 담장에 올라탔다. 그러자 몸채의 창문까지 훤히 보였다.

'그럼 그렇지. 아버지의 침실에 불이 켜진 걸 보니, 저기에 있는 게 분명해.'

드미트리는 담장에서 훌쩍 뛰어내려 정원으로 들어섰다. 그리고리는 아파서 누워 있었고, 스메르쟈코프의 간질 발작도 꾀병일 리가 없으니 들킬 염려는 없었다. 그러나 그는 본능적으로 몸을 최대한 낮추고 사방을 살폈다. 바람조차 불지 않는 고요한 밤이었다.

'담장 뛰어넘는 소리를 아무도 못 들었어야 하는데⋯⋯.'

그는 잠깐 멈칫하다가 살금살금 정원의 풀밭 위를 걸어갔다. 걸음을 옮길 때마다 나무 사이로 몸을 숨기고 자기 발소리에 귀를 기울였다. 오 분쯤 후 불 켜진 창문 앞에 다다랐을 때, 그는 창문 바로 아래에 높고 무성한 나무 몇 그루가 작은 숲을 이루고 있다는 사실을 기억해 냈다. 몸채의 정면에서 왼쪽의 정원으로 통하는 쪽문이 잠겨 있는 것을 꼼꼼히 봐 둔 후, 마침내 창문 아래 작은 숲에 다다른 뒤 그 속에 몸을 숨겼다.

'이제 때를 기다려야 해. 만약 저쪽에서 내 발소리를 듣더라도 잘못 들은 걸로 알게끔 말이야. 재채기라도 나오면 어쩌지?'

드미트리는 이 분 정도 미동 없이 가만히 있었다. 그러나 심장이 자꾸만 쿵쾅거려서 숨이 막힐 지경이었다.

'아, 심장이 요동을 치네. 더 이상 못 기다리겠어.'

그가 숨은 숲의 앞쪽은 창문에서 나온 빛 때문에 제법 환했다. 그는 소리가 나지 않게 발걸음을 옮기면서 창문 곁으로 다가갔다. 까치발을 하고 서자 표도르 파블로비치의 침실 전체가 훤히 들여다보였다. 방은 그다지 크지 않았는데, 붉은색의 중국식 병풍이 가로지르고 있었다. 드미트리는 병풍 뒤에 그루센카가 있을지도 모른다고 생각하면서 표도르 파블로비치를 자세히 살펴보았다.

표도르 파블로비치는 드미트리가 한 번도 본 적이 없는 줄무늬 비단 잠옷을 입은 채 술이 달린 비단 허리띠를 매고 있었다. 잠옷 자락 밑으로 깨끗한 속옷이 보였고, 네덜란드제 루바쉬카(블라우스 풍의 남성용 상의―옮긴이)의 소매에는 황금 단추가 달려 있었다. 머리에는 붉은 붕대를 동여매고 있었다.

표도르 파블로비치는 창문 앞에 서서 창밖의 소리에 귀를 기울이다가 탁자 곁으로 다가가 코냑 반 잔을 따라 마셨다. 그러고는 한숨을 크게 내쉬고 다시 창밖을 보며 잠깐 서 있다가 벽에 걸린 거울로 다가갔다. 그는 오른손으로 이마의 붉은 붕대를 살짝 들어 올려 아직까지 사라지지 않은 멍과 부어오른 상처를 살펴보기 시작했다. 그러더니 이내 다시 창문 쪽으로 몸을 돌리고 바깥을 내다보았다. 드미트리는 재빨리 어두운 그늘 속으로 숨으며 확신했다.

'혼자 있는 거다. 아무리 봐도 혼자 있는 게 분명해! 창문 밖을 내다보는 건 그녀가 오는지 살피기 위해서야. 그러니까 그녀가 없다는 거지. 그게 아니면 왜 어둠 속을 살피겠어? 초조해서 죽을 지경이겠군.'

드미트리는 다시 방 안을 훔쳐보았다. 표도르 파블로비치는 오른손으로 턱을 괸 채 서글픈 표정으로 탁자 앞에 앉아 있었다.

'혼자다, 혼자야! 만약 그루셴카가 여기 있다면, 아버지 얼굴이 훨씬 밝았겠지.'

그는 몇 번이나 되뇌었다. 그런데 이상한 일이었다. 그루셴카가 그곳에 없다는 확신이 들자 왠지 기운이 빠지고 신경질이 나기 시작했다.

'그녀가 여기에 있는지 없는지 정확하게 알 수 없어서 그런 걸 거야.'

드미트리는 이렇게 답을 내렸다. 훗날 그의 회상에 따르면, 그때 그는 정신이 아주 또렷한 상태여서 모든 것을 아주 세세하게 따져 볼 수 있을 정도였다고 한다. 하지만 그의 마음속에는 이미 우울함이 자리 잡은 데다, 아무것도 확실하지 않다는 절망감이 점차 커지고 있었다.

'여기에 있는 걸까, 아니면 없는 걸까?'

마침내 드미트리는 결단을 내리고 손을 뻗어 창틀을 두드렸다. 표도르 파블로비치와 스메르쟈코프가 정해 둔 신호대로 처음 두 번은 작게, 나머지 세 번은 좀 더 세고 빠르게. 바로 그루센카가 왔다는 신호였다. 표도르 파블로비치는 몸을 떨면서 고개를 쳐들고 벌떡 일어났다. 그가 잽싸게 창가로 달려오자 드미트리는 그늘 속으로 얼른 몸을 숨겼다. 표도르 파블로비치는 창문 밖으로 고개를 쑥 내밀고는 떨리는 목소리로 속삭이듯 말했다.

"그루센카, 너냐? 네가 온 거냐, 응?"

표도르 파블로비치는 반가움과 두려움으로 숨을 헐떡였다.

"어디 있니, 내 아기 천사야? 어디 있느냐, 얘야."

'혼자다!'

모든 것이 명확해졌다.

표도르 파블로비치는 사방을 둘러보며 소리쳤다.

"도대체 어디 있는 거냐? 얼른 오렴. 내가 너를 위해 선물도 준비해 놨단다. 이리로 들어오면 보여 주마."

'삼천 루블이 들어 있다는 돈 봉투를 말하는 거야.'

드미트리는 정확히 예측했다.

"어디에 있는 거냐? 혹시 문 옆에 있는 거냐? 지금 당장 열어 주마."

표도르 파블로비치는 온몸을 창밖으로 내밀다시피 하여 정원으로 통하는 쪽문 근처에 그녀가 있는지 확인했다. 그는 문을 열기 위해 당장이라도 달려 나올 태세였다. 드미트리는 아버지의 행동 하나하나를 꿈쩍도 않고 지켜보았다. 아버지의 혐오스러운 얼굴을 보자 욕이 저절로 나올 것 같았다. 축 늘어진 목살, 기대감에 가득 차서 웃고 있는 입술, 흉측한 매부리코가 불빛 아래 선명했다. 드미트리의 마음속에서 무서울 정도로 끔찍한 살의가 끓어올랐다.

'저놈이다, 나의 연적! 나를, 내 인생을 괴롭히는 놈!'

드미트리의 마음은 증오심으로 가득 차서 터져 버릴 것 같았다. 그저께 알렉세이가 오두막에서 "누굴 죽인다는 말이야? 형, 대체 무슨 말을 하는 거야?"라고 물었을 때 대답하면서 느꼈던 바로 그 감정이었다. 그때 그는 이렇게 말했다.

"모르겠어, 진짜 모르겠어. 안 죽일지도 모르고, 죽일지도 몰라. 아버지 얼굴이 그 순간 너무 미워질 것 같아서 무서워. 아버지의 목살, 코, 눈, 파렴치한 비웃음이 증오스러워. 인간적으로 너무 혐오스러워서 무서운 거야. 나 스스로 감정을 억누르지 못하고……."

누군가를 이토록 싫어할 수 있다니 그저 놀라울 뿐이었다. 혐오스러운 느낌은 참을 수 없을 정도로 점점 커져 갔다. 그는 주머니 속의 놋쇠 공이를 움켜쥐었다. 그는 이미 제정신이 아니었다.

제 20 장
삶을 사랑하노라

훗날 드미트리는 "하느님께서 그때 나를 지켜 주셨다."라고 말하며 결백을 주장했다. 그것은 사실이었다. 그때 마침 그리고리가 잠에서 깨어났다. 그는 침대에 앉아 잠시 생각을 가다듬고 있다가, 뭔가 찜찜한 게 있는 듯 자리에서 일어나 몸채로 향했다. 어쩌면 이토록 위험한 시기에 집을 지키지 않고 잠을 잔 것에 대해 양심의 가책을 느꼈는지도 몰랐다. 간질 발작으로 만신창이가 된 스메르쟈코프는 다른 방에서 죽은 듯 누워 있었다. 마르파 역시 깊이 잠들어 꿈쩍도 하지 않았다.

그리고리는 끙끙대면서 현관으로 나갔다. 허리와 다리가 너무 아파서 걷기가 힘들자, 층계참에 서서 주변을 한번 둘러볼 생각이었다. 그때 문득 어제 저녁부터 정원으로 통하는 쪽문을 잠가 두지 않았다는 사실이 떠올랐다. 그는 이 집의 질서와 습관을 지키는 일에서는 아주 철저한 사람이었다. 다리를 절며 겨우 층계참까지 가 보니, 아니나 다를까 쪽문이 활짝 열려 있었다. 그는 기계적으로 정원에 발을 내딛었다. 무심코 왼편을 보니 주인 나리 방의 창문도 활짝 열려 있었다.

'더운 날씨도 아닌데 창문이 왜 열려 있을까?'

그리고리가 이렇게 생각한 순간, 그의 눈앞에서 무언가가 획 어른거렸다. 어둠 속에서 그림자 하나가 부리나케 도망치고 있었다.

'맙소사, 일이 터졌군!'

그리고리는 허리가 아픈 것도 잊은 채 그림자를 뒤쫓았다. 이 집의 정원에서는 도망자보다 그가 길눈이 훨씬 밝았다. 그는 곧장 지름길을 택했다. 도망자는 목욕탕 뒤쪽으로 달려가서 담장을 넘으려는 것 같았다. 그리고리는 눈으로 도망자의 행방을 계속 좇으면서 마구 달렸다. 그리하여 도망자가 담장을 넘기 직전에 덜미를 낚아챘다. 그는 도망자의 한쪽 발에 매달렸다. 그의 예감대로 상대는 제 아비를 죽이고도 남을 드미트리였다.

"이런, 제 아비를 죽인 놈!"

그리고리는 온 동네가 떠나갈 듯 소리를 지르다가 갑자기 벼락이라도 맞은 양 그대로 꼬꾸라졌다. 드미트리가 휘두른 놋쇠 공이에 일격을 당한 것이었다.

드미트리는 그 저주받은 놋쇠 공이를 바닥에 휙 던져 버렸다. 그것은 쓰러진 그리고리로부터 두 발자국 떨어진 곳, 하필이면 눈에 아주 잘 띄는 오솔길에 떨어졌다. 그는 정원으로 다시 뛰어 내려와 바닥에 누워 있는 그리고리를 몇 초간 살펴보았다. 그리고리의 머리는 온통 피투성이였다. 자신이 정말 노인의 머리를 박살 낸 건지, 아니면 그리고리가 정수리를 한 대 맞고 맥을 못 추는 건지 알 수 없었다. 손을 뻗어 그리고리의 머리를 만지자 피로 시뻘겋게 물들었다. 그는 호흘라코바 부인의 집에 갈 때 챙겼던 하얀 손수건으로 그리고리의 머리에서 흐르는 피를 닦아 내었다. 손수건도 순식간에 피로 흠뻑 젖어 버렸다.

'맙소사, 어쩌자고 이런 짓을 한 걸까?'

드미트리는 정신이 번쩍 들었다.

"진짜 박살을 냈다고 해도, 지금은 정확히 확인할 수 없는 노릇이야. 이렇게 된 이상 이러나저러나 다 똑같지, 뭐!"

그는 절망적으로 읊조렸다.

"사람을 죽인 거면, 뭐……. 그래, 그뿐이다. 아, 그래도 하필이면 이 노인네가 걸려들다니……. 이렇게 누워 있으라지!"

드미트리는 이렇게 말한 다음, 다시 담장을 넘어 줄행랑을 쳤다. 피에 젖은 손수건을 여전히 손에 쥐고 있다는 것을 알아차리고 프록코트 뒷주머니에 쑤셔 넣었다. 그는 온 힘을 다해 달렸다. 어두운 밤거리를 지나던 몇 안 되는 행인들은 훗날 이날 밤 미친 듯이 달려가는 그를 보았다고 증언했다.

드미트리는 다시 그루센카의 집으로 갔다. 아까 페냐는 드미트리가 떠나자마자 문지기한테 달려가서 이렇게 애원했다.

"제발 드미트리 표도르비치 나리를 집 안으로 들여보내지 마세요."

문지기는 자초지종을 듣고 그러겠다고 약속했다. 그러나 주인마님이 부르는 바람에 잠시 자리를 비운 것이 화근이었다. 얼마 전 시골에서 올라온 조카에게 대문을 지키고 있으라고 부탁하면서 페냐의 당부를 깜박 잊고 말았던 것이다.

드미트리가 그루센카의 집에 도착했을 때, 그를 알아본 문지기의 조카는 조금도 망설이지 않고 문을 열어 주었다.

"그루센카 아씨는 지금 집에 안 계십니다."

"아씨가 어디 있는지 아느냐?"

드미트리가 걸음을 멈추고 물었다.

"두 시간쯤 전에 모크로예로 떠나셨어요."

"뭐 하러?"

드미트리가 소리쳐 물었다.

"자세히는 모르겠지만, 무슨 장교라고 하던데……. 아무튼 누가 마차까지 보내서 아씨를 모셔 갔어요."

드미트리는 그 말을 다 듣지도 않고 당장 집 안으로 뛰어 들어

갔다.

페냐는 할머니와 함께 잠자리에 들 준비를 하고 있던 참이었다. 문지기를 굳게 믿고 있던 터라 안쪽에서 문도 잠그지 않은 채였다. 난데없이 들이닥친 드미트리가 다짜고짜 페냐의 멱살을 움켜쥐고 흔들었다.

"바른대로 말해! 그년은 어디에 있어? 지금 모크로예에 같이 있다는 작자는 대체 누구야?"

그는 미친 듯이 고함을 쳐 댔다. 두 여인은 공포에 휩싸인 채 비명을 질렀다.

"아이고, 말씀드릴게요. 나리, 모두 다 말씀드릴게요. 아무것도 숨기지 않고요."

겁에 잔뜩 질린 페냐가 정신없이 소리쳤다.

"아씨는 장교님을 만나러 모크로예에 가셨어요."

"장교라니?"

"옛날 그 장교님, 그러니까 오 년 전 아씨를 버리고 떠났던 그분이요."

드미트리는 페냐의 멱살을 움켜쥐고 있던 두 손을 풀었다. 그는 창백한 얼굴로 멍하니 서 있었다. 하지만 그의 눈은 모든 것을 단번에 이해한 듯했다.

페냐는 무서워서 벌벌 떠는 와중에도 드미트리의 두 손이 온통 피범벅인 것을 이상하게 생각했다. 달려오는 도중 손으로 땀을 닦은 탓에 그의 이마와 오른쪽 뺨에도 핏자국이 선명했다. 드미트리는 일 분쯤 멍하니 서 있다가 페냐 옆에 있는 의자에 주저앉았다. 장교라면 익히 알고 있었다. 그가 첫 번째 편지를 보내온 것이 한 달 전이었으니까, 그루셴카는 한 달 내내 드미트리 몰래 옛 사람을 맞이하려고 부산을 떨었을 것이다.

'전혀 생각하지 않고 있었어. 왜 그에 관한 얘기를 듣고도 신경을 쓰지 않았을까?'

드미트리는 자신의 무신경을 탓했지만 이미 되돌릴 수 없는 일이었다.

잠시 후 드미트리는 몹시 조용하고 상냥한 어조로 페냐에게 말을 걸었다. 그는 자신이 처한 상황에 어울리지 않을 만큼 차분하게 이것저것 캐묻기 시작했다. 페냐는 그의 피투성이 손을 의아하게 바라보면서도 놀랄 만큼 담담한 어조로 대답했다.

그녀는 드미트리의 마음을 편하게 해 주려는 듯 오늘 하루 동안 일어난 일을 하나도 빼놓지 않고 자세히 말했다. 라키친과 알렉세이가 찾아왔던 일, 자신이 망을 본 일, 장교의 연락을 받고 아씨가 떠나게 된 일, 그리고 알렉세이를 향해 '드미트리에게 그를 사랑한 건 딱 한 시간뿐이었다고 전해 주세요. 그 한 시간을 영원히 추억할 수 있게요.'라고 외친 일 등을 모두 이야기했다. 드미트리는 안부를 전해 달라고 했다는 대목에서 갑자기 뺨이 발갛게 달아올랐다.

페냐는 질문에 답을 하며 긴장이 풀린 덕분인지 그에게 먼저 말을 붙이기까지 했다.

"나리, 손이 온통 피투성이예요!"

"그래."

드미트리는 짧게 대답하고는 자신의 손을 멍하니 들여다보다가 곧 침묵 속으로 빠져들었다.

그가 이 집에 온 지 이십여 분쯤 지났을 때, 그는 뭔가를 머릿속에 떠올리고 묘하게 웃으며 자리에서 일어났다.

"나리, 도대체 무슨 일이 있으셨던 거예요?"

페냐는 그의 손을 가리키며 걱정이 가득 담긴 말투로 다시 물었다. 드미트리는 여전히 이상한 표정을 지으며 대답했다.

"이건 피야, 페냐. 이건 사람의 피야. 맙소사! 페냐, 담장이 하나 있는데 딱 보기에도 무서울 만큼 높은 담장이야. 내일 동이 틀 무렵에 나는 이 담장을 뛰어넘을 거야. 무슨 담장인지 모르겠지, 페냐? 몰라도 돼. 내일이면 소문을 듣고 다 알게 될 테니까. 어쨌거나 지금은 영원히 안녕이다! 방해가 되지 않도록 곱게 물러나 주겠어. 잘 살아라, 나의 기쁨이여! 나를 딱 한 시간이나마 사랑했으니, 그걸로 드미트리 표도로비치 카라마조프를 영원토록 기억하길."

드미트리는 갑자기 밖으로 달려 나갔다. 페냐는 그가 자신의 멱살을 잡았을 때보다 이렇게 홱 떠나는 것이 더 놀라웠다.

정확히 십 분 뒤, 드미트리는 표트르 일리치 페르호친, 즉 아까 권총을 맡기고 돈을 빌렸던 젊은 관리의 집에 도착했다. 여덟 시 반쯤이었다. 표트르 일리치는 집에서 차를 마신 뒤 술집에 가서 당구나 칠까 싶어 프록코트를 걸치던 참이었다. 그는 막 집을 나서려다가 피범벅이 된 드미트리가 들어오자 비명을 질렀다.

"맙소사! 대체 무슨 일이 있었던 겁니까?"

"내 권총을 찾으러 왔습니다, 표트르 일리치. 돈도 가져왔고요. 바빠서 그러니까, 부디 서둘러 주십시오."

　표트르 일리치는 상대방을 살펴보며 점점 더 놀랐다. 드미트리의 오른손에 두툼한 돈다발이 들려 있었기 때문이다. 게다가 그것을 자랑하듯 앞으로 내밀고 다니다니, 제정신이 아닌 것 같았다. 표트르 일리치의 시중을 드는 아이는 드미트리가 현관에 들어설 때도 손에 돈을 들고 있었노라고 말했다. 지폐는 전부 무지갯빛의 백 루블짜리였고, 드미트리는 그것을 피 묻은 손가락으로 꽉 쥐고 있었다. 나중에 돈이 얼마나 돼 보였느냐고 묻는 사람들에게 표트르 일리치는 눈짐작으로 대략 이천 루블, 어쩌면 삼천 루블쯤 되는 것 같았다고 대답했다.

"대체 어떻게 된 겁니까?"

　표트르 일리치는 드미트리가 아무래도 큰일을 저지른 거라고 생각했다.

"어쩌다가 이렇게 피투성이가 됐습니까? 넘어졌습니까?"

그는 드미트리의 팔꿈치를 붙잡아 거울 앞에 세웠다. 드미트리는 피범벅이 된 자신의 얼굴을 보고서 부르르 몸을 떨며 인상을 썼다.

"에이, 빌어먹을! 이러고도 모자란단 말인가!"

드미트리는 이렇게 악을 쓰더니 돈다발을 왼손으로 옮기고는 오른손으로 주머니 속의 손수건을 꺼냈다. 손수건은 온통 새빨갛게 물들어 있었는데, 잔뜩 구겨진 채로 딱딱하게 굳어 있었다. 드미트리는 손수건을 마룻바닥에 내동댕이치며 말했다.

"젠장! 걸레 같은 것 좀 없습니까? 좀 닦았으면 싶은데……."

"그럼 그냥 피가 묻은 겁니까? 어디 다친 게 아니고요? 그러면 차라리 씻는 건 어떨까요. 세숫대야를 갖다 줄 테니까요."

표트르 일리치가 말했다.

"세숫대야라, 그거 좋군요. 그런데 이것을 도대체 어디에 두라는 말이죠?"

그는 이상할 정도로 어쩔 줄 몰라 하며 표트르 일리치를 바라보았다. 마치 돈다발을 처리해 달라는 투였다.

"주머니에 넣든지 탁자 위에 두든지 하세요. 없어지진 않을 겁니다."

"주머니요? 그래요, 주머니가 있었군. 좋습니다. 그런데 아, 이건 전부 허튼수작입니다!"

그는 갑자기 멍한 상태에서 깨어난 듯 소리쳤다.

"그러니까 우선 우리 일부터 끝내죠. 권총 말입니다. 그게 지금 나한테 꼭 필요하거든요. 자, 여기 돈을 드리죠. 그게 나한테 아주…… 아주 필요하거든요. 게다가 시간이 없어서……."

드미트리는 돈뭉치 가운데서 맨 위에 있는 백 루블을 표트르 일리치에게 내밀었다.

"거스름돈이 없는데요. 혹시 잔돈은 없습니까?"

"없습니다. 다 이렇군요."

드미트리는 손가락으로 지폐 두세 장을 들추며 말했다.

표트르 일리치는 궁금증을 참지 못하고 물어보았다.

"아니, 어떻게 갑자기 부자가 됐습니까? 아, 잠깐만요. 내가 부리는 아이를 플로트니코프 상점에 보내도록 하죠. 잔돈으로 바꿔 줄지도 모르니까요. 미샤!"

표트르 일리치는 현관 쪽을 향해 소리쳤다.

"플로트니코프 상점이라, 멋집니다!"

드미트리가 언뜻 무슨 생각이 난 듯 소리쳤다. 그리고 방으로 들어온 소년을 보고 말했다.

"미샤, 상점에 달려가서 드미트리 표도로비치가 조금 있다가 그리로 갈 거라고 전해라. 그리고 내가 도착할 때까지 샴페인을 한 세 상자쯤, 그러니까 삼백 루블어치쯤 준비해 놓으라고 하고. 또 치즈, 훈제 연어, 햄, 상어 알, 그러니까 그 집에 있는 건 전부 다 준비해 놓으라고 해. 예전과 마찬가지로 백 루블이나 백 이십 루블어치쯤 말이다. 또 있군. 선물할 물건들도 챙기라고 하렴. 사탕, 배, 수박 두세 통 아니면 네 통. 아니, 수박은 하나면 충분하겠다. 초콜릿, 사탕, 캐러멜……. 그러니까 예전에 모크로예에 갈 때 실었던 건 모두 다 챙겨 놓으라고 해. 예전과 똑같이 하면 되는 거라고 말하면 된다. 잘 기억할 수 있겠지? 참, 얘 이름이 미샤라고 했죠?"

"잠깐만요."

표트르 일리치가 그의 말을 가로막았다.

"얘는 그냥 달려가서 잔돈이나 바꾸고 가게 문이나 닫지 말라고 전하면 됩니다. 나머진 당신이 직접 가서 말씀하세요. 미샤, 냉큼 갔다 오렴, 빨리!"

표트르 일리치는 미샤를 내쫓다시피 서둘러 내보냈다. 소년이 손님의 피 묻은 얼굴과 손을 보고 너무 놀라서 넋이 나간 듯했기 때문이다.

"이제 씻으러 갑시다."

표트르 일리치가 엄격한 목소리로 말했다.

"돈은 탁자 위에 두거나 주머니에 넣으세요. 프록코트도 당장 벗고요."

그는 드미트리가 프록코트를 벗도록 돕다가 소리를 질렀다.

"아니, 프록코트도 엉망이군요!"

"아니요, 프록코트는 멀쩡합니다. 그냥 여기 소매에, 그러니까 손수건이 있던 자리에만 묻었군요. 주머니에서 조금 배어 나온 것뿐입니다. 그루셴카의 집에서 손수건을 깔고 앉았거든요."

"대체 무슨 일입니까? 누구와 싸움이라도 한 겁니까?"

표트르 일리치는 직접 물주전자를 들고 세숫대야에 물을 부어 주었다. 드미트리는 어린아이라도 된 양 그가 시키는 대로 손과 얼굴을 씻었다.

"손톱 밑을 안 씻었군요. 자, 이제 얼굴을 씻으세요. 귀 옆도……. 이 루바쉬카를 계속 입고 있을 겁니까? 이래 가지고는 아무 데도 못 갑니다. 한번 보세요. 오른쪽 소매 끄트머리가 온통 피투성이군요."

"그래요, 피투성이네요."

드미트리는 루바쉬카의 소매를 살펴보며 말했다.

"갈아입는 게 어떨까요?"

"시간이 없으니 그냥 소매를 살짝 접어 넣겠습니다. 프록코트에 가려 잘 안 보일 겁니다."

"이제 말씀해 주시죠. 도대체 무슨 일입니까? 누구와 싸운 게 맞죠? 누굴 때린 겁니까? 혹시 죽이기라도 했습니까?"

"젠장! 표트르 일리치, 제발 그만해요. 지금은 만사가 다 귀찮군요."

드미트리가 딱 잘라 말했다.

"당신은 툭하면 아무에게나 시비를 걸곤 하니까 걱정이 돼서 이러는 겁니다. 싸움질로도 모자라서 또 한판을 벌이러 가겠다 니……. 그나저나 샴페인 세 상자를 다 어디다 쓰려고요?"

"브라보! 이제 그만 권총이나 주십시오. 시간이 없다니까요. 나도 얘기를 좀 하고 싶지만, 정말 시간이 없습니다. 하긴 이젠 그럴 필요도 없지. 말을 하기엔 너무 늦었으니까. 아! 돈은 어디 있지? 어디다 뒀더라?"

그는 주머니마다 손을 넣으며 수선스럽게 말했다.

"당신이 직접 탁자 위에 두었잖아요. 잊었습니까? 자, 여기 당신의 권총입니다. 어쨌든 좀 놀랍군요. 몇 시간 전에는 단돈 십 루블도 없어 권총을 저당잡혔는데, 지금은 수천 루블이나 있다 니. 이천 루블이나 삼천 루블쯤 되나요?"

"삼천 루블쯤 됩니다."

드미트리는 돈뭉치를 바지 주머니에 쑤셔 넣으면서 웃음을 터뜨렸다.

"금광이라도 찾은 겁니까?"

"금광이라?"

드미트리는 자지러지듯 웃어 댔다.

"금광을 찾아가 볼 생각입니까? 떠나기만 한다면 여기 사는 어떤 부인한테서 당장 삼천 루블을 받을 수 있을 겁니다. 나한 테도 줬다고요. 혹시 호흘라코바 부인이라고 알고 있소?"

"아는 사이라고 할 순 없지만 얘기를 들은 적은 있어요. 몇 차례 본 적도 있습니다. 정말로 그 부인이 삼천 루블을 줬단 말입니까?"

표트르 일리치는 믿기지 않는다는 듯 물었다.

"내일 날이 밝자마자 호흘라코바 부인한테 가서 내게 삼천 루블을 줬는지 안 줬는지 물어보세요. 직접 알아보라고요."

"그렇게 자신 있게 말하는 걸 보니 그 부인이 정말로 줬나 보군요. 그런데 어디로 가려고요?"

"모크로예!"

"이 야밤에 말입니까? 아니, 지금 권총을 장전하는 겁니까?"

표트르 일리치의 음색이 불안하게 떨렸다.

"네, 장전하고 있습니다."

드미트리는 권총이 든 상자를 활짝 열고 화약통의 뚜껑을 벗긴 다음 화약을 꼼꼼하게 뿌려 넣었다. 그러고는 총알을 손가락으로 집더니 촛불 위로 들어 올렸다.

"총알은 왜 그리 쳐다봅니까?"

표트르 일리치는 도무지 드미트리를 이해할 수 없었다.

"그냥, 상상을 하는 것이랄까! 내 뇌 속으로 들어갈 놈인데, 한 번쯤 봐 두는 것도 좋겠지요. 이건 다 헛소립니다. 잠깐 스쳐 지나가는 헛소리요! 어차피 다 끝난걸."

그는 상자에 장전을 한 권총을 담은 뒤 열쇠로 잠갔다. 그러고는 표트르 일리치에게 종이를 한 장 달라고 해서 이렇게 휘갈겨 썼다.

"스스로를 응징하노라. 내 인생을 벌하노라!"

그는 이 쪽지를 네 번 접어서 주머니 속에 넣었다. 그리고 잠시 미소를 지어 보인 후 말했다.

"이제 가 볼까?"

"어디로요? 잠깐만요. 그러니까 그걸 당신의 뇌 속에 박아 넣겠단 말인가요? 총알 말입니다."

표트르 일리치의 목소리에 불안함이 가득했다.

"총알도 헛소리요! 나는 살고 싶어. 난 삶을 사랑하거든! 이 몸은 이만 가 봐야겠군요."

"누구에게라도 말해서 당신을 못 가게 해야겠어요. 대체 모크로예에는 왜 가겠다는 겁니까?"

"여자가 거기 있거든, 여자가! 당신에겐 이 정도면 충분해요, 표트르 일리치. 자, 이젠 끝이야!"

"이것 봐요, 당신은 좀 야만스러운 구석이 있긴 하지만 왠지 모르게 마음에 들었습니다. 그래서 이렇게 걱정을 하는 거예요."

"그거 고맙군요. 내가 야만스럽다니. 내 장담하지요. 우리는 모두 다 야만인들이에요. 아, 마침 미샤가 왔군. 이 애를 잊고 있었네."

미샤는 바꿔 온 잔돈을 내밀면서, 플로트니코프 상점에서 물건을 준비하느라 난리법석이라고 전했다.

플로트니코프 상점은 표트르 일리치의 집과 겨우 한 집을 사이에 두고 있었다. 삼사 주쯤 전에 드미트리는 오늘처럼 온갖 물건과 술을 몇 백 루블어치나 가져갔기 때문에 상점에서는 이제나저제나 드미트리를 기다리고 있던 참이었다.

드미트리와 표트르 일리치는 서둘러 상점으로 갔다. 상점 입구에는 양탄자가 깔려 있고, 짐칸이 딸린 트로이카(러시아 고유의 삼두마차—옮긴이)가 대기하고 있었다. 상점 사람들은 물건을 모두 준비해 놓고 드미트리가 오는 즉시 상자에 못질을 하려고 기다리던 중이었다. 마부 안드레이도 그를 기다리고 있었다.

드미트리가 이것저것 점검하고 지시하긴 했지만 매우 허술하게 처리하는 데다가 자꾸 딴소리로 이어져서 표트르 일리치는 자기라도 일을 거들 필요가 있다고 생각했다. 그러나 드미트리는 마구 돈을 뿌려 대기만 할 뿐 그의 말은 귀담아듣지 않았다. 결국 표트르 일리치는 잔뜩 골이 나고 말았다.

"이런, 젠장! 아니, 내가 왜 이 고생이람? 어차피 거저 얻었다는데, 자기 마음대로 쓰라지. 내가 무슨 상관이라고!"

"이리 오시죠, 경제학자 양반. 오라니까요, 화내지 말고."

드미트리가 그를 상점의 뒷방으로 끌고 갔다.

"자, 표트르 일리치, 여기서 술 한잔하고 모크로예에 같이 갑시다. 당신은 은근히 귀여운 구석이 있단 말이야. 나는 당신 같은 부류를 좋아하거든.”

그들이 자리에 앉자마자 상점에서 샴페인을 내왔다.

“내 눈에는 자꾸만 당신의 권총이 어른거립니다.”

표트르 일리치가 걱정스러운 눈빛으로 말을 꺼냈다.

“헛소리라고 했잖소! 마십시다, 괜한 걱정하지 말고. 삶을 사랑하노라! 삶을 너무도 사랑했노라! 너무 사랑해서 추잡할 정도였노라! 이봐요, 삶을 위해서 마시자는 겁니다. 삶을 위하여, 건배! 나는 비열한 놈이지만 스스로에게 만족합니다. 내가 비열한 놈이라는 것 때문에 괴롭지만, 그래도 만족한다고요. 사랑스러운 형제여! 삶보다 더 소중한 것이 무엇이 있겠소? 아무것도……, 아무것도 없지.”

드미트리는 정신없이 떠들고 있었지만 어쩐지 슬퍼 보였다. 이겨 낼 수 없는 근심이 그의 뒤에 도사리고 있는 듯했다.

“드미트리 표도로비치 나리, 서둘러야 되지 않을까요?”

문 곁에서 마부 안드레이가 소리쳤다.

“준비됐으면 가세!”

드미트리도 소리쳤다.

채비를 마친 드미트리가 마차에 올라 자리를 잡는데, 뜻밖에도 페냐가 나타났다. 그녀는 허겁지겁 달려와 두 손을 모으고 그의 발 앞에 털썩 주저앉았다.

“나리, 제발 우리 아씨를 해치지 말아 주세요! 제가 나리께 모든 걸 말씀드렸잖아요. 그분도 해치지 마세요. 그분은 옛날부터 아씨의 사람이었는걸요. 그분은 그루셴카 아씨와 결혼을 하려고 먼 시베리아에서 오신 거예요. 나리, 남의 인생을 망치지 말아 주세요!"

"쯧쯧, 이거였어. 모크로예에서 큰일이 터지겠구먼!"

표트르 일리치가 혼잣말처럼 중얼거렸다. 그러더니 큰 소리로 드미트리를 다그쳤다.

"이제야 모든 것을 알겠습니다, 드미트리 표도로비치! 사람다워지고 싶다면 당장 권총을 이리 내놓으세요."

그러나 드미트리는 아랑곳하지 않았다.

"권총 말입니까? 하, 그건 가는 길에 웅덩이에다 던져 버릴 겁니다."

그러고는 페냐에게 소리쳤다.

"페냐, 일어나라. 내 앞에 엎드리지 마. 드미트리는 사람을 파멸시키지 않아. 비록 멍청한 인간이긴 해도 아무도 파멸시키지 않을 거다. 정말이야, 페냐. 내가 아까 너를 못살게 굴었지만, 나를 불쌍히 여기고 용서해 주렴. 너무 비열해서 용서하지 못하겠다고 해도 상관은 없어. 어차피 이젠 다 상관없다……. 자, 출발, 안드레이. 씽씽 달려 보자!"

말들의 목에 달린 방울이 짤랑거리기 시작하더니 이내 마차가 출발했다.

"잘 있어요, 표트르 일리치! 내 마지막 눈물을 당신에게!"

'술에 취한 것도 아닌데 왜 저리 실없는 소리를 늘어놓을까?'

표트르 일리치는 멀어지는 마차를 보며 잠시 생각에 잠겨 있다가, 당구를 치기 위해 술집으로 향했다. 그는 길을 걸으면서 혼자 중얼거렸다.

"사람은 좋은데, 하는 짓은 바보란 말이야. 그루셴카의 옛 사람이라는 장교에 대해서는 나도 들은 적이 있어. 설마 그에게 총을 쏘려는 건 아니겠지? 젠장, 무슨 짓을 하든 말든! 나와 무슨 관계가 있는 것도 아닌데, 뭐. 아마 별일 없을 거야. 실컷 마시고 취해서 한판 붙었다가 화해할 테지.

그나저나 싸움질을 한 게 분명한데……. 낯짝도, 손수건도 온통 피투성이였으니까. 도대체 누구랑 싸운 걸까? 술집에 가서 알아봐야겠군. 에이, 우리 집 마룻바닥에도 핏자국이 남아 있겠네. 정말 재수 없는 일이야!"

찜찜한 기분으로 술집에 도착한 그는 곧장 당구 시합을 벌였다. 당구를 치다 보니 기분이 좋아져서, 사람들에게 드미트리 표도로비치에게 돈이 생겼다, 삼천 루블 정도 되는 걸 내 눈으로 직접 봤다, 그루셴카와 한바탕 벌이겠다며 모크로예로 떠났다 등의 말을 무심코 늘어놓았다. 사람들은 이상할 정도로 큰 관심을 보였다. 술집의 분위기는 금세 심각해져서, 다들 웃지도 않고 당구 시합마저 그만두었다.

"삼천 루블이나? 아니, 그자가 어떻게 삼천 루블을 구했을까?"

질문은 꼬리에 꼬리를 물고 이어졌다. 대부분은 호흘라코바 부인에게서 받았다는 이야기를 믿지 못하는 눈치였다.

"설마 제 아비한테 강도 짓을 한 건 아니겠지?"

"삼천 루블이라, 왠지 심상치 않아."

"아버지를 죽이겠다고 떠들고 다녔잖아. 여기 있는 사람들은 전부 들었다고. 특히 삼천 루블이 어쩌고저쩌고 했단 말이야."

이런 말들이 오고가자 표트르 일리치는 갑자기 긴장했다. 처음에는 시시콜콜 다 이야기할 생각이었지만, 드미트리의 얼굴과 손이 피범벅이었다는 말은 하지 않았다. 세 번째 당구 시합이 끝나자 그는 술집에서 나와 광장으로 향했다.

그는 혼란스러웠다. 지금 당장이라도 표도르 파블로비치의 집으로 가서 무슨 일이 있는 건 아닌지 알아보고 싶었다.

'보나마나 헛소리일 게 뻔해. 지금 거기에 가는 건 야밤에 사람들을 깨워서 공연히 뜬소문이나 만드는 셈이지. 에잇, 아까 그 하녀한테 물어볼걸. 그랬으면 전부 알 수 있었을 텐데.'

표트르 일리치는 페냐에게서 뭔가를 알아내지 못한 것을 후회했다. 그의 내부에서는 사실을 확인하고 싶은 집요한 욕망이 불타올랐다. 결국 그는 집으로 가다 말고 그루셴카의 집 쪽으로 방향을 돌렸다.

그루셴카의 집 대문을 두드리는 소리가 밤의 적막 속으로 울려 퍼지자 그제야 정신이 번쩍 들었다. 집 안 사람들은 모두 잠들었는지 기척이 없었다.

'쓸데없는 소문만 만들겠네! 그래도 이젠 돌이킬 수 없어. 계속 두드려야 해, 계속!'

이렇게 생각하면서 그는 점점 더 세게 문을 두드렸다.

제 2 1 장
재 회

드미트리가 탄 마차는 전속력으로 달렸다. 모크로예까지는 꽤 먼 거리였지만, 안드레이가 워낙 빨리 말을 몬 덕분에 한 시간 십오 분 만에 도착할 수 있었다. 공기는 상쾌했고 깨끗한 밤하늘에는 별들이 반짝였다. 어쩌면 알렉세이가 땅에 엎드려 영원히 사랑하겠노라고 미친 듯이 맹세하던 그 밤, 어쩌면 바로 그 시각이었을지도 모른다. 드미트리는 조금이나마 생기를 되찾았다. 하지만 그루센카에 대한 상념은 그치지 않아 여전히 괴로웠다.

여기서 한 가지 밝혀 둘 것은, 드미트리를 괴롭힌 문제가 질투심은 아니었다는 것이다. 그처럼 질투심이 강한 사람이 느닷없이 등장한 그루센카의 옛 남자에게 손톱만큼의 질투도 느끼지 않았다고 말한다면, 아마 믿기 힘들 것이다. 다른 사람이었다면 그도 가만있지 않았을 테지만, 이상하게도 그녀의 첫 남자에게 는 그 어떤 적대감도 느껴지지 않았다.

"이건 그루센카와 그의 권리야. 그녀가 오 년 동안 잊지 못한 첫사랑이니까. 그녀는 오 년간 순수한 감정을 지켜 왔는데, 나란 놈은 도대체 뭐지? 아무 관계도 없는 드미트리, 그들에게 길을 내주어라! 이게 무슨 짓인지 모르겠군. 장교가 아예 나타나지 않았더라도 어차피 끝장나 버린 목숨인데……."

드미트리는 어떤 판단도 내릴 수 없는 상태였지만 대충 이러한 내용을 주절댔다. 아까 페냐의 이야기를 들었을 때는 당당히 둘 사이에서 빠져 주겠다고 결단을 내렸다. 그러나 그의 영혼은 여전히 혼란스러웠다. 그 어떤 다짐도 그의 마음을 편하게 해 주지 못했다.

너무도 많은 것들이 그를 괴롭혔다. 그는 이토록 끔찍하게 자신을 괴롭히는 것들을 놓지 못하고 있는 스스로가 이상했다. 이미 직접 '스스로를 응징하노라. 내 인생을 벌하노라!'라는 선고문을 쓰지 않았던가. 그런데도 세상에 미련이 남아 있었다. 권총을 장전하며 내일 아침을 어떻게 맞이할지도 결정했지만, 옛일은 차마 정리되지 않았다. 과거에 대한 기억이 너무 강렬했던 것이다. 마차를 타고 오는 도중, 장전된 권총으로 새벽이 오기 전에 모든 것을 끝내 버리고 싶다는 강렬한 충동을 느낀 순간도 있었다. 하지만 그 순간은 불꽃처럼 지나가 버렸다.

마차는 지나치는 공간을 집어삼키듯 무서운 속도로 달려가고 있었다. 목적지가 가까워질수록 드미트리는 오직 그루센카만을 생각했다. 잠깐이라도, 멀리서라도 좋으니 그녀를 꼭 한 번 보고 싶었다. 그녀가 사랑하는 옛 남자와 함께 있는 모습을 몰래 보는 것만으로도 충분하다고 생각했다. 그의 삶에서 여인을 향한 사랑이 이토록 강렬하게 불타오른 적은 없었다. 그는 그녀 앞에 서면 그대로 녹아 버릴 것만 같았다. 너무나 부드러운 감정이라서 두려울 정도였다.

"그래, 사라져 주는 거다!"

그는 이렇게 결심한 자신이 대견스러웠다.

마차가 힘차게 달린 지 거의 한 시간이 다 되었다. 드미트리는 말이 없었고, 안드레이도 왠지 두려운 마음에 쉽게 입을 열지 못했다. 드미트리가 문득 불안한 목소리로 물었다.

"안드레이, 자고 있으면 어쩌지?"

"잠자리에 들었을 시각이긴 하죠."

드미트리는 얼굴을 찌푸렸다. 괴로움을 무릅쓰고 먼 길을 달려왔는데 그들이 자고 있다면……. 갑자기 몹시 억울한 기분이 되었다.

"어서 몰아, 안드레이. 달려라, 안드레이!"

드미트리가 미친 사람처럼 소리쳤다. 안드레이는 묵묵히 말을 몰다가 잠시 후에 이렇게 말했다.

"어쩌면 아직 잠자리에 들지 않았을 수도 있습니다. 아까 그루센카 아씨를 모시러 온 마부 치모페이가 그러더군요. 그곳에 사람들이 많이 모여 있다고요."

"역관에 말이냐?"

"플라스투노프라는 여관인데, 사설 역관인 셈이죠."

"나도 알고 있어. 그런데 사람들이 많이 모였다고? 뭐 하는 작자들인데?"

드미트리는 예기치 못한 소식에 불안함을 느끼며 목소리를 높였다.

"모두 귀족이라고 했습니다. 치모페이 말로는 이곳의 귀족이 둘, 또 외지에서 온 귀족이 둘, 그러고도 누군가가 더 있다던데 물어보지는 않았습니다. 카드놀이를 시작했다고 하더군요."

"카드놀이라고?"

"예. 그러니까 카드놀이를 시작했다면 아직 잠자리에 들지 않았을 수도 있지요. 이제 열한 시쯤 됐을 테니까요."

"어서 몰아, 안드레이. 어서!"

드미트리가 신경질적인 목소리로 외쳤다.

"저기, 나리. 한 가지 여쭙고 싶은 게 있는데요. 입을 잘못 놀려 나리께서 언짢으시지 않을까 걱정이 됩니다."

안드레이가 눈치를 살피며 말했다.

"뭐가 궁금한데?"

"아까 페냐가 나리의 발밑에 엎드려 아씨와 또 누군가를 파멸시키지 말아 달라고 애원했잖습니까? 그런데 지금 나리를 그리로 모셔 가는 중이니까……. 죄송합니다, 나리. 제가 멍청한 소리를 했나 봅니다."

드미트리는 뒤에서 안드레이의 어깨를 꽉 잡더니 미친 듯이 말을 쏟아 냈다.

"자네는 마부지? 마부가 맞지? 그럼 자네는 길을 내주어야 된다는 걸 알고 있을 거야. 사람을 치어 죽이건 말건 나는 간다는 식은 안 되지! 마부가 돼서 사람을 치어 죽여선 안 되는 거야. 사람의 목숨은 소중한 거니까. 만약 누군가의 목숨을 해쳤다면, 스스로를 응징하고 떠나 버려야 해!"

안드레이는 대체 무슨 말인가 싶었지만 그래도 응수를 해 주었다.

"옳은 말씀입니다, 나리. 사람이든 뭐든 치어 죽여선 절대로 안 되지요. 모두 하느님이 만드신 것이니까요. 그런데 사람들은 참을성 없는 족속이라 서로서로 막 떠미는 거죠. 누가 되었든 말입니다."

"어디, 지옥으로 떠미나?"

드미트리는 안드레이의 말을 가로채고는 느닷없이 웃음을 터뜨렸다.

"안드레이, 한번 말해 보게. 드미트리 표도로비치 카라마조프는 지옥에 떨어질까, 아닐까? 자네 생각은 어떤가?"

"모르지요, 나리. 나리한테 달렸지요. 나리는…… 어린아이 같답니다. 우리같이 천한 것들은 그렇게 생각하지요. 걸핏하면 성질을 내시기는 하지만, 하느님께선 나리의 순진한 마음을 잘 아시니 용서하실 겁니다."

"자네는 나를 용서할 텐가, 안드레이?"

"아니, 제가 뭘 용서하겠습니까? 나리는 저한테 아무 짓도 하지 않으셨는데요."

"아니, 모두를 대신해서 말이네. 모두를 대신해서 자네가 바로 지금 나를 용서하겠나? 어떤가? 이 순박한 사람아!"

"나리! 나리를 모시고 가는 것이 무섭습니다. 자꾸 이상한 말씀만 하시니……."

그러나 드미트리는 안드레이의 대답은 듣지도 않고 혼잣말처럼 기도를 시작했다.

"주여, 온갖 죄를 저지른 저를 받아들여 주시되 심판은 하지 말아 주시옵소서. 심판하지 마실지니, 이는 저 스스로 저를 심판했기 때문입니다. 제가 주님을 진심으로 사랑하기 때문입니다. 주님! 저는 더러운 놈이지만 그래도 주님을 사랑합니다. 지옥에 떨어져도 주님만을 사랑한다고 외칠 것입니다.

그러나 주님, 제 사랑이 제대로 끝을 맺을 수 있도록 해 주시옵소서. 지금 여기서 끝맺음을 할 수 있도록, 주님의 뜨거운 태양이 떠오르기 전까지 단 다섯 시간만이라도 허락해 주시옵소서. 저는 그녀를 사랑하지 않을 수 없으니, 달려가서 그녀 앞에 엎드려 말하겠습니다. 내 곁을 떠나 버리다니, 옳은 결정이야. 잘 가라. 당신의 희생양인 이 몸은 잊어버리고, 앞으로는 절대로 불안 따위는 느끼지 마라!"

그때 안드레이가 앞을 가리키며 소리쳤다.

"모크로예입니다!"

칠흑 같은 어둠 속에서 드문드문 흩어져 있는 건물들의 형체가 점점 뚜렷해지기 시작했다.

"그래, 끝까지 몰아라. 내가 간다!"

드미트리는 마치 열병에 걸린 사람처럼 보였다.

"자지 않고 있습니다."

안드레이는 채찍으로 마을의 입구에 있는 플라스투노프 여관을 가리키며 말했다. 여섯 개의 창문이 모두 환하게 불을 밝히고 있었다. 안드레이는 녹초가 된 말들을 끝까지 내몰아 요란스럽게 현관 층계 앞까지 간 뒤 고삐를 잡아당겼다.

드미트리는 마차에서 풀쩍 뛰어내렸다. 이미 잠자리에 들었던 여관 주인은 누가 이렇게 요란하게 마차를 몰고 왔는지 보려고 현관 층계참으로 나왔다. 드미트리가 주인에게 소리쳤다.

"트리폰 보리소비치, 자넨가?"

여관 주인은 몸을 구부려 자신을 부르는 상대방을 자세히 살펴보더니 금세 표정이 달라졌다.

"드미트리 표도로비치 나리, 다시 모시게 되다니 정말로 영광입니다!"

트리폰은 건장한 체격의 농부였다. 그는 그리 호락호락한 사람이 아니었지만, 자신에게 이득이 된다 싶으면 언제라도 얼굴을 바꾸고 상대에게 알랑거렸다. 돈이 많으면서도 주위 사람들에게 돈을 빌려 주고 빚을 지게 하거나, 만만한 투숙객에게 바가지를 씌우는 방법으로 꾸준히 재산을 불렸다. 한 달 전쯤 드미트리가 그루센카와 놀러 와서 딱 하루 동안 삼천 루블 남짓한 돈을 쓴 것을 기억하고 있었기 때문에, 이번에도 그는 본능적으로 돈 냄새를 맡고서 드미트리를 요란스럽게 맞이했다.

"잠깐만, 트리폰. 아씨는 어디 있나?"

드미트리가 대뜸 물었다.

"그루센카 아씨 말씀입니까? 예……, 그분도 여기에 와 계십니다."

트리폰은 드미트리의 표정을 살피며 대답했다.

"누구와 함께?"

"외지에서 오신 손님들입니다. 한 분은 관리인데, 말투로 보니 폴란드 사람 같았습니다. 그분이 아씨를 위해 이쪽에서 말을 보냈지요. 다른 분은 친구인지 그냥 동행인지는 잘 모르겠지만, 문관 복장을 하고 있던데요."

"그래, 한판 벌이고들 있나? 돈은 많던가?"

"한판 벌이다니요. 보잘것없는 족속들인걸요."

"보잘것없어? 그럼, 다른 사람들은?"

"두 분은 우리 마을에 사는데, 체르니에서 돌아오는 길에 묵게 된 겁니다. 젊은 분은 표트르 알렉산드로비치 미우소프 나리의 친척이에요. 그런데 이름을 잊어버렸군요. 다른 한 분은 지주 막시모프 나리고요. 기도를 드리러 수도원에 다녀오는 길이라고 하셨습니다."

"그들뿐인가?"

"예."

"아씨는 어떤가?"

"줄곧 그분들과 함께 있었습니다."

"즐거워서 웃기도 하고 그러던가?"

"아니요, 별로 그렇지 않던걸요. 아주 지루해 하면서 앉아 있다가 젊은이의 머리카락을 빗겨 줬습니다."

"그러니까 폴란드 인 장교를?"

"그 사람은 젊지 않습니다. 게다가 무슨 얼어 죽을 장교입니까? 그 사람이 아니라 표트르 알렉산드로비치 나리의 조카, 이름이 뭐더라……?"

"칼가노프?"

"맞습니다, 칼가노프."

"좋아, 내가 들어가지. 카드놀이를 한다고?"

"이제 그만뒀어요. 차도 마신 뒤라 관리들이 과실주를 내오라고 했습니다."

"잠깐만, 트리폰. 혹시 집시들은 없나?"

"요즘은 집시들 보기가 하늘에 별 따기지요. 정부에서 다 내쫓았거든요. 탬버린을 치고 바이올린을 연주하는 유대 인이라면 지금이라도 사람을 보내 불러올 수 있습니다."

"그럼 좀 불러 주게. 그리고 그때처럼 처자들도 불러 모으고. 마리야, 스체파니다, 아리나는 꼭 불러. 합창을 해 주면 이백 루블을 주겠다고 말이야."

"아이고, 그만한 돈이면 마을 사람 전체라도 나리 앞에 불러다 놓을 수 있습니다. 그런데 드미트리 표도로비치 나리, 여기 농부들이나 처자들이 그런 과분한 대우를 받을 만한가요? 나리가 농부들에게 시가까지 주셨다면서요? 저 날강도 같은 놈들은 썩은 내가 진동하고, 여자들은 전부 이가 득실거립니다. 차라리 제 딸년들을 불러올까요? 돈은 훨씬 적게 주셔도 됩니다."

트리폰은 드미트리를 위하는 것 같았지만 어디까지나 말뿐이었다. 지난번에는 샴페인 반 상자를 드미트리 몰래 숨겼고, 드미트리가 탁자 밑에 떨어뜨린 백 루블도 돌려주지 않았다.

"트리폰, 지난번에 내가 여기서 뿌린 돈이 얼마쯤이었는지 기억하나?"

"어떻게 잊겠습니까, 나리. 아마 삼천 루블은 쓰셨을걸요."

"오늘도 그러려고 왔네, 보이나?"

그러면서 그는 돈다발을 여관 주인의 코앞에 내보였다.

"한 시간 뒤면 술이며 안주며 온갖 먹을 것들이 올 거야. 그것들을 위층으로 올려 보내게. 안드레이가 갖고 온 상자는 지금 당장 위층으로 올려서 활짝 열어 놓고, 샴페인도 내오도록 해. 그리고 무엇보다도 급한 건 처자들이야. 마리야는 꼭 부르라고."

드미트리는 마차 좌석 밑에서 권총 상자를 꺼내며 안드레이를 불렀다.

"성실한 안드레이, 삯을 받아 가야지. 트로이카 삯은 십오 루블이고, 오십 루블을 더 줄 테니 보드카나 사 마시게. 일을 잘 처리해 주었고, 자네가 나를 사랑해 줘서 주는 거야. 안드레이, 드미트리 표도로비치 나리를 기억해 주게!"

"무, 무섭습니다……. 나리, 차나 한잔 마시면 되니 오 루블만 받겠습니다. 더 이상은……, 트리폰 보리소비치를 증인으로 삼지요. 제가 주제넘게 떠들었던 것은 용서해 주십시오."

안드레이는 주저하며 돈을 받지 않았다.

"왜 빼는 거야? 정 그러고 싶으면 자네 마음대로 하게!"

드미트리는 안드레이에게 오 루블을 던지면서 소리쳤다.

"트리폰, 우선 몰래 저들이 함께 있는 걸 한번 봐야겠네. 저기, 푸른 방에 있나?"

트리폰은 의아했지만 시키는 대로 했다. 그는 촛불을 가져온 다음 드미트리를 손님들이 있는 방과 이웃해 있는 커다란 방으로 데리고 들어가서 캄캄한 구석 한쪽에 세웠다. 거기라면 사람들의 눈에 띄지 않으면서도 그들을 마음껏 관찰할 수 있을 터였다.

그러나 드미트리는 방 안을 찬찬히 살펴볼 수 없었다. 그루센카를 보자 심장이 뛰고 눈앞이 깜깜해졌던 것이다. 그녀는 탁자 앞 안락의자에 비스듬히 앉아 있었고, 그녀 옆에는 젊고 잘생긴 칼가노프가 있었다. 그는 그루센카가 자신의 손을 잡고 웃는 데에는 별 관심이 없어 보였고, 탁자 맞은편에서 요란하게 떠드는 막시모프에게 큰 소리로 뭐라 말하며 짜증을 부리고 있었다.

벽 옆의 소파에는 낯선 남자가 널브러지듯 앉아 파이프 담배를 피우고 있었다. 넓적한 얼굴엔 심술이 가득했고, 키가 작고 매우 뚱뚱했다. 그의 동료로 보이는 또 다른 낯선 사람은 키가 굉장히 컸다. 하지만 더 이상 아무것도 볼 수가 없었다. 드미트리는 숨이 멎을 것만 같았다. 단 일 분도 서 있기 힘들 정도로 흥분해서 숨이 고르게 잦아들기를 기다려야 했다. 어느 정도 진정이 되자 그는 푸른 방으로 들어섰다.

"어머!"

그루센카가 드미트리를 가장 먼저 발견하고는 소스라치게 놀라며 비명을 질렀다. 드미트리는 탁자 곁으로 성큼성큼 다가가 크게 말했다.

"여러분, 나는 아무것도 아닙니다. 그러니 두려워하지 마십시오. 나는…… 정말이지 아무것도 아닙니다."

그는 그루센카 쪽으로 몸을 돌렸다. 그녀는 안락의자에 앉아 여전히 칼가노프의 손을 꽉 쥐고 있었다.

"나는……, 나도 여행 중입니다. 여러분, 길 떠나는 여행객이 아침까지만 여기 함께 있어도 되겠습니까? 해 뜨기 전까지, 마지막으로 이 방에서 말입니다."

드미트리는 대답을 구하는 듯 파이프를 입에 물고 소파에 앉아 있는 뚱뚱한 남자를 바라보았다. 상대방은 근엄한 태도로 파이프를 입에서 떼더니 대답했다.

"신사 양반, 여기는 우리가 빌린 방입니다. 다른 방도 있을 텐데 굳이……."

"아니, 드미트리 표도로비치 아니세요? 뭐 그런 걸 다 물어보십니까?"

칼가노프가 불쑥 끼어들었다.

"당연히 함께 있어도 되지요. 그나저나 안녕하셨어요?"

"안녕하시오? 친절하고 훌륭한 분, 나는 언제나 당신을 존경해 왔소!"

드미트리는 기쁘게 인사하며 탁자 너머의 그에게 손을 내밀었다.

"허허, 힘도 좋으시지! 손가락이 부러지겠어요."

칼가노프가 웃으며 말했다.

"저 사람은 악수할 땐 늘 그래요. 아주 세게 쥔다니까요."

그루센카가 재미있다는 듯 입을 열었지만, 얼굴은 잔뜩 겁을 먹은 표정이었다. 드미트리의 표정으로 봐서는 난동을 부리지는 않을 듯했지만, 이런 식으로 등장하리라고는 전혀 예상치 못했던 터라 굉장히 당황스러운 모양이었다.

"안녕하십니까?"

막시모프가 왼쪽에서 달착지근한 목소리로 한마디 던졌다. 드미트리는 그에게 다가가 인사했다.

"안녕하십니까? 당신도 여기 있다니 정말 반갑습니다!"

그러고는 다시 파이프를 든 폴란드 인을 바라보았는데, 그를 이곳의 좌장(座長, 여럿이 모인 자리에서 그 자리를 주재하는 어른 ─옮긴이)쯤으로 생각하는 눈치였다.

"여러분, 나는 나의 마지막 날, 마지막 시간을 이 방에서…… 이곳에서 보내고 싶어서 이렇게 왔습니다. 나의 황녀를…… 숭배했던 바로 이 방에서……. 미안합니다, 폴란드 신사 양반!"

그는 열정적인 목소리로 말을 이었다.

"달려오면서 나는 맹세했습니다. 오, 두려워하지 마십시오. 이게 나의…… 마지막 밤이니까요. 마십시다, 폴란드 신사 양반!
화해의 차원에서! 술은 곧 내올 겁니다. 내가 가져온 거랍니다."

그러더니 불쑥 돈다발을 꺼내며 말했다.

"용서하시오, 폴란드 양반! 나는 떠들썩한 한판을 원합니다.
아무짝에도 쓸모없는 벌레가 땅바닥을 기어 다니겠지만, 곧 그
놈도 없어질 것입니다! 나의 마지막 날, 기쁨에 겨운 마지막 밤
을 위하여!"

어찌나 헐떡거리며 말을 하는지, 그가 하는 말은 모두 괴상한
절규처럼 들렸다. 폴란드 인은 꼼짝도 않고 드미트리와 돈다발
을 번갈아 바라보다가 그루센카에게 의혹의 눈길을 던졌다.

"나의 어왕이 허락한다면……."

드미트리가 다시 말을 꺼냈다.

"어왕이 뭐예요? 여왕이란 말인가요?"

그루센카가 그의 말을 가로막았다.

"당신이 말하는 걸 보면 웃겨 죽겠어요. 앉아요, 드미트리. 그
런데 왜 겁을 주고 난리예요? 제발 그러지 말아요. 그렇게 굴지
만 않는다면, 나도 당신과 함께 있는 게 좋으니까."

"내가 겁을 준다고?"

드미트리는 두 팔을 높이 들고 소리쳤다.

"오! 나는 절대 여러분을 방해하지 않겠습니다."

드미트리는 갑자기 의자에 앉더니 몸을 반대편 벽 쪽으로 돌

렸다. 그러고는 두 손으로 의자의 등받이를 껴안고 엉엉 울기 시작했다. 그 자신은 물론이고 다른 사람들도 전혀 예상치 못한 일이었다.

"늘 이렇다니까! 누가 당신 아니랄까 봐 이래요?"

그루셴카가 쏘아붙였다.

"이 사람은 원래 이 모양이에요. 우리 집에 올 때도 이랬다니까요. 뭐라고 하긴 하는데 통 알아들을 수가 있어야지. 그러니까 지금이 두 번째예요. 창피하지도 않아요? 아니, 대체 왜 우는 거예요, 응?"

그녀는 짜증이 잔뜩 나서 다그쳤다.

"나는, 나는 우는 게 아니라……. 그래, 안녕하십니까?"

드미트리는 사람들을 향해 몸을 돌리더니 웃기 시작했다.

"쯧쯧, 이렇다니까……. 자, 이제 즐거워해야지. 즐겁게 웃어보라고요."

그루셴카가 그를 다정하게 얼렀다.

"당신이 와서 정말 기뻐요, 드미트리. 듣고 있어요? 정말로 기쁘다고요. 나는 이 사람이 우리와 자리를 같이했으면 좋겠어요."

모두에게 말하는 듯했지만, 사실은 소파에 앉아 있는 폴란드인에게 하는 명령이었다.

"그러고 싶어요. 만약 이 사람을 떠나보내면 나도 떠나겠어요, 정말로!"

그녀는 매서운 눈빛으로 덧붙였다.

"나의 황녀가 명령하는 것, 그것이 법칙이로다!"

폴란드 인이 정중하게 그루센카의 손에 입을 맞추며 말했다.

"우리와 끝까지 함께하시지요."

드미트리는 뭐라고 길게 떠들어 볼까, 하고 일어섰다가 마음에도 없는 말만 툭 내뱉었다.

"마십시다, 여러분!"

다들 웃음을 터뜨렸다. 그 와중에 그루센카가 초조한 목소리로 말했다.

"드미트리, 앞으로는 그렇게 벌떡 일어나지 말아요. 또 연설을 하려는 줄 알고 놀랐잖아요. 샴페인을 가져온 건 정말 멋진 일이에요. 나도 마셔야지. 과실주는 이제 넌더리가 나. 물론 당신이 온 게 제일 좋아요. 안 그랬으면 따분해서 죽었을걸. 이번에도 그냥 한판 벌이러 온 거죠, 응? 돈은 주머니에 넣어요, 제발! 어디서 그렇게 많은 돈을 챙겨 왔어요?"

모든 사람들, 특히 폴란드 인들은 드미트리가 움켜쥔 돈다발을 눈여겨보고 있었다. 드미트리는 그루센카의 잔소리를 듣고서야 얼굴을 붉히며 돈을 주머니에 쑤셔 넣었다.

트리폰이 병마개를 딴 샴페인과 잔을 쟁반에 담아 가져왔다. 모두 건배를 외치며 웃고 마시기 시작했다. 드미트리의 표정은 완전히 변해 있었다. 처음 방에 들어왔을 땐 비극적이고 어두운 표정이었지만, 지금은 왠지 어린아이 같은 모습이었다. 그는 온순한 강아지처럼 사람들을 밝고 조심스러운 표정으로 바라보았다. 그루센카를 하염없이 바라보다가 의자를 그녀의 안락의자 곁으로 바싹 당겨 앉았다.

드미트리는 폴란드 인의 정체를 파악하기 위해 안간힘을 썼다. 소파에 앉은 폴란드 인의 태도, 폴란드식 억양, 처음 보는 파이프 담배까지 그에게는 충격이었다. 폴란드 인은 마흔 살가량 되어 보였는데, 얼굴 살이 축 처진 데다 코는 아주 작았다. 코 밑으로 보이는 가늘고 뾰족한 콧수염 두 가닥이 그의 인상을 아주 뻔뻔스러워 보이도록 했다. 그러나 그의 외모가 드미트리를 불쾌하게 만들지는 않았다. 관자놀이 위로 볼썽사납게 빗어 올린 시베리아제의 후줄근한 가발마저도 괜찮게 보였다.

'뭐, 그럴 만하니까 가발을 썼겠지.'

벽 옆에 앉아 있는 폴란드 인은 소파에 앉아 있는 폴란드 인보다 훨씬 젊고 키가 컸다. 그는 도전적인 표정으로 사람들을 바라보면서 대화에 끼고 싶지 않다는 듯 잠자코 듣기만 했다. 드미트리는 그를 보고도 적잖이 충격을 받았는데, 소파에 앉아 있는 사람과 전혀 어울리지 않을 만큼 지나치게 키가 컸기 때문이다. 드미트리는 키 큰 폴란드 인이 소파에 앉아 있는 사람의 경호원쯤 될 테고, 따라서 파이프를 문 키 작은 사람이 키가 큰 젊은이를 지휘하고 있을 거라고 생각했다. 그러나 그것이 아니라도 상관없었다. 드미트리의 경쟁심은 진즉 사라졌고, 모든 게 만족스러웠기 때문이다.

드미트리는 그루센카의 태도나 그녀의 수수께끼 같은 말들도 아무렇지 않게 여겼다. 그녀가 곁에 앉는 것을 허락하고 상냥하게 대해 주는 것이 고마울 뿐이었다. 자신이 가져온 술을 그녀가 홀짝거리는 것을 보니 몹시 황홀해서 정신이 아득해지는 느낌이었다. 그러다 잠시 침묵이 흐르자 그 분위기를 참지 못하고 바로 소리쳤다.

"여러분, 떠들썩하게 즐깁시다!"

그러자 칼가노프와 막시모프가 흥을 내기 시작했다. 그들은 자신들이 겪은 일들을 이야기했다. 그루센카가 웃음보를 터뜨렸다. 드미트리에게 그 이상의 행복은 있을 수 없었다. 그러나 폴란드 인들과는 쉽게 공감대가 형성되지 않았다. 뭔가 살짝살짝 어긋나는 느낌이었다.

막시모프가 한창 열을 올리며 이야기를 하고 있는데, 파이프를 문 폴란드 인이 지루한 표정을 지으면서 키 큰 폴란드 인에게 물었다.

"몇 시나 됐지?"

상대방 역시 시계가 없는지 그저 어깨를 으쓱해 보였다.

"얘기하는데 왜 방해하는 거죠? 다른 사람들이 말할 수 있게 내버려 두세요. 당신들이 지루하니까 더 이상 말도 하지 말란 거예요, 뭐예요?"

그루센카가 폴란드 인을 향해 사납게 소리쳤다. 일부러 트집을 잡는 기색이 역력했다.

"나는 절대 방해한 게 아니오. 아무 말도 하지 않았는걸."

폴란드 신사가 짜증을 내며 대답했다.

"뭐, 됐어요. 자, 그럼 우리 계속 얘기해요."

그루센카는 막시모프에게 말했다. 그런데 얼마 지나지 않아 키 큰 폴란드 인이 도저히 못 참겠다는 듯 오만한 표정을 지으며 자리에서 일어났다. 그는 뒷짐을 지고 방 안을 이리저리 돌아다녔다.

"이젠 괜히 돌아다니기까지 하는군!"

그루센카가 그를 매섭게 노려보자, 드미트리는 슬슬 걱정이 되었다. 게다가 소파에 앉아 있는 폴란드 인이 자신을 경멸하듯 바라보고 있다는 것도 눈치챘다. 그는 잔 세 개를 갖고 와서 샴페인을 따랐다.

"마십시다, 여러분! 자, 여러분의 폴란드를 위하여 마십시다. 폴란드를 위하여!"

드미트리가 외쳤다.

"나로서도 유쾌한 일이올시다. 마십시다."

다행히도 키 작은 폴란드 인이 호응해 주었다. 모두 빈 잔을 내려놓자 드미트리는 세 개를 다시 채웠다.

"이번에는 러시아를 위하여! 우리 형제처럼 지냅시다."

"나한테도 술을 줘. 러시아를 위해서라면 나도 마시고 싶단 말이야."

그루센카가 말했다.

"나도요."

칼가노프가 말했다.

"나도 마시고 싶은데, 귀염둥이 러시아를 위해서!"

막시모프도 실실 웃으며 끼어들었다.

"그럼 다 함께! 주인장, 여기 술을 더 가져오게."

드미트리가 소리쳤다. 그가 가져온 술 중 남아 있던 세 병이 전부 나왔다.

"러시아를 위하여, 만세!"

드미트리가 건배를 외쳤다. 다들 단숨에 잔을 비웠으나 폴란드 인들은 잔에 손도 대지 않았다.

"아휴, 정말로 재미라곤 눈곱만큼도 없네."

칼가노프가 웅얼거렸다.

"다시 카드놀이라도 할까?"

막시모프가 히죽거리며 말했다.

"카드놀이요? 좋지요!"

드미트리가 즐겁게 말을 받았다.

"너무 늦었어요."

키가 큰 폴란드 인이 투덜거렸다. 그러자 그루센카는 신경질이 극에 달한 듯 날카롭게 소리를 질렀다.

"저 사람들은 늘 저런 식이라니까! 자기들이 지루하면 다른 사람들까지도 지루해야 된다는 거예요. 드미트리, 당신이 오기 전에도 이 작자들은 줄곧 이렇게 입을 꾹 다물고 뾰로통해 있었어요."

"나의 여신이여! 당신이 원하는 것은 뭐든 하겠소. 당신이 상냥하게 굴지 않아서 우울했던 것뿐이오. 그럼 카드놀이를 시작하죠."

키 작은 폴란드 인이 말했다.

"시작합시다!"

드미트리가 이렇게 맞장구를 친 뒤 주머니 속 돈뭉치에서 백 루블짜리 두 장을 꺼내 탁자 위에 놓았다.

폴란드 인들은 자리를 잡고 앉아 트리폰이 가져온 새 카드의 포장을 뜯었다. 그들의 표정이 한층 밝아졌다. 키가 작은 폴란드 인은 새 파이프를 입에 물고 카드 패를 돌릴 준비를 했다. 그의 얼굴은 자못 진지했다.

그런데 카드놀이를 할수록 드미트리는 계속 돈을 잃는 반면, 폴란드 인들은 따기만 했다.

"지금까지 이백 루블을 잃었는데, 더 걸 테요?"

키가 작은 폴란드 인이 물었다.

"이백 루블이요? 그럼 이백 루블 더!"

드미트리는 주머니에서 이백 루블을 꺼낸 후 손에 쥐고 있던 카드를 탁자에 던지려고 했다. 바로 그때 칼가노프가 한 손으로 카드를 덮으며 말했다.

"됐습니다."

"아니, 왜 그러시오?"

드미트리는 그를 뚫어져라 쳐다보았다.

"됐어요, 정말 딱 질색이에요. 그만합시다!"

"왜요?"

"그냥 침이나 탁 뱉고 떠나세요. 카드놀이나 하며 당하는 꼴은 더 이상 두고 볼 수가 없네요."

"그래요, 드미트리. 이 사람 말이 맞는 것 같아. 너무 많이 잃었어요."

그루셴카의 목소리가 이상하게 떨렸다. 폴란드 인들은 기분을 잡쳤다는 표정을 지으며 일어났다.

"농담이시겠지, 젊은 양반?"

키 작은 폴란드 인이 칼가노프를 위아래로 훑어보며 말했다.

"아니, 어떻게 이럴 수가 있소?"

곁에 있던 키 큰 폴란드 인도 칼가노프에게 소리쳤다. 그러자 그루셴카가 폴란드 인들에게 버럭 소리를 질렀다.

"어디서 감히 소리를 지르는 거야?"

드미트리는 모두를 번갈아 바라보았다. 그루센카의 얼굴에 나타난 섬뜩한 기운 때문에 그는 뜨끔했다. 바로 그 순간 머릿속에 완전히 새롭고 묘한 생각이 떠올라 그를 전율케 했다. 드미트리는 조용히 키 작은 폴란드 인 곁으로 다가가 그의 어깨를 탁 쳤다.

"폴란드 양반, 잠깐 얘기 좀 합시다."

"무슨 일이오?"

"저기 안쪽 방으로 갑시다. 잠깐 할 말이 있어서 그러는데, 아주 점잖게 끝내겠소. 당신도 만족할 거요."

키 작은 폴란드 인은 깜짝 놀란 얼굴로 드미트리를 쳐다보았다. 그는 조금 겁이 났는지 동료와 함께 가겠다고 했다.

"경호원쯤 됩니까? 그럼 같이 가시죠. 저 사람도 필요하니까."

"어디들 가는 거예요?"

그루센카가 불안하게 물었다.

"금방 돌아올 거야."

대답하는 드미트리의 얼굴에 대범하고 굳센 기운이 감돌았다. 처음 이 방에 들어섰을 때의 얼굴과는 전혀 딴판이었다.

그는 폴란드 인들을 오른쪽 방으로 데려갔다. 그곳에는 궤짝과 짐짝들이 널려 있고 커다란 침대가 두 개 놓여 있었다. 판자를 붙여 만든 작은 탁자 위에는 촛불이 타오르고 있었다. 키 작은 폴란드 인과 드미트리는 탁자를 사이에 두고 마주 앉았고,

키 큰 폴란드 인은 뒷짐을 진 채 그들 곁에 비스듬히 앉았다. 폴란드 인들의 눈빛에는 긴장감과 호기심이 가득했다.

"무슨 용건이오?"

키 작은 폴란드 인이 옹알거리듯 물었다.

"긴 얘기는 하지 않겠소. 자, 여기 돈이 있소."

드미트리는 주머니에서 돈다발을 꺼내 불쑥 내밀었다.

"삼천 루블인데, 이걸 가지고 어디로든 떠나 줬으면 좋겠소."

폴란드 인은 눈이 휘둥그레졌다. 무슨 뜻인지 영 모르겠다는 표정이었다.

"삼천 루블이라고?"

그는 동료와 눈짓을 주고받았다.

"그래요, 삼천 루블! 보아하니 당신들은 똑똑한 사람들인 것 같던데, 이 삼천 루블을 갖고 어디로든 썩 꺼져 주면 좋겠다, 이 거요. 그것도 바로 지금 당장. 영원히 돌아오지 않는다는 조건으로! 이 문으로 영영 나가 달라는 거요. 저 방에 당신 물건은 뭐가 있지? 외투? 모피 코트? 그건 내가 가져다주지. 지금 당장 당신들을 위해 트로이카를 불러 줄 테니 안녕히 가시라, 이 말이오!"

드미트리는 그들이 돈을 받아 들고 떠날 것이라 확신했다. 뭔가 결심을 했는지 키 작은 폴란드 인의 태도가 달라졌다.

"그럼 돈은……."

"이렇게 하지, 신사 양반. 오백 루블은 지금 당장 주겠소. 나머

지는 내일 시내에서 주고. 명예를 걸고 맹세하건대 땅을 파서라
도 마련해 주지."

다시 눈짓을 주고받은 폴란드 인들의 얼굴이 급격히 싸늘해
졌다. 드미트리는 그들의 표정을 보고 다급하게 말했다.

"그래, 칠백 루블을 주지. 오백 루블이 아니라 칠백 루블. 지금
당장 손에 쥐어 주겠소. 혹시 못 믿겠다는 건가? 그렇다고 삼천
루블을 전부 다 줄 순 없지. 당신이 내일 그루센카의 집으로 오
면 그때 꼭……. 지금 삼천 루블을 전부 갖고 있지 않아서 그렇
소. 집에 있단 말이오."

그러자 키 작은 폴란드 인은 자존심이 상했다는 듯이 투덜거
렸다.

"할 말은 다 했소? 나, 참, 더럽고 아니꼬워서, 원!"

폴란드 인들은 번갈아 가며 침을 뱉었다.

드미트리는 정말로 모든 게 끝났다는 것을 깨닫고 심한 말을
하고 말았다.

"지금 침을 뱉는 건, 그루센카에게서 더 많은 돈을 우려낼 수
있다고 생각하고 있기 때문이겠지. 네놈들은 정말, 불알을 발라
낸 수탉들이야!"

"이렇게까지 모욕하다니!"

키가 작은 폴란드 인은 얼굴을 붉히며 방에서 뛰쳐나갔다. 그
의 동료도 몸을 건들거리면서 따라 나갔고, 멋쩍어진 드미트리

역시 그들의 뒤를 따랐다. 드미트리는 폴란드 인이 떠들어 대면 그루센카가 어떤 반응을 보일지 몰라 무서웠다. 예상대로 키 작은 폴란드 인은 푸른 방으로 들어가자마자 그루센카에게 화를 냈다.

"그루센카, 날 이렇게까지 모욕하다니!"

그가 폴란드 어로 말하자, 그루센카는 소리를 빽 질렀다.

"러시아 어로 말해요. 폴란드 말은 싫단 말이야! 전에는 러시아 어로 잘도 말하더니, 오 년 만에 다 잊어버렸나 보지!"

그녀는 어찌나 화가 났는지 얼굴이 온통 새빨갛게 달아올랐다. 키 작은 폴란드 인은 그녀의 호통이 거슬렸는지 일부러 엉터리 러시아 어로 말했다.

"그루센카, 나는 옛일은 다 잊고 용서를 하러 왔소."

"용서? 지금 나를 용서하겠단 소리예요?"

그루센카가 자리에서 벌떡 일어났다.

"그래요, 나는 관대한 사람이니까. 하지만 당신의 정부는 도무지 이해해 줄 수 없소. 당신의 드미트리가, 글쎄 삼천 루블을 줄테니 나더러 손을 떼라더군. 나는 그 낯짝에 침을 뱉어 주었지."

"뭐라고? 저 사람이 당신한테 내 몸값을 준다고 했다고요?"

그루센카가 날카롭게 소리쳤다.

"드미트리, 정말이에요? 어떻게 그런 짓을! 아니, 내가 몸 파는 여자라도 된다는 거예요?"

드미트리가 당황해서 손을 내저으며 말했다.

"아니야, 말도 안 돼! 이봐요, 나는 결코 그녀의 정부였던 적이 없소. 너무 순결해서 빛이 나는 여자인데, 그 앞에서 거짓말이라니!"

"당신이 뭔데 나를 변호하고 난리야!"

그루센카가 고함을 질렀다.

"내가 순결했던 건 원래 그런 여자라서도 아니고, 삼소노프가 무서워서도 아니었어요. 이 작자를 만났을 때 비열한 놈이라고 떳떳하게 말하기 위해서였지! 그래서, 이 작자가 당신한테서 돈을 받았어요?"

"받으려고 했어. 다만 삼천 루블을 한꺼번에 받고 싶어 했는데, 내가 일단 칠백 루블만 내놓겠다고 하니 거절했던 거야."

"알 만하군. 나한테 돈이 있다는 소문을 듣고서 찾아온 거야!"

키 작은 폴란드 인이 당황한 말투로 소리쳤다.

"그루센카! 나는 날건달이 아니라 귀족이오. 당신을 진정한 부인으로 맞으려고 왔는데, 예전의 그 여자가 아니군. 완전히 변덕스럽고 뻔뻔스러운 여자가 다 됐어."

"썩 꺼져! 내가 지금 명령만 하면 당신은 당장 쫓겨날 테니!"

그루센카는 몹시 흥분했다.

"나는 진짜 바보야. 저런 사람 때문에, 아니 내 분을 못 이겨서 스스로를 그렇게 괴롭혔다니. 당신은 어떤 줄 알아? 당신도 옛

날의 그 사람이 아니야! 혹시 그 사람의 아버지쯤 되는 거 아니야? 이봐, 그 가발은 도대체 어디서 구했어? 그때 그 사람은 웃는 얼굴로 나에게 노래를 불러 주곤 했는데……. 뭐, 내가 뻔뻔한 년이라고?"

그녀는 안락의자에 쓰러져서 두 손으로 얼굴을 가렸다. 그 순간 갑자기 왼쪽 방에서 모크로예의 처녀들이 합창을 시작했다. 격정적인 춤곡이었다.

"소돔(성경에 나오는 팔레스타인의 도시로, 성적(性的)으로 퇴폐하여 하느님의 노여움을 사서 멸망하였다고 한다.―옮긴이)이 따로 없군!"

키 큰 폴란드 인이 고함을 쳤다.

트리폰은 아까부터 호기심을 갖고 방 안을 엿보다가 고함 소리가 들리자 바로 모습을 나타냈다.

"형씨, 왜 그렇게 소리를 지르고 난리요? 거, 화통이라도 삶아 드셨나?"

트리폰이 무례하게 말하자 키 큰 폴란드 인이 호통을 쳤다.

"짐승만도 못한 놈!"

"지금 짐승이라고 했나? 흥, 그러는 당신은 카드를 어떻게 갖고 놀았더라? 당신은 내가 준 카드를 숨겨 놓고 가짜 카드 패로 술수를 썼잖아! 가짜 카드로 사기를 쳤다고 고발하면 당신은 당장 시베리아행이야."

트리폰은 소파의 등받이와 쿠션 사이에서 아직 뜯지 않은 카드를 꺼내 들었다.

"여기, 내가 준 카드가 그대로 있네! 아직 뜯지도 않았군."

그는 그것을 높이 들어 사람들에게 보여 주었다.

"저 작자가 카드 패를 이 틈바구니에 숨겨 놓고 자기 카드로 바꾸는 걸 내가 똑똑히 봤어요. 순 사기꾼 주제에 무슨 신사인 척하기는!"

"나도 저 사람이 속임수를 쓰는 걸 두 번이나 봤어요."

칼가노프가 덧붙였다.

"아, 창피해! 이게 웬 창피람. 맙소사, 어쩌다 저런 인간이 됐을까!"

그루셴카가 얼굴을 붉히며 소리쳤다.

"내 이럴 줄 알았어."

드미트리마저 그를 우습게 여기듯이 비웃었다.

키 큰 폴란드 인은 곤혹스러워진 나머지 그루셴카를 주먹으로 위협하며 성질을 부렸다.

"갈보 년 주제에!"

그가 소리를 치자, 드미트리는 순식간에 그에게 달려들어 두 손으로 그의 먹살을 쥐고 공중으로 들어 올렸다. 그러고는 숨을 씩씩거리며 그를 아까 데려갔던 오른쪽 방으로 던져 버렸다.

"내가 저놈을 마룻바닥에다 던져 놨어."

드미트리는 오른쪽 방의 방문을 한쪽만 잠그고 다른 쪽은 활짝 열어 둔 채 키 작은 폴란드 인에게 소리쳤다.

"이봐, 폴란드 양반, 당신도 저기로 알아서 들어가는 게 어떨까? 제발!"

그때 트리폰이 끼어들었다.

"드미트리 표도로비치 나리! 저놈들한테 잃은 돈을 다시 뺏으세요. 따지고 보면 저들이 나리의 돈을 훔친 셈이지 않습니까?"

"난 아까 잃은 오십 루블을 돌려받고 싶은 마음은 없어요."

갑자기 칼가노프가 대꾸했다.

"나도 돌려받고 싶지 않아! 저놈들한테도 그런 낙은 있어야 하지 않겠나?"

드미트리가 소리쳤다.

"멋져요, 드미트리! 역시 당신다워!"

그루센카는 이렇게 소리쳤는데, 그 외침 속에 왠지 엄청난 증오가 가시처럼 돋아 있었다.

키 작은 폴란드 신사는 얼굴이 새빨개졌으면서도 여전히 점잖은 체하며 문으로 향했다. 별안간 그가 걸음을 멈추고 그루센카에게 소리쳤다.

"나와 함께하길 원한다면 지금 같이 나가고, 아니라면 잘 있으시오!"

그러고는 여전히 근엄한 척하며 방에서 나갔다. 드미트리는 그의 등 뒤에서 문을 쾅 닫았다.

"아예 저자들을 가둬 버리죠."

칼가노프가 말했다. 그때 자물쇠가 쩔렁거리는 소리가 들렸다. 그들이 알아서 문을 잠근 것이었다. 그루센카가 독기 서린 목소리로 외쳤다.

"멋져! 정말로 멋진 일이야! 저 작자들에겐 저런 곳이 제격이거든."

제 2 2 장
사랑에 눈뜨다

잠시 후, 온 세상을 뒤흔들 만큼 떠들썩한 잔치가 시작되었다. 그루센카는 술을 더 달라고 아우성이었다.

"마시고 싶어! 지난번처럼 완전히 취하도록 말이야. 기억나요, 드미트리? 그때 우리가 여기서 어떻게 사귀게 됐는지 말이에요."

드미트리는 그녀의 말을 제대로 이해하지 못했지만 막연하게나마 자신의 행복을 예감했다. 하지만 그루센카는 그를 자꾸만 멀리하려고 했다.

"자, 가서 즐기도록 해요. 모두 춤을 추라고 말해 줘요. 그때처럼 오두막도 춤추고 벽난로도 춤춰라. 그때처럼!"

그루센카는 굉장히 흥분한 상태였다. 드미트리는 그녀를 위해 옆방으로 들어가 일을 처리했다. 음악, 술, 음식, 농부, 아낙네, 처자 들까지 모두 그들이 여기서 처음으로 한판을 벌였던 그날과 똑같도록. 그는 처자들을 위해 초콜릿을 끓게 하고, 찾아오는 사람은 누구나 밤새도록 차와 술을 마실 수 있게 했다. 트리폰 역시 그날처럼 아예 잠을 잘 생각도 하지 않았다. 그는 드미트리의 주위를 맴돌며 필요할 때마다 아첨을 떨어서 한몫 챙기는 데만 혈안이 되어 있었다.

칼가노프는 술 생각도 없었고 처자들의 합창도 마음에 들지 않았지만, 샴페인을 두어 잔 마시자 완전히 다른 사람이 되어 버렸다. 어찌나 신이 났는지 방 안을 거의 날아다니다시피 하며 돌아다녔다. 막시모프 역시 술에 잔뜩 취해 행복에 겨워 있었다.

그루센카는 드미트리에게 특별한 말을 하지는 않았지만 이따금 상냥하고 뜨거운 눈빛으로 그를 바라보곤 했다. 그러다 갑자기 그의 손을 꽉 쥐더니 자기 쪽으로 힘껏 당겼다.

"아까 당신이 여기에 들어올 때 어땠는지 알아요? 그 모습이란! 너무 놀라서 간이 콩알만 해졌어요. 아니, 어떻게 나를 그 사람한테 양보할 생각을 다 했어요, 응? 정말 그럴 생각이었던 거예요?"

"당신의 행복을 망치고 싶지 않았으니까."

드미트리가 달콤하게 속삭였다. 하지만 그녀는 그의 대답에는 전혀 신경 쓰지 않고 말했다.

"자, 이제 다 얘기해 줘요. 내가 여기로 왔다는 걸 어떻게 알았어요? 누구한테서 들었어요?"

드미트리는 그간의 사정을 모두 털어놓았다. 그런데 어찌나 두서없이 한꺼번에 말을 쏟아 내는지 알아듣기가 힘들 지경이었다. 스스로 생각해도 마뜩잖은지 눈썹을 찌푸리고 잠깐씩 입을 다물기도 했다. 잠자코 듣고 있던 그루센카가 대뜸 이렇게 물었다.

"왜 자꾸 인상을 써요?"

"아무것도……. 사실은 환자를 그냥 내버려 두고 왔어. 지금이라도 그를 낫게 할 수만 있다면 내 인생의 십 년이라도 기꺼이 바칠 텐데!"

"환자는 하느님께서 잘 돌보실 거예요. 그런데 당신, 정말로 내일 동틀 무렵에 자살하려고 했어요? 에이, 바보! 도대체 이유가 뭐예요? 그래도 난 당신같이 격정적인 사람이 좋아."

그루센카는 술기운 때문에 혀가 자꾸 꼬이는 듯했다.

"그러니까 나를 위해서라면 무슨 일이든 하겠다, 이거죠? 당신은 바보같이 내일 자살하려고 했다는 거잖아요. 안 돼! 일단은 기다려 봐요. 내일 내가 어떤 말을 할지도 모르거든. 오늘은 아니야. 내일 말해 줄 거야. 당신은 오늘 들었으면 좋겠죠? 안 돼. 오늘은 싫어요."

잠시 후 그루센카는 의혹과 근심에 찬 시선으로 그를 뚫어져라 바라보면서 다시 물었다.

"도대체 왜 이러는 거예요? 당신이 슬퍼하는 게 보여. 아주 훤히 보인다고요. 안 돼, 즐거워야 해. 내가 즐거우니까 당신도 즐거워야 한다고요. 어머, 이것 좀 봐. 예쁜 아이가 잠이 들었네. 술에 잔뜩 취해서 말이야. 어쩜 이리도 예쁘장할까?"

칼가노프를 두고 하는 말이었다. 그루센카가 칼가노프를 바라보고 있는 사이, 드미트리는 머리가 지끈거리는 것을 느끼고 방에서 나갔다. 그는 현관 쪽에 있는 목조 난간으로 나가 신선한 공기를 들이마셨다. 캄캄한 구석에 혼자 서서 두 손으로 머리를 움켜쥐자, 흩어져 있던 생각들이 하나로 합쳐지더니 모든 것이 또렷해졌다. 무서울 정도로 분명한 자각이었다.

'자살을 할 거라면, 바로 지금이야!'

드미트리는 한참을 망설이며 서 있었다. 아까 이곳으로 달려왔을 때, 그의 뒤에는 치욕과 만행과 핏자국이 도사리고 있었다. 하지만 그때는 정말이지 모든 것이 끝장난 상태였기 때문에 차라리 가뿐한 심정이었다. 그루센카를 양보하기로 마음먹었으므로 그녀는 이미 사라진 존재나 다름없었다. 그래서 그때는 스스로를 심판하는 일이 훨씬 수월했다. 이 세상에 남아 있을 이유가 전혀 없었으니까.

하지만 지금은 어떤가! 어쨌든 최소한 하나의 환영과는 끝장을 보았다. 그녀의 옛 사람, 그 치명적인 상대는 다행히 사라졌다. 무서운 환영이 조그맣고 우스꽝스러운 것으로 변해 버렸다. 그놈은 절대로 돌아오지 못할 것이다! 부끄러움이 감도는 그루센카의 눈을 보면 지금 그녀가 사랑하는 사람이 누구인지 알 것 같았다. 이제 정말 제대로 살기만 하면 되는데, 그러면 되는데……, 그럴 수가 없다니!

'주여, 담장 곁에 쓰러져 있는 자를 구해 주시옵소서. 이 무서운 칼을 제게서 거두어 주시옵소서. 아, 만약 그가 살아 있다면? 나머지 치욕마저 죄다 씻어 버릴 테다. 훔친 돈을 반드시 갚아 줄 테다. 땅을 파서라도 구할 거야. 그러면 치욕의 흔적은 그 어디에도 남지 않겠지. 하지만 아니야! 아, 이건 정말 있을 수 없는 옹졸한 꿈에 불과해! 아, 정말 미칠 노릇이군!'

불현듯 실낱 같은 희망의 햇살이 그를 비추었다. 그는 다시 그녀, 그의 영원한 여왕에게로 달려갔다.

'비록 치욕의 고통 속에서 헤매고 있지만 그녀와의 한 시간, 단 일 분의 사랑에 내 남은 생 전부를 걸겠어! 모든 것을 잊는 거다. 오늘 밤만이라도, 아니 한순간만이라도!'

그는 난간과 이어진 현관 바로 앞에서 트리폰과 마주쳤다. 트리폰의 얼굴이 왠지 우울해 보였다. 뭔가 걱정거리가 있는 듯했다. 드미트리는 혹시 자기를 찾으러 나온 건 아닐까 싶어서 이렇게 물었다.

"나를 찾고 있었나?"

"아닙니다. 제가 뭐 하러 나리를 찾겠습니까?"

"무슨 일 있나? 표정이 어둡군. 그나저나 몇 시나 됐지?"

"적어도 세 시는 됐을걸요. 아니, 세 시도 넘었겠네요."

"끝내세, 이제 그만 끝내자고."

"아닙니다. 원하시는 대로 얼마든지……."

드미트리는 '이 사람, 왜 이렇게 울상이지?'라고 생각하며 처녀들이 춤을 추던 방으로 갔다. 그루센카가 보이지 않았다. 푸른 방에도 칼가노프만 졸고 있을 뿐이었다. 드미트리는 커튼 뒤를 젖혀 보았다. 그루센카는 거기에 있었다. 그녀는 여행용 가방 위에 앉아 옆에 있는 침대에 두 팔과 고개를 기울인 채 소리 죽여 울고 있었다. 드미트리를 보자 자기 곁으로 오라며 손짓을 하더니, 그의 손을 꽉 잡았다.

"드미트리, 난 그 사람을 정말로 사랑했어요!"

그녀가 속삭이기 시작했다.

"너무 많이 사랑했어요. 무려 오 년 동안! 하지만 내가 사랑한 게 정말 그 사람이었을까? 사랑이 아니라 그저 원한이었던 건 아닐까? 아니야! 그를 사랑한 게 맞아요.

드미트리, 그때 나는 겨우 열일곱 살이었어요. 그는 나한테 너무나 상냥한 사람이었고, 명랑하게 노래를 불러 주곤 했지요. 그때는 내가 천치 같아서 잘못 본 걸까? 맙소사, 어쨌든 오늘 본 사람은 아니에요! 그 사람이 아니었어요. 얼굴이 완전히 딴판인데 그 사람일 리가 없잖아. 아예 다른 사람 같았다니까요.

여기로 오는 내내 어떻게 그를 맞이할까, 무슨 말을 할까, 서로를 어떻게 바라볼까…… 생각하고 또 생각했어요. 가슴이 무척 설레었지요. 그런데 도착해 보니 영 다른 사람이 서 있는 거예요. 꼭 학교 선생처럼 젠체하고 근엄한 말만 늘어놓는 바람에 완전히 막다른 골목에 선 기분이었어요. 진짜 아무 말도 할 수 없었다니까요.

처음에는 그 사람이 데려온 꺽다리 폴란드 인한테 부끄러워서 그러는 건가 보다 했지요. 그래서 가만히 앉아 그들을 지켜보며 생각했어요. '나는 왜 지금 저 사람과 이야기를 나누지 못하는 걸까?' 아무래도 그의 전처가 그를 너무 괴롭혀서 폭삭 망가진 모양이에요. 나를 버리고 결혼하더니, 그 여자가 그를 완전히 망쳐 버린 거지. 드미트리, 난 창피해 죽겠어요. 너무 창피하고 또 창피해요! 평생 창피할 것 같아요. 내 지난 오 년은 저주나 받아라!"

그녀는 다시 엉엉 울기 시작했다. 그러면서 드미트리의 손을 더 꽉 쥐었다.

"여기 잠깐만 있어 줘요. 당신한테 하고 싶은 말이 있어요."

그녀는 이렇게 속삭이더니 얼굴을 들어 부드러운 눈빛으로 그를 바라보았다.

"한번 말해 봐요. 내가 진짜 누굴 사랑하는 것 같아요? 지금 여기에 내가 사랑하는 사람이 있어요. 그 사람이 누굴까요? 누군지 당신이 얘기해 봐요."

울어서 퉁퉁 부어오른 그녀의 얼굴에 미소가 번졌다. 두 눈은 어둠 속에서도 반짝 빛을 발했다.

"아까 매 한 마리가 들어왔을 때 나는 가슴이 철렁 내려앉는 것 같았어요. 내 마음이 '이 바보 천치야, 네가 정말로 사랑하는 사람은 바로 이 사람이야.'라고 속삭이더라고요. 당신이 들어서는 순간 모든 것이 분명해졌어요. 당신이 뭘 두려워하는지 모르겠어요. 당신은 정말 잔뜩 겁을 집어먹고 있었잖아요. 당신이 누굴 보고 겁먹을 사람도 아니고, 그 사람들을 두려워할 리도 없는데 좀 이상했어요. 그래서 깨달았죠. 당신은 오직 나만 두려워하고 있다는 걸.

이게 다 페냐가 당신 같은 바보한테 그 얘기를 해 줬기 때문이에요. 내가 창문에서 당신을 딱 한 시간 동안만 사랑했다고 외쳐 놓고는 다른 사람을 만나러 간다고 한 게 문제였어요. 드미트리, 당신을 두고 나는 어떻게 다른 사람을 사랑한다고 생각했을까요? 정말 바보 천치 같아요. 드미트리, 날 용서해 주는 거죠? 정말 날 사랑해요? 사랑하는 거 맞죠?"

그루센카는 벌떡 일어나서 두 손으로 그의 어깨를 움켜쥐고 마주 섰다. 드미트리는 어찌나 황홀한지 아무 말도 못 하고 그녀를 꼭 껴안고 입을 맞추기 시작했다.

"내가 그렇게 괴롭혔어도 용서해 주는 거죠? 난 그냥 너무 화가 나서 당신들 모두를 죽어라 괴롭혔던 거예요. 당신의 영감쟁이도 홧김에 정신 나가게 만든 거고…… 기억나요? 예전에 당신이 내 방에서 술을 마시다가 술잔을 깨뜨렸던 적이 있잖아요. 그게 떠올라서 나도 오늘 술잔을 깨뜨렸어요. 자, 나의 야비한 마음을 위해 입을 맞춰 줘요. 이제 평생 동안 당신의 노예가 될 거예요. 노예가 된다는 건 달콤한 일이거든요. 아니, 잠깐만, 조금만 기다려 줘요."

그녀가 갑자기 그를 밀어냈다.

"저리 가 있어요, 드미트리. 나도 흠뻑 취하도록 마실 거예요. 취하고 싶어요. 그리고 춤을 출 거예요. 정말로 신 나게!"

그녀는 드미트리에게서 쏙 빠져나와 커튼 너머로 나갔다. 그는 그녀의 뒤를 따라가며 생각했다.

'아, 이 순간을 위해서라면 온 세상이라도 바치겠어.'

요란한 잔치는 끝이 날 줄 모르고 갈수록 성대해졌다. 그루센카는 술기운이 잔뜩 올라 힘겹게 말했다.

"당신이 짐승 같은 구석이 있긴 하지만…… 그래도 고결한 사람이라는 걸 알고 있어요. 우린 이제 떳떳하게 살아야 돼요. 앞으로는 우리 둘 다 떳떳한 사람이…… 착한 사람이 되는 거예요. 진짜로 착한 사람 말이에요……. 나를 데려가 줘요, 멀리멀리! 듣고 있어요? 나는 여기가 싫어요. 멀리, 멀리 가고 싶어요."

"그래, 꼭 그럴게."

드미트리는 그녀를 꼭 껴안았다.

"당신을 멀리 데려갈 거야. 우리 같이 멀리 떠나자. 아……, 그 피가 어떻게 됐는지 알 수만 있다면 내 평생을 바치겠는데!"

"피라니, 무슨 소리예요?"

그루센카가 깜짝 놀라서 되물었다.

"아무것도 아니야. 그루센카, 당신은 떳떳한 여자지만 나는 도둑놈이야. 카테리나에게서 돈을 훔쳤거든……. 아, 정말 치욕스러워!"

드미트리가 이를 악물고 말했다.

"카테리나? 그 귀족 아가씨 말이에요? 아니야, 당신은 훔치지 않았어요. 돈이야 돌려주면 되지. 내 돈을 가져가요. 이제 내 것은 모두 당신 거니까요. 우리한테 돈이 무슨 소용이에요? 어차피 우리는 돈이 있으면 펑펑 써 버리지 않곤 못 배기잖아요. 당신과 나는 어디 가서 땅을 가는 편이 나아요. 일을 해야 된다고요. 나는 당신의 정부가 되진 않을 거예요. 충실한 부인이 될 테니까요.

그 귀족 아가씨한테 같이 가서 용서를 빌고 떠나요. 만약 용서해 주지 않으면…… 그래도 떠나야죠. 얼른 그 여자한테 돈을 줘 버리고 나만 사랑해 줘요. 그 여자를 사랑해선 안 돼요. 혹시 당신이 그 여자를 조금이라도 사랑하면, 내가 그 여자의 목을 졸라 죽일 거예요. 그 여자의 두 눈을 바늘로 찔러 버릴 테야."

"당신만을 사랑해. 오직 당신만을⋯⋯. 시베리아에서도 사랑할 거야."

"갑자기 웬 시베리아? 하긴 시베리아면 어때요? 어디서든 사랑하고 함께 일하면 그만이지⋯⋯. 시베리아에는 눈이 쌓여 있겠죠? 나는⋯⋯ 눈밭을 달리는 게 좋아요. 그러면 어디선가 방울 소리가 울리는 것 같거든⋯⋯. 어? 방울 소리가 들린다⋯⋯. 어디서 들리는 거지? 사람들이 오고 있나 봐요⋯⋯. 이제 그쳤다."

그루셴카는 힘없이 눈을 감더니 순식간에 잠이 들어 버렸다. 방울 소리는 정말 어딘가 먼 곳에서 울리다가 더 이상 들리지 않았다. 드미트리는 그녀의 가슴에 얼굴을 묻고 있었다. 그는 방울 소리가 멎은 것도, 노랫소리와 술에 취한 이들이 내지르던 소음이 멎은 사실도 전혀 깨닫지 못했다.

한참 뒤, 그루셴카가 다시 눈을 떴다.

"어머, 나 잠들었던 거예요? 그래⋯⋯, 자면서 꿈을 꿨나 봐. 방울 소리가 들렸어요⋯⋯. 나는 사랑하는 당신과 함께 마차를 타고 눈밭을 달리고 있었어요. 얼마나 좋은지⋯⋯. 어⋯⋯?"

뭔가 이상한 느낌이 들었다. 그루셴카는 바로 앞을 보고 있으면서도 그를 보는 게 아니라 그의 머리 너머를 뚫어져라 응시하고 있었다. 그녀의 눈이 점점 커지면서 얼굴이 일그러졌다.

"드미트리, 저기서 누가 우리를 보고 있어요!"

그녀가 속삭였다. 드미트리는 몸을 홱 돌렸다. 누군가가 커튼을 젖히고 그들을 보고 있었다. 한 사람이 아닌 것 같았다. 그는 벌떡 일어나 재빨리 그쪽으로 다가갔다.

"이쪽으로 나오시죠."

누군가의 목소리가 들렸다.

커튼 뒤에서 나온 드미트리는 꼼짝할 수가 없었다. 방에는 낯선 이들이 가득했다. 등골이 오싹해지고 몸이 바들바들 떨렸다. 그는 방문객들이 누구인지 바로 알아차렸다. 외투를 입고 모표가 달린 모자를 쓴 키가 큰 뚱보는 경찰 서장 미하일 마카로비치였다. 말쑥하게 차려입고 반짝반짝 광이 나는 구두를 신고 있는 멋쟁이는 검사 시보였다. 그리고 작은 안경을 낀 젊은 청년도 있었는데, 이름은 기억이 안 나도 낯은 익었다. 그는 법률 학교를 갓 졸업한 예심 판사였다. 또 눈에 익은 사람이 하나 있었다. 그는 지서장 마브리키 마브리키예비치였다.

'금속 감찰을 단 자들은 뭐지? 대체 뭣 때문이야? 저기 두 사람은 평범한 농부로 보이는데······.'

"여러분, 무슨 일입니까?"

드미트리는 이렇게 말하다가 갑자기 얼이 빠진 듯 자기도 모르게 소리쳤다.

"아아, 알 만합니다!"

예심 판사가 천천히 드미트리에게 다가와 명령하듯 말했다.

"이쪽, 여기 소파 쪽으로 와 주십시오. 당신과 긴히 나눌 얘기가 있습니다."

"그리고리! 그리고리와 그 피 때문이다! 아……, 알 만합니다!"

드미트리는 미친 사람처럼 소리쳤다. 그러고는 낫으로 발목이라도 베인 듯이 의자 위로 풀썩 쓰러졌다.

"알 만해? 흥, 그렇겠지. 아비를 죽인 막돼먹은 놈 같으니라고! 네놈 아버지의 피가 울부짖고 있다!"

경찰 서장이 이성을 잃고 드미트리에게 호통을 쳤다.

"이러면 안 됩니다, 미하일 마카로비치! 이러면 내가 곤란해요. 일단 내가 나서서 얘기하겠습니다. 당신이 이렇게 굴 거라곤 생각도 못 했어요."

예심 판사가 소리쳤다.

"그래도 이건 너무해. 여러분, 이건 진짜 미망 그 자체요. 저놈을 좀 보십시오. 술에 절어서 새벽까지 방탕한 계집년과 놀아나다니! 그것도 자기 아버지의 피로 범벅이 된 채……. 이건 미망입니다. 정말 말도 안 되는 꿈이야!"

경찰 서장이 계속 말을 하자, 검사 시보도 말리고 나섰다.

"부탁드립니다, 친애하는 미하일 마카로비치. 제발 좀 자제해 주세요. 자꾸 이러면 나도 무슨 조치를 취할 수……."

하지만 그 말이 채 다 끝나기도 전에 예심 판사가 드미트리를 보며 확고하고 근엄한 목소리로 말했다.

"퇴역 중위 드미트리 표도로비치 카라마조프, 지난밤에 일어난 당신의 아버지 표도르 파블로비치 카라마조프 살해 사건의 용의자로 당신이 고소되었음을 알려 드립니다."

예심 판사는 그 밖에 몇 마디를 덧붙였고, 검사 시보 역시 옆에서 뭐라고 읊었다. 그러나 드미트리는 그들을 멀뚱히 바라볼 뿐 아무것도 이해할 수 없었다.

제 2 3 장
살인 혐의

앞에서 표트르 일리치가 그루센카 집의 대문을 힘껏 두드리던 시점에서 이야기를 중단했는데, 그 이야기를 계속하자면 물론 그의 시도는 성공했다. 페냐는 종일 충격적인 일을 겪은 탓에 쉽게 잠을 청하지 못하고 있었다. 그러다가 마침 온 동네가 떠나갈 듯 대문을 두드리는 소리에 발작을 일으킬 정도로 벌벌 떨었다. 그녀는 문을 두드리는 사람이 당연히 드미트리일 거라고 생각했다. 그가 트로이카를 타고 떠나는 모습을 직접 보았지만, 그가 아닌 다른 누군가가 이토록 난폭하게 문을 두드릴 거라곤 상상할 수 없었다.

페냐는 당장 대문으로 향하는 문지기를 쫓아가서, 저 사람을 들여보내면 안 된다고 매달렸다. 하지만 문지기는 우선 대문을 두드리는 사람의 신분을 확인해 보자며 폐냐를 안심시켰다. 그런 다음 표트르 일리치가 대단히 중요한 문제로 폐냐를 꼭 만나 봐야 한다고 말하자 문을 열어 주었다. 표트르 일리치는 폐냐가 떨고 있는 부엌으로 들어섰다. 폐냐는 여전히 불안해 하면서 이야기를 하는 동안 문지기를 옆에 있게 해 달라고 요구했다.

표트르 일리치는 폐냐에게 이것저것 캐묻다가 중요한 사실을 알게 되었다. 드미트리가 그루센카를 찾아 나설 때 절구에서 놋쇠 공이를 집어 갔는데, 다시 왔을 때에는 빈손에 피투성이가 되어 있더라는 것이었다.

"피가 손에서 뚝뚝 떨어졌다니까요!"

폐냐는 당시의 충격을 생생하게 전하려는 의도였으나, 거짓을 보태는 것과 다름없는 말이었다. 피가 뚝뚝 떨어질 정도는 아니었어도, 어쨌든 피투성이가 된 손은 표트르 일리치도 직접 본 사실이었다. 문제는 피가 뚝뚝 떨어지던 손이 아니라, 드미트리가 놋쇠 공이를 들고 과연 어디로 갔느냐 하는 것이었다. 정말로 표도르 파블로비치한테 갔을까?

표트르 일리치는 그 부분을 꼬치꼬치 캐물었다. 결과적으로 뚜렷한 증거는 얻을 수 없었지만, 드미트리가 달려갈 곳은 아버지 집밖에 없다는 것은 확신할 수 있었다. 그곳에서 무슨 일이 일어난 게 틀림없었다.

페냐가 흥분하며 덧붙였다.

"그분이 돌아오셨을 때, 저는 모든 걸 털어놓고 이렇게 여쭤 보았답니다. '드미트리 표도로비치 나리, 손이 왜 피투성이가 되신 거예요?'라고요. 그랬더니 '이 피는 사람의 피다. 지금 막 사람을 죽였다.'라는 식으로 대답하지 뭐예요. 그러곤 또 뭐라고 횡설수설하더니 갑자기 미친 사람처럼 뛰쳐나가셨어요.

저는 무서워서 벌벌 떨다가 간신히 정신을 차렸어요. 문득 '저렇게 미쳐 가지고는 모크로예에 가서 아씨를 죽일지도 몰라.'라는 생각이 들었거든요. 그래서 어떻게든 말려 보려고 그분의 집으로 달려갔는데, 마침 플로트니코프 상점 앞에서 길 떠날 채비를 하고 계시더라고요. 한데 그분의 손이 그새 핏자국 하나 없이 깨끗해져 있었어요."

페냐의 할머니가 옆에서 손녀의 증언이 모두 맞다고 거들었다. 표트르 일리치는 몇 가지를 더 물어본 후, 들어갈 때보다 더 떨리는 가슴을 안고 그 집에서 나왔다. 그는 결심했다.

'당장 표도르 파블로비치의 집으로 가서 진짜로 무슨 일이 일어나지 않았는지 알아보자. 그런 다음 틀림없다 싶으면 경찰 서장을 찾아가는 거야. 그렇게 하는 수밖에 없어.'

하지만 한밤중에 또 남의 집 대문을 두들기자니 여간 망설여지는 게 아니었다. 더욱이 표도르 파블로비치에게 아무 일도 없는데 섣불리 문을 두들겼다가 낭패를 보면 어쩌나, 하고 걱정이 되었다. 만약 그럴 경우 비아냥거리기가 특기인 표도르 파블로비치는, 내일 온 마을 사람들에게 인사를 나눈 적도 없는 표트르 일리치라는 관리가 자기가 죽었는지 살았는지 살펴려고 한밤중에 대문을 두드렸다며 떠들어 댈 게 뻔했다. 여차하면 망신만 톡톡히 당하고 말 일이었다. 그는 사람들 입에 오르내리는 일이 세상에서 제일 싫었다.

그러나 표트르 일리치는 알 수 없는 공포감과 호기심을 참을 수가 없었다. 그는 자기가 제 발로 이 사건과 얽히려 한다는 것을 깨닫고 스스로에게 몇 마디 욕을 퍼부은 뒤 걸음을 재촉했다. 목적지는 바뀌었다. 표도르 파블로비치의 집이 아니라 호흘라코바 부인의 집이었다.

'일단 호흘라코바 부인한테 가서 드미트리에게 삼천 루블을 준 적이 있느냐고 물어봐야지. 그런 적이 없다고 하면 표도르 파블로비치의 집에는 들를 필요도 없는 거야. 그땐 곧장 경찰서장을 만나러 가야지. 부인이 정말로 삼천 루블을 내준 거라면…… 뭐, 집으로 돌아가면 그만이고.'

그는 밤 열한 시가 다 되어서야 호흘라코바 부인의 집 앞에 도착했다. 표도르 파블로비치와 마찬가지로 이 부인 역시 한 번도 만난 적이 없었다. 게다가 자고 있을지도 모르는 사람을 깨워 끔찍스런 질문을 던지겠다니, 엄청난 구설수에 휘말릴지도 모르는 일이었다. 하지만 표트르 일리치는 이미 냉정을 잃은 상태였다. 호흘라코바 부인의 집으로 향하는 내내 그는 스스로를 욕하며 "에라, 모르겠다. 갈 데까지 가 보자!"라는 말을 수없이 중얼거렸다.

호흘라코바 부인의 집 안마당까지는 쉽게 들어갈 수 있었다. 그러나 문지기도 부인이 잠자리에 들었는지 어떤지 알 수 없다는 것이 문제였다.

"저기 현관으로 올라가서 여쭤 보십시오. 나리를 보실지 말지는 마님께서 직접 결정하실 겁니다."

표트르 일리치는 현관으로 올라갔는데, 일이 생각대로 쉽게 풀리지 않았다. 우선 하인을 만나야 했고, 하인은 부인의 침실에 드나드는 하녀를 불러 주었다. 표트르 일리치는 하녀에게 '이곳의 관리인 표트르 일리치 페르호친이 매우 중요한 용건이 있어서 실례를 무릅쓰고 찾아왔다.'라고 전하게 한 후, 한참 동안 현관에 서서 기다렸다.

호흘라코바 부인은 침실에 있었다. 그녀는 드미트리가 다녀간 후 기분이 엉망이 된 데다가 편두통에 시달리느라 아직 잠들지 못하고 있었다. 그녀는 하녀가 전하는 말을 듣고서 깜짝 놀라면서도, 한편으로는 얼굴도 모르는 관리가 야심한 시각에 찾아왔다는 사실에 묘한 호기심이 발동했다. 그러나 일단은 신경질을 내며 거절하라고 명령했다. 표트르 일리치는 물러서지 않았다. 그는 다시 한 번 여쭤 봐 달라고 간절하게 부탁했다.

"굉장히 중대한 일 때문에 왔으니, 지금 만나지 않는다면 나중에 부인이 크게 후회하게 될 거라고 전하게."

그러자 하녀는 눈이 동그래져서 그를 유심히 살펴본 뒤 다시 호흘라코바 부인에게 갔다. 부인은 하녀의 말을 듣고 잠시 망설였다. 그러다 하녀가 '아주 단정하게 차려입은 젊고 점잖은 분'이라고 말하자, 그를 만나 보기로 결심했다. 겸사겸사 일러두자면, 실제로 표트르 일리치는 상당히 잘생긴 청년이었고 스스로도 그 사실을 잘 알고 있었다.

표트르 일리치는 조심스럽게 응접실로 들어갔다. 호흘라코바 부인은 실내용 원피스에 슬리퍼를 신고 어깨에는 검은색 숄을 두른 채 손님을 맞았다. 그녀는 앉으라는 말 대신 싸늘한 표정으로 대체 무슨 일이냐고 물었다.

"실례인 줄 알면서도 이 시각에 부인을 찾아온 것은 드미트리 표도로비치 카라마조프와 관련된 일 때문입니다."

그의 입에서 그 이름이 나오자마자 호흘라코바 부인은 인상을 확 찌푸렸다. 그녀는 언성을 높이며 그의 말을 가로막았다.

"그 끔찍한 사람 일로 나를 얼마나 괴롭히려고요? 이보세요, 어떻게 이런 시각에 전혀 모르는 부인의 집까지 찾아와 그런 사람에 대한 얘기를 하는 거죠? 그 사람은 겨우 세 시간 전에 바로 이 응접실에서 나를 죽이려고 하다가 발을 쿵쿵 구르며 무례하게 사라졌다고요. 감히 그 사람 얘기를 꺼내다니 당신을 고

소하겠어요. 지금 당장 나가세요. 자식을 둔 어미로서 지금 나
는…….”

“죽이려 했다고요? 그 사람이 부인도 죽이려고 했습니까?”

“아니, 그럼 그가 누굴 죽였다는 소리예요?”

호흘라코바 부인은 깜짝 놀라며 관심을 보이기 시작했다.

“들어 보십시오, 부인. 단숨에 자초지종을 설명하겠습니다.”

표트르 일리치가 다급하게 말했다.

“오늘 오후 다섯 시에 드미트리 표도로비치는 내게서 십 루블
을 빌렸습니다. 한 푼도 없었는지 애지중지하던 권총을 맡기더
군요. 밤 아홉 시쯤 그가 다시 나를 찾아왔을 때는 백 루블짜리
지폐 뭉치를 들고 있었습니다. 대략 이천 루블, 아니 삼천 루블
은 되어 보였어요. 그의 손과 얼굴은 온통 피투성이였는데, 정말
정신이 나간 사람 같았습니다. 대체 그 많은 돈을 어디서 구했
느냐고 물었더니 부인이 줬다고 하더군요. 금광을 찾아 떠난다
는 조건으로 삼천 루블을 빌려 줬다고 분명히 그랬습니다.”

호흘라코바 부인은 흥분해서 두 손을 탁 치며 소리쳤다.

“맙소사! 그 사람이 아버지를 죽인 거예요. 나는 결코 그에게
돈을 주지 않았어요. 오, 얼른 가 보세요. 더 이상 무슨 말이 필
요하겠어요. 어서 그 노인을 구해야지요. 그의 아버지에게 가 봐
요, 얼른!”

“부인, 분명히 그에게 돈을 주지 않은 거죠? 절대로 준 적이 없

다는 거죠?"

"안 쳤어요. 안 쳤다니까요! 그렇게 돈의 가치를 모르는 사람한테 빌려 줄 리가 있나요? 그는 미친 듯이 발을 구르더라니까요. 난동이라도 부릴 기세로 달려들기에 나는 뒤로 펄쩍 물러났어요. 심지어 나한테 침까지 뱉었다고요. 세상에 감히 어떻게 그럴 수 있죠? 그나저나 당신을 이렇게 세워 두다니! 어서 앉으세요. 아니지! 어서 달려가세요. 불쌍한 노인을 구해야 하잖아요."

"그가 노인을 벌써 죽였다면요?"

"맙소사! 그럼 어떻게 해야 할까요? 당신 생각은 뭔가요? 우리가 지금 뭘 해야 되죠?"

그러는 사이, 호흘라코바 부인은 표트르 일리치를 자리에 앉히고 자신도 맞은편에 앉았다. 표트르 일리치는 간단하고 명료하게 자신이 오늘 보고 들은 사건의 전말을 이야기했다. 가장 중요한 페냐와의 대화와 놋쇠 공이 이야기도 빼놓지 않았다. 가뜩이나 흥분해 있던 부인은 큰 충격에 휩싸여 소리를 지르고 손으로 얼굴을 가리며 어쩔 줄 몰라 했다.

"아, 이럴 줄 알았어요. 나는 불행을 예감하는 능력을 타고났거든요. 그 사람을 볼 때마다 언젠가는 나를 끔찍하게 죽이고 말 거라는 느낌이 들었어요. 다행히 하느님께서 지켜 주셔서 나 대신 그의 아버지가 죽게 된 거예요. 게다가 내가 직접 그의 목에 성상까지 걸어 주며 축복했으니, 차마 나를 죽일 순 없었겠죠. 어머나! 그럼 아까 나는 정말로 죽음의 문턱에 있었던 거네요. 그 사람 코앞에 바싹 붙어 서 있었는데! 그 사람은 목에 성상을 건 채로 나한테 침을 뱉었어요. 물론 죽이지는 않았지만……. 그러고는 씩씩거리며 나갔죠. 아, 이제 어떻게 하죠? 당신 생각을 말해 봐요."

표트르 일리치는 자리에서 일어나며 말했다.

"지금 당장 경찰 서장을 찾아가서 모든 것을 이야기해야겠습니다."

"아, 그분을 잘 알아요. 정말 멋진 분이죠. 그래요, 미하일 마카로비치를 찾아가세요. 어쩜, 당신은 정말 현명한 분이네요. 그런 훌륭한 생각을 하다니요, 표트르 일리치. 나라면 절대 생각해 내지 못했을 거예요!"

"나 역시 경찰 서장과 잘 아는 사이라서 생각한 겁니다."

표트르 일리치는 어떻게든 이 부인에게서 벗어나려고 일어선 채로 말했다. 그러나 부인은 보내 줄 기미를 보이지 않았다.

"꼭 다시 들러 주세요. 새롭게 알게 된 사실이 있는지……, 무슨 일이 벌어졌고 누가 신고했는지……, 그가 만약 재판을 받으면 어떤 형을 받게 될지, 나한테도 전부 다 알려 주세요. 그런데 우리나라에 사형 제도는 없지 않나요? 아무튼 꼭 와 주세요. 새벽이라도 좋으니까요. 오, 난 한숨도 못 잘 거예요. 그런데 나도 당신과 함께 가야 되지 않을까요?"

"아, 아닙니다. 대신에 혹시 도움이 될지도 모르니 드미트리 표도로비치에게 돈을 준 적이 없다는 내용을 서너 줄 정도로 써 주시는 건 어떨까요? 부인이 직접 말입니다."

"좋아요!"

호흘라코바 부인은 이 일이 무척 재미있다는 듯 경쾌하게 책상으로 뛰어갔다.

"당신은 일 처리를 어쩌나 잘 하는지 감동적이기까지 하네요. 이곳에서 근무한다고요? 이 마을 사람으로서 정말 기뻐요."

이 말을 하면서, 그녀는 편지지의 반쪽에 큼직큼직한 글자로 써 내려갔다.

본인은 오늘 불행한 드미트리 표도로비치 카라마조프(지금으로 선 확실히 불행한 사람이지요.)에게 삼천 루블을 빌려 준 적이 결코 없습니다. 예전에도 없었고 앞으로도 절대 돈을 빌려 주지 않을 것입니다. 이에 대해 나는 세상의 모든 성스러운 것을 걸고 맹세 합니다.

-호흘라코바

호흘라코바 부인은 편지지를 접어 표트르 일리치에게 건네며 말했다.

"자, 이제 가세요. 당신은 정말 위대한 일을 하는 거예요."

그녀는 그에게 세 번에 걸쳐 성호를 그어 준 다음 현관까지 배웅했다. 표트르 일리치는 그녀가 계속 자신을 붙들고 있을까 봐 부리나케 거리로 향했다.

경찰 서장 미하일 마카로비치 마카로프는 퇴역 중령으로, 사람 좋은 홀아비였다. 우리 마을에 부임한 지는 삼 년밖에 안 됐지만, 사교계에서 굉장히 좋은 사람으로 통했기 때문에 그의 집은 매일 손님들로 넘쳐 났다. 그 자신도 손님을 몹시 좋아했으므로, 말도 안 되는 사소한 이유로 사람들을 초대해 식사를 대접하며 만족스러워했다. 그런데 그는 자신의 업무가 무엇인지 정확히 모르는 경향이 있었다.

표트르 일리치는 경찰 서장의 집으로 향하면서 틀림없이 다른 누군가가 그 집에 있을 거라고 예상했다. 도착해 보니 짐작대로 손님들이 모여 카드놀이를 하고 있었다. 검사 시보와 공의(公醫, 특별한 의료 시책이 필요하거나 의사가 없는 지역에 배치되어 공공 의료 업무에 종사하는 의사—옮긴이)인 바르빈스키였다.

바르빈스키는 얼마 전 우리 마을로 부임해 온 젊은 의사로, 페테르부르크 의학 아카데미를 뛰어난 성적으로 졸업한 수재였다. (엄밀히 말해 검사 시보지만) 사람들이 검사라 부르는 이폴리트 키릴로비치는 나이가 서른다섯 살가량 되었는데, 그 무렵 폐병을 심하게 앓고 있었다. 그는 자존심이 강한 성격이었지만 본래 심성은 착한 편이었다. 사람의 내면을 꿰뚫어 보는 능력과 범죄자의 범행 심리를 파악해 내는 능력을 갖고 싶어 했다. 그리고 자신이 그런 특별한 재능을 갖출 만한 사람이라서 동료들의 시샘을 받는다고 생각했다. 따라서 자신의 유능함을 몰라주는 윗사람들을 모두 적대시했으며, 조금만 비위에 맞지 않는 일이 있으면 변호사로 전향하겠다고 마음먹곤 했다.

옆방에서는 예심 판사 니콜라이 파르표노비치 넬류도프가 귀족 아가씨들과 함께 앉아 있었다. 그는 아주 명망 있는 가문 출신에 훌륭한 교육을 받은 젊은이였다. 감수성이 지나치게 풍부하고 방탕한 구석도 있었지만 성품은 온순하고 얌전했다. 왜소하다 못해 가냘픈 체형이었는데, 가느다란 손가락에 굉장히 굵은 반지를 몇 개씩 끼고 있었다.

그는 여린 외모와는 달리 누구보다도 엄격하고 진지한 자세로 일을 했다. 특히 평민 출신의 범죄자들을 상대할 때는 아주 지독하게 굴어서 제아무리 악명 높은 흉악범이라도 그 앞에서는 꼼짝을 못했다. 어쨌든 사건 당일 이들이 함께, 그것도 경찰 서장의 집에 모여 있었다는 것은 우연치곤 상당히 놀라운 일이었다.

표트르 일리치는 경찰 서장의 집에 들어서자 이내 충격에 휩싸였다. 그들 모두 이미 모든 것을 알고 있었기 때문이다. 그러니까 표트르 일리치를 맞이한 것은 표도르 파블로비치가 그날 저녁 정말로, 진짜로 자기 집에서 살해당한 후 돈까지 강탈당했다는 소식이었다.

그들이 소식을 듣게 된 경로는 이랬다. 그리고리가 담장 옆에 쓰러져 있을 때 그의 부인 마르파는 잠을 자고 있었다. 그러다 옆방에서 스메르쟈코프가 울부짖는 끔찍한 소리에 놀라 잠에서 깼다. 그녀는 벌떡 일어나서 인사불성이 된 채 누워 있는 스메르쟈코프에게 달려갔다. 하지만 방 안이 어두워서 아무것도 보이지 않았고, 그저 환자가 몸을 뒤틀며 내는 무서운 신음 소리만 들릴 뿐이었다. 그 순간 마르파는 그리고리가 자신의 옆에 누워 있지 않았다는 사실을 깨달았다. 다시 방으로 달려가 침대를 살펴보았지만 역시 그리고리는 없었다.

그녀는 현관 층계참으로 나가 조심스럽게 남편을 불렀다. 그리고리의 대답 대신 저 멀리 정원 쪽에서 신음 소리 같은 것이 들려왔다. 그녀는 계단을 내려가다가 이상하게도 정원의 쪽문이 열려 있는 것을 발견했다. 그때, "마르파, 마르파!" 하는 소리가 뚜렷하게 들렸다. 잽싸게 소리가 들리는 쪽으로 달려가 보니 그리고리가 바닥에 쓰러져 있었다. 그녀는 온통 피투성이가 된 남편을 보며 비명을 지르기 시작했다. 그리고리는 힘없는 목소리로 웅얼거렸다.

"제 아비를……, 아비를 죽였어……. 바보같이 비명은 왜 질러……. 얼른 가서…… 사람을 불러와……."

마르파는 계속 비명을 지르다가 주인 나리의 방에 불이 환하게 켜진 채 창문이 열려 있는 것을 보고 표도르 파블로비치를 부르기 시작했다. 그러고는 창문 안을 들여다보다가 남편을 발견했을 때보다 훨씬 더 큰 충격을 받고 말았다. 표도르 파블로비치가 마룻바닥에 축 늘어져 있었던 것이다. 잠옷과 하얀 루바쉬카의 가슴 부분이 피로 흠뻑 젖어 있었다. 탁자 위의 촛불이 표도르 파블로비치의 끔찍한 얼굴을 비추고 있었다.

마르파는 극도의 공포심으로 덜덜 떨며 뒷마당으로 뛰기 시작했다. 뒷문과 이어진 마리야의 집으로 가기 위해서였다. 옆집 모녀는 자고 있었는데, 마르파가 온 힘을 다해 문을 두드리고 소리를 지르자 잠에서 깨어 창가로 달려 나왔다. 마르파는 두서없이 소리를 지르면서도 용케 요점을 전달했다.

마리야는 마침 자신의 집에 머물고 있던 떠돌이 친척 포마와 함께 범죄 현장으로 달려갔다. 그때 마리야는 저녁 여덟 시가 지났을 무렵 끔찍한 비명 소리를 들었던 게 생각났다. 아마도 그리고리가 담장을 넘으려는 드미트리의 발에 매달리며 "제 아비를 죽인 놈!"이라고 내질렀던 소리일 것이다.

두 여인은 포마의 도움을 받아 쓰러져 있는 그리고리를 행랑채로 옮겼다. 스메르쟈코프는 여전히 발작을 하며 몸을 비틀고 눈이 뒤집힌 채 입에 거품을 물고 있었다. 마르파가 식초를 탄 물로 그리고리의 머리를 씻겨 주자, 그는 겨우 정신을 차리고 입을 열었다.

"나리, 나리는 정말 죽었더냐?"

두 여인은 포마와 함께 표도르 파블로비치의 침실로 향했다. 다시 보니 창문뿐만 아니라 집에서 정원으로 난 문도 활짝 열려 있었다. 주인 나리는 일주일 내내 해가 지면 문을 죄다 걸어 잠 그고는 그리고리에게조차 절대로 노크하지 말라고 명령했다. 그런데 문이 활짝 열려 있으니, 그들은 혹시나 누군가가 숨어 있다가 해코지를 하지는 않을까 싶어 섣불리 방 안으로 들어가지 못했다. 그들이 다시 돌아오자 그리고리는 당장 경찰 서장한 테 달려가라고 지시했다. 그렇게 마리야가 경찰 서장의 집으로 달려와서 거기 있던 사람들에게 비보를 전했던 것이다.

이것이 표트르 일리치가 도착하기 불과 오 분 전의 일이었다. 표트르 일리치는 괜한 짐작이 아니라 확실한 증인으로서 자신이 보고 겪은 일을 모두 이야기했다. 이로써 우리 마을의 귀족 영감을 죽인 범인이 과연 누구인가에 대한 논란은 잠잠해졌다. 하지만 정작 표트르 일리치는 이상하게도 최후의 순간까지 드미트리가 범인이라는 것을 믿지 않으려고 했다.

모든 것이 명확했으므로 다들 발 빠르게 대처했다. 경찰 서장은 우선 조수에게 입회인으로 삼을 만한 사람을 네 명 정도 모으라고 지시했다. 절차에 따라 표도르 파블로비치의 집에서 수사가 시작되었다. 경찰 서장, 검사 시보, 예심 판사는 물론이고 서장의 집에 함께 있던 공의까지 참여했다. 표도르 파블로비치는 머리가 박살 난 채 살해된 것으로 밝혀졌다. 그렇다면 흉기는 무엇이었을까? 아마도 그리고리를 해치는 데 사용한 바로 그 흉기였을 것이다.

그리고리는 응급조치를 받고 나서도 여전히 기운을 차리지 못하고 어눌하게 말을 했다. 그러나 말이 중간중간 끊기기는 했어도 자신이 어떻게 쓰러지게 됐는지를 차근차근 설명했다. 덕분에 등불을 들고 담장 근처를 수색하던 무리들이 흉기를 발견할 수 있었다. 놋쇠 공이는 정원의 오솔길에 버려져 있었다.

표도르 파블로비치의 침실은 별로 어수선하지 않았다. 침대 바로 옆 마룻바닥에 커다란 봉투가 하나 떨어져 있었는데, 봉투 겉면에 '나의 천사 그루센카에게, 나를 찾아올 마음이 생긴다면.'이라고 쓰여 있었다. 그 밑에는 '병아리에게'라는 말이 덧붙여 있었다. 봉투에는 커다란 붉은색 봉인이 세 개나 찍혀 있었다. 하지만 봉투는 이미 찢겨 있었고 그 안은 텅 비어 있었다. 돈이 사라진 것이었다. 마룻바닥에서 봉투를 묶었던 것으로 보이는 가느다란 장밋빛 리본도 발견되었다.

표트르 일리치의 증언 중 검사 시보와 예심 판사가 특히 주목한 부분은 드미트리가 자살을 결심했다는 내용이었다. 그가 표트르 일리치에게 직접 자살을 할 거라고 말한 것은 물론이고, 그 앞에서 권총을 장전하고 유서까지 썼다고 하니 상당히 신빙성 있는 얘기였다. 범인이 자살을 시도하기 전에 체포하려면 서

둘러 모크로예에 도착해야 했다.

"정말 그렇습니다! 원래 이런 난봉꾼들이 있지요. 어차피 내일 자살하면 그만이니까 그전에 한판 거하게 벌이자는 거죠."

검사 시보가 힘주어 말했다.

표도르 파블로비치의 집을 수색하고 난 후 수사를 위한 이런저런 절차를 거치느라 출발이 늦어지고 있었다. 경찰 서장은 더이상 지체할 수 없다는 생각에 마침 그 전날 봉급을 받으러 우리 마을에 온 지서장 마브리키 마브리키예비치 쉬메르초프를 먼저 모크로예로 보냈다. 그는 마브리키에게 다음과 같이 지시했다.

"주요 수사진이 도착할 때까지 절대 소란을 일으키지 말게. 그리고 범인의 동태를 은밀히 감시하면서 증인들과 그 지역의 경찰들을 대기시켜 놓게나."

마브리키는 그대로 실행에 옮겼다. 그는 전부터 알고 지내던 여관 주인 트리폰에게만 자신이 온 목적을 간단히 알린 뒤, 완벽하게 정체를 숨기고 있었다. 바로 그래서 현관 앞에서 마주친 트리폰을 보고 드미트리가 어딘가 이상하다고 느꼈던 것이다. 드미트리의 권총 상자는 이미 한참 전에 트리폰이 몰래 빼돌려 숨겨 놓았다. 드미트리는 자신이 감시당하고 있다는 사실은 꿈에도 몰랐다.

새벽 네 시가 지나 거의 동틀 무렵이 되자 경찰 서장과 검사 시보, 예심 판사 등으로 구성된 수사진이 여관에 도착했다. 의사 바르빈스키는 아침 일찍 시체를 부검하기 위해 표도르 파블로 비치의 집에 머물렀다. 그러나 그가 더 공들여 관찰한 것은 시체가 아니라 간질 발작에 시달리는 스메르쟈코프였다.

"지독한 발작이 꼬박 이틀 내내 계속되다니, 학문적으로 연구해 볼 가치가 있습니다."

의사는 떠날 채비를 하던 수사진에게 이렇게 말했다. 그들은 굉장한 연구 대상을 발견했다며 축하해 주었다. 의사는 스메르쟈코프가 분명히 아침을 넘기지 못할 것이라고 단언했다.

이쯤에서 다시 모크로예의 드미트리에게 돌아가도록 하겠다.

제 2 4 장
심 문

　드미트리는 멍하니 앉아 자신을 둘러싼 사람들을 바라보았다. 그들이 하는 말을 전혀 알아들을 수가 없었다. 그는 갑자기 자리에서 일어나 손을 위로 뻗으며 크게 외쳤다.

　"무죄입니다! 내 아버지의 피에 관해서는 무죄입니다! 죽이고는 싶었지만, 내가 한 짓이 아닙니다!"

　그러자 커튼 뒤에서 그루센카가 불쑥 튀어나와 경찰 서장의 발밑에 엎드렸다.

　"모두 다 나 때문이에요. 바로 이 저주받을 년의 죄라고요!"

　그녀는 눈물범벅인 얼굴로 사람들을 둘러보며 소리쳤다.

　"이 사람은…… 나 때문에 죽인 거예요. 내가 너무 괴롭혀서 이 사람이 이렇게 망가진 거라고요. 그 불쌍한 노인도 마찬가지 예요. 나 때문에 다 끝장난 거죠. 그러니 내가 범인이에요. 다 나 때문이니까요!"

"그래, 너 때문이다! 너야말로 세상에서 제일 더럽고 끔찍한 범인이야. 방탕한 년 같으니!"

경찰 서장이 흥분을 가라앉히지 못하고 그녀에게 욕을 퍼부었다. 사람들이 말려도 소용없었다. 검사 시보가 그를 두 팔로 껴안으며 소리쳤다.

"자꾸 이러면 일을 할 수가 없잖습니까! 서장님이 지금 수사를 완전히 방해하고……."

예심 판사도 서장의 언행 때문에 몹시 화가 나고 말았다.

"제발 진정 좀 하세요! 그래 가지고는 도저히 일을 할 수 없다니까요!"

그루센카는 경찰 서장의 폭언에도 아랑곳하지 않고 계속 울부짖었다.

"나도 심판해 주세요. 벌하려거든 나도 함께 벌해 주세요. 이 사람과 함께라면 사형이라도 달게 받겠어요!"

"그루센카, 당신은 내 목숨이고 내 피야. 나의 성녀여!"

드미트리는 무릎을 꿇고 그루센카를 와락 껴안으며 말했다.

"이 여자는 아무 잘못도 없습니다. 어떤 피에 대해서도 결백하다고요!"

사람들이 달려들어 억지로 그들을 떼어 놓았다. 드미트리는 다른 방으로 끌려가 금속 감찰을 단 사람들의 감시를 받았다. 그의 맞은편 소파에는 예심 판사가 앉았다. 예심 판사는 줄곧 드미트리에게 탁자 위에 있는 물을 마시라고 정중하게 권하고 있었다.

"물을 마시면 어느 정도 진정이 될 겁니다. 무서워할 필요는 없습니다."

드미트리의 왼쪽 대각선 방향으로 검사 시보가 앉았고, 오른쪽에는 얼굴이 발그스름한 서기가 잉크와 종이를 가지고 앉아 있었다. 창문 앞의 의자에는 칼가노프가 앉아 있었고, 그 옆에 경찰 서장이 서 있었다.

"물 좀 마셔 보세요!"

예심 판사는 벌써 열 번째 그 말을 반복했다.

"이미 마셨습니다. 여러분, 나를 그냥 눌러 죽이세요. 어서 운명을 결정해 달란 말입니다!"

드미트리는 눈을 부릅뜨고 예심 판사를 노려보며 소리쳤다.

"그러니까 당신은 표도르 파블로비치의 죽음에 대해서는 무죄라는 겁니까?"

예심 판사는 시종일관 부드럽게 말했지만 집요한 구석이 있었다.

"무죕니다! 나에게 죄가 있다면 그건 다른 피에 관해서지요.

그리고리를 피 흘리게 했다는 이유로 다른 피도 책임을 져야 합니까? 정말 힘들군요. 그런 무서운 혐의를 받다니……. 그런데 대체 누가 아버지를 죽였습니까? 누가요?"

"자, 당신이 아니라면……."

예심 판사가 대답하려고 하자, 검사 시보가 눈짓을 주더니 말을 가로챘다.

"그리고리 바실리예비치라면 더 이상 걱정하지 마십시오. 그는 의식을 회복했고, 당신 때문에 심한 부상을 입긴 했어도 사는 데는 아무런 지장이 없을 겁니다. 의사가 진단한 결과입니다."

"아, 살아 있습니까? 정말입니까? 아, 그가 살아 있다니!"

드미트리는 손뼉을 치며 안도했다. 그의 얼굴이 순식간에 환해졌다.

"주여, 주님께서 저의 기도를 들으시고 저처럼 파렴치한 죄인을 구원해 주셨군요! 이 위대한 기적에 감사드립니다! 정말 내 기도를 들어주신 겁니다. 밤이 새도록 기도했거든요."

드미트리는 환희에 젖어 세 번이나 성호를 그었다.

"그리고리가 당신에 관해 아주 중요한 증언을 했는데……."

검사 시보는 말을 계속하려 했지만, 드미트리는 그의 말이 들리지 않는 듯 의자에서 벌떡 일어나면서 소리쳤다.

"부디 딱 일 분, 일 분만 주십시오. 당장 그녀에게 가서……."

"이보세요! 당장 자리에 앉으세요. 절대로 안 됩니다."

예심 판사가 째질 듯 고함을 지르며 자리에서 일어섰다. 금속 감찰을 단 사람들이 사방에서 드미트리를 붙잡으려 했다. 드미트리는 순순히 자리에 앉았다.

"잠깐이면 됩니다……. 나는 그저 밤새도록 나를 짓누르던 핏자국은 이제 영원히 사라졌다고, 나는 절대 살인자가 아니라고 말하고 싶은 겁니다. 내 약혼녀에게 전하게 해 주십시오."

그러더니 갑자기 환희에 찬 얼굴로 정중히 말했다.

"여러분, 진심으로 감사드립니다. 단 몇 마디로 내가 다시 살게 했으니까요. 그리고리는 내 아버지나 다름없습니다. 버림받은 세 살짜리 아이를 직접 씻기고 안아 키운 사람이거든요."

"그러니까 당신은……."

예심 판사가 다시 심문을 시작하려고 했다. 그러나 드미트리는 탁자에 두 팔꿈치를 세우고 양손으로 얼굴을 감싸며 말을 막았다.

"죄송합니다만, 일 분만 더 여유를 주시지요. 생각을 좀 정리해야겠습니다. 숨이라도 좀 돌리게요. 소름이 다 돋는군요. 여유를 주십시오, 여러분!"

"그럼 물이라도 한 모금 더……."

예심 판사가 중얼거렸다. 그러자 드미트리는 손을 치우고 얼굴을 드러낸 채 웃음을 터뜨렸다. 그는 한결 또렷해진 시선으로 사람들을 바라보았다. 순식간에 기력을 회복한 것 같았다. 말투도 완전히 바뀌어서, 사교계 모임에서 만난 사람들을 대하듯 여유롭고 당당했다. 그는 즐겁게 웃으며 말했다.

"니콜라이 파르표노비치! 당신은 아주 노련한 예심 판사인 것 같군요. 그렇지만 내가 나서면 한결 더 수월해질 테니 돕도록 하겠습니다. 여러분, 나는 부활했습니다. 그러니까 내가 처음과는 달리 여러분을 편하게 대한다고 해서 나무라지는 마십시오. 솔직히 난 술에 좀 취했거든요. 그러니 허심탄회하게 굴 수도 있지요. 그러고 보니 언젠가 표트르 알렉산드로비치의 집에서 당신을 봤던 기억이 나네요, 니콜라이 파르표노비치.

여러분, 그렇다고 나를 여러분과 똑같은 사람으로 여겨 달라는 소리는 아닙니다. 나는 여러분이 나를 어떻게 생각하는지 잘 알고 있습니다. 게다가 그리고리가 나에 대해 진술했다고 하니, 나는 틀림없이 흉악한 범죄자로서 이곳에 있는 거겠죠. 끔찍한 일입니다! 다 이해하고 있으니 이제 본론으로 들어갑시다. 준비 됐습니다, 여러분. 눈 깜짝할 사이에 이 일을 끝낼 수 있을 겁니다. 당연하지요. 여러분 덕분에 내가 무죄라는 게 밝혀졌으니까요. 안 그렇습니까?"

말을 마친 드미트리는 또다시 초조한 기색을 보였다.

"그럼 일단 당신이 자신의 혐의를 완강하게 부인했다고 기록하겠습니다."

예심 판사가 위압적인 태도로 말했다. 그러고는 서기에게 작은 목소리로 기록할 내용을 불러 주었다.

"하, 이걸 기록하겠다고요? 좋습니다, 기록하세요. 다만……, 잠깐만요. 이렇게 기록해 주십시오. '난동을 부리고 심약한 노인을 폭행한 점에서 그는 유죄다.'라고요. 그리고 '스스로 자신의 행실에 대해 마음 깊이 반성하고 있다.'라고도요. 아, 이런 얘기는 필요 없겠군요."

드미트리는 아예 서기 쪽으로 몸을 돌리고 말했다.

"마음 깊이 반성하고 있다는 건 무척 개인적인 문제니까요. 그런데 도대체 누가 내가 아버지를 죽였다는 해괴망측한 추측을 한 겁니까? 내가 결백을 증명해 보이면 아마 웃음을 터뜨리게 될 겁니다. 어떻게 나에게 그런 혐의를 둘 수 있었는지, 사실이 밝혀지면 여러분 모두 민망하겠죠."

"그만하십시오, 드미트리 표도로비치."

예심 판사의 차분한 목소리는 흥분한 드미트리를 지긋이 압도하는 힘이 있었다.

"본격적으로 심문을 시작하기 전에, 당신이 이제 고인이 된 표도르 파블로비치를 매우 싫어했고, 또 오래전부터 부친과의 갈등이 심했다는 것부터 확증해 주시죠. 불과 십오 분 전만 해도 당신 입으로 '죽이고 싶었지만 죽이진 않았다.'라고 외친 것 같은데요."

"내가요? 뭐, 그럴 수도 있겠군요. 사실입니다. 아버지를 죽이고 싶었어요. 그것도 여러 번!"

"확실히 그러고 싶었다는 거군요. 그렇다면 어떤 연유로 그토록 아버지와 갈등을 빚었는지 설명해 줄 수 있습니까?"

드미트리가 눈을 내리깔고 침울하게 말했다.

"설명이라니, 뭘 설명하라는 겁니까? 나는 내 감정을 숨기지 않는 사람이라 술집 사람들, 아니 온 마을 사람들이 그 사실을 다 알고 있습니다. 얼마 전에는 조시마 신부님의 암자에서도 아버지를 죽이겠다고 말했지요. 바로 그날 저녁 아버지를 심하게 폭행했고, 사람들이 다 있는데 다시 와서 죽이겠다고 큰소리를 치기도 했습니다. 그러니 증인이 한 천 명쯤 되겠군요. 한 달 내내 떠들어 댔으니까요. 이건 엄연한 사실입니다. 하지만 감정이라는 건 다른 문제입니다. 그러니까……."

드미트리는 인상을 잔뜩 쓴 채 계속 말했다.

"여러분이 내 감정마저 심문할 권리는 없는 것 같군요. 설사 여러분한테 그럴 권한이 있다고 해도, 이건 어디까지나 내 문제입니다. 오직 나만의 은밀한 문제라고요! 그렇지만 지금은 비밀로 하지 않겠습니다. 원래 나는 솔직한 사람이고, 곳곳에서 떠들고 다니는 걸 부끄러워하지 않으니까요.

나에게 불리한 증거들이 널려 있는 건 당연합니다. 가는 곳마다 우리 영감을 죽이겠다고 떠들어 댔는데, 어느 날 그가 진짜로 살해되었으니 의심받을 수밖에 없지요. 하하! 여러분이 그러는 것도 무리가 아닙니다. 별수 있습니까? 나를 두고 살인범이라고 할 만합니다. 사실 나도 몹시 충격을 받았습니다. 내가 아니라면, 대체 누가 죽였을까요? 나도 궁금합니다. 그리고 여러분에게 묻겠습니다. 아버지가 어디서, 무엇으로, 어떻게 살해됐습니까? 제발 속 시원히 말해 주십시오."

드미트리가 사람들을 둘러보며 한껏 소리를 높였다. 곧바로 검사 시보가 대답했다.

"우리가 발견했을 때 표도르 파블로비치는 머리가 깨진 채 침실 마룻바닥에 쓰러져 있더군요."

"끔찍하군요!"

드미트리는 습관처럼 손으로 얼굴을 감싸며 괴로워했다. 그러나 예심 판사가 말을 끊고 심문을 재촉했다.

"이제 심문을 계속하죠. 당신은 무엇 때문에 아버지를 증오하게 됐습니까? 사람들은 질투심 때문이라고 하던데요?"

"질투하긴 했지만 그게 다는 아닙니다."

"그렇다면 돈 때문입니까?"

"돈 때문이기도 하죠."

"아버지가 당신한테 유산인 삼천 루블을 주지 않았기 때문입니까?"

"삼천 루블이라뇨? 훨씬 많습니다. 육천 루블 이상, 어쩌면 만 루블이 넘을 수도 있습니다. 아예 말이 안 통하니까 삼천 루블에서 타협하자고 결심했던 거죠. 나는 그 돈이 절실하게 필요했습니다. 그래서 아버지가 그루셴카에게 주려고 베개 밑에 숨겨 놓았다는 그 삼천 루블을, 아버지가 내게서 훔쳐 간 걸로 간주했던 겁니다. 어쨌거나 내 돈이나 다름없는 거라고 생각했어요……."

검사 시보는 예심 판사와 의미심장한 눈길을 주고받았다. 예심 판사가 말했다.

"질문에 대한 답변은 잠시 미루기로 하고, 일단은 당신이 봉투에 든 삼천 루블을 본인의 몫으로 확신했다는 내용을 기록하게 해 주시지요."

"네, 쓰십시오. 하지만 알아 둘 게 있습니다. 나는 이것이 내게 매우 불리한 증거가 된다는 걸 잘 알고 있다는 겁니다. 그럼에도 내가 기록을 허락하는 이유는 전혀 거리낄 게 없기 때문이죠. 하나도 무섭지 않으니까 내 입으로 술술 얘기하겠습니다. 그러니까 여러분……, 여러분은 나를 색안경을 끼고 보는군요."

드미트리는 우울한 표정을 짓고 슬프게 중얼거렸다.

"나, 드미트리는 고결한 사람입니다. 비열한 짓거리를 수없이 저지르긴 했지만 마음 깊은 곳에선 한없이 고결함을 갈망해 왔다 이겁니다. 내가 숱하게 방황하며 평생 추잡한 짓을 해 온 이유는 더 위대한 고결함을 찾기 위해서였습니다. 우리 모두 그렇지 않습니까? 아니, 나 혼자만 유별났던 건가요? 아, 이런……

머리가 아파서 그만 말실수를 했군요."

그가 고통스러운 듯 얼굴을 찡그렸다.

"나는 아버지가 영 못마땅했습니다. 추한 생김새에 늘 잘난 척을 해 대고, 세상의 성스러운 것들을 죄다 모욕하던 파렴치한입니다. 하지만 그렇게 죽어 버렸다니 생각이 달라지는군요."

"달라지다니요?"

"달라졌다기보다는 이제 와서 보니 좀 유감스럽다는 거죠."

"그러니까 뉘우치는 겁니까?"

"그게 아니라, 이런 건 기록하지 마십시오. 나도 미남은 아니라는 말입니다. 나 역시 아버지를 추잡하다고 욕할 만큼 잘난 사람이 아니라는 거죠. 이건 기록해도 됩니다."

대화가 계속될수록 드미트리는 점점 침울해졌다. 질문에 답하는 일이 몹시 슬프게 느껴졌기 때문이다. 그런데 그때 뜻밖의 소동이 일어났다. 다른 방에 있던 그루센카가 갑자기 드미트리를 찾아 뛰쳐나왔던 것이다. 너무나 갑작스러운 일이라 곁에 있던 막시모프나 감시하던 농부조차 붙잡을 겨를이 없었다. 그녀는 쏜살같이 일어나 밖으로 나가면서 소리쳤다.

"괴로워! 괴로워 죽겠어!"

그루센카가 흐느끼는 소리를 듣자 드미트리 역시 자리를 박차고 득달같이 뛰어나갔다. 그러나 그들은 곧 곁에 서 있던 사람들에게 붙들리는 바람에 울부짖으며 서로의 얼굴만 확인하고 말았다. 드미트리의 저항이 어찌나 심한지 장정 서넛은 매달려야 했고, 그루센카는 그를 향해 있는 힘껏 팔을 뻗으며 밖으로 끌려갔다.

드미트리는 다시 자리에 앉으며 고함을 쳤다.

"왜 저 여자를 괴롭힙니까? 아무 죄도 없는 여자를!"

검사 시보와 예심 판사는 그를 진정시키느라 진땀을 뺐다. 그렇게 십 분쯤 흘렀을까? 잠시 자리를 비웠던 경찰 서장이 방 안으로 들어오면서 우렁찬 목소리로 말했다.

"그 여자를 아래층에 데려다 놨소. 그나저나 이 딱한 양반한테 한마디만 해도 되겠소? 여러분 모두가 있는 데서 말이오."

"그러시지요, 미하일 마카로비치."

예심 판사가 대답했다. 경찰 서장의 열정적인 훈화가 시작되었다. 그는 벌겋게 들뜬 얼굴로 자기가 드미트리의 아버지라도 되는 양 진심 어린 눈빛을 보냈다.

"드미트리 표도로비치, 잘 듣게나. 그루센카는 내가 직접 여관 주인의 딸들에게 데려다 주었네. 막시모프도 함께 있으니 걱정 말게. 내가 잘 타일러서 그녀를 진정시켰지. 듣고 있는 겐가? 그녀에게 진심으로 자네를 위하는 길은 심문을 방해하지 않고 자네가 편안해질 수 있도록 돕는 거라고 했네. 자네가 흥분해서 제정신이 아닌 상태라면 더 불리한 진술을 할지도 모른다고 말이야.

그녀는 내 말을 아주 잘 이해하더군. 똑똑하고 착한 여자야. 이 늙은이의 손에 입을 맞추면서 자네를 부탁했다네. 또 자기 걱정은 하지 말라고 자네에게 전해 달라고 했네. 그래서 이제 나는 자네가 괜찮다는 것을 전해 줘야 해. 그러니 부디 진정하게나. 처음엔 내가 잘 모르고 실수를 했지. 그렇게 선한 영혼을 가진 여자인 줄 모르고 막말을 하다니 말이야. 여러분, 저 여인은 참으로 순수한 마음을 가진, 티끌 하나 없는 존재입니다. 자, 이제 그녀에게 뭐라고 말을 전해야 하나? 부디 진정하고 좀 얌전해지길 바라네!"

경찰 서장은 장황한 이야기를 마치며 거의 울먹이고 있었다.

드미트리는 감격 어린 목소리로 외쳤다.

"여러분, 잠시 내가 무례했다면 용서하십시오. 미하일 마카로비치, 당신은 그녀가 보낸 천사로군요! 정말 고맙습니다. 이제 정말 얌전히 있겠습니다. 어서 그녀에게 전해 주십시오. 나는 그녀와 당신 덕분에 편안해졌고 온순해졌다고요. 자유의 몸이 될 수 있다면야 심문쯤은 달게 받겠습니다. 어서 끝내야 그녀한테 갈 수 있으니까요. 곧 보게 될 테니 조금만 기다려 달라고 전해 주세요. 그녀의 수호천사로서 말입니다!"

그러고 나서 그는 검사 시보와 예심 판사 쪽으로 몸을 돌렸다.

"모든 것을 말하겠습니다. 어서 해치워 버리죠. 우린 웃으면서 이 일을 끝낼 수 있을 겁니다. 그 전에 이 고백부터 하게 해 주십시오. 여러분! 나는 쓰레기나 다름없는 빈털터리일 뿐입니다. 그런데 그녀는 나와 함께라면 징역살이도, 아니 사형이라도 달게 받겠다고 했습니다. 아까도 울며 여러분에게 매달리지 않았습니까? 그녀는 이 세상에서 가장 고귀한 성녀입니다.

그런데 나는 뭡니까? 내가 사랑받을 자격이나 있는 놈입니까? 이런 나를 위해 당신들 발밑에 몸을 던지는 여자인데, 어떻게 내가 그녀를 숭배하지 않을 수 있겠습니까? 오! 여러분, 부디 용서하십시오. 이제는 모두 안심입니다."

드미트리는 의자에 쓰러져 엉엉 울기 시작했다. 행복에 겨운 눈물이었다. 경찰 서장은 대단히 만족했고, 다른 이들 역시 마찬가지였다. 심문이 순조롭게 진행될 것 같았다. 경찰 서장이 다시 그루센카에게 가고 난 후, 드미트리는 한결 즐거워 보였다.

"자, 이제 이 몸은 여러분의 것이니까 마음대로 하세요. 괜한 시간 낭비만 안 했으면 벌써 다 끝냈을 텐데. 이런, 또 실없는 소리로 시간만 버렸군요. 여러분, 내가 아무리 여러분의 것이라고 해도 서로 믿어야 하지 않겠습니까? 그래야 일이 수월하게 풀리겠죠. 그러니 날 믿으십시오. 자, 본론으로 들어가죠. 괜히 사소한 것들을 물고 늘어지거나 자존심을 긁는 소리는 하지 말아 주시고, 오직 이 사건에 대해서만 물어보십시오. 그렇게 해 주면 나도 성실히 답변하겠습니다."

심문이 다시 시작되었다. 예심 판사의 목소리가 활기로 가득

찼다.

"드미트리 표도로비치, 이렇게 협조하겠다니 정말 기쁩니다. 상호 신뢰에 대해 언급했지요? 맞습니다. 믿음이 없으면 용의자가 누명을 벗도록 도울 수도 없습니다. 우리 측에서는 마땅히 모든 수단을 동원해 보겠습니다. 당신도 우리가 지금까지 어떻게 심문에 임했는지 직접 보지 않았습니까. 찬성하죠, 이폴리트 키릴로비치?"

그가 검사 시보를 바라보았다. 검사 시보는 찬성하는 몸짓을 보이며 말했다.

"여부가 있겠습니까."

"여러분, 얼른 전부 다 말할 테니 쓸데없이 끊지만 말아 주십시오."

드미트리는 아주 열정적으로 말했다.

"좋습니다! 하지만 그 전에 확증 하나만 해 주시죠. 뭐, 간단한 겁니다. 다름 아니라 어제 오후 다섯 시 무렵 당신이 표트르 일리치 페르호친에게 권총을 저당잡히고 빌려 간 십 루블에 대해서 말입니다."

"저당이요? 예, 그랬습니다. 그게 뭐 대수라고……. 어딜 좀 다녀와야 해서 돈이 필요했던 것뿐인데요."

"어디를 다녀왔습니까? 교외까지 나갔던 건가요?"

"네. 꽤 먼 길을 다녀왔는데……, 몰랐습니까?"

검사 시보와 예심 판사가 또다시 눈짓을 주고받았다.

"어제 당신의 일과를 일목요연하게 말해 주면 어떨지요? 그러니까 어디에 왜 갔고 정확히 몇 시에 떠나서 몇 시에 도착했는지……, 이런 걸 말입니다."

드미트리는 큰 소리로 웃으며 말했다.

"처음부터 그렇게 물어보면 될 것을요. 어제 일을 얘기하려면 그저께 일부터 얘기해야 합니다. 그래야 모든 게 이해될 테니까요. 그저께 아침에 나는 이곳 상인인 삼소노프에게 삼천 루블을 빌리러 갔습니다. 아주 좋은 담보물을 가지고 말이지요. 그런데 갑자기 어디론가 다녀올 일이 생겼죠."

"왜 하필 삼천 루블입니까?"

검사 시보가 끼어들어 질문했다.

"에이, 왜 그런 자질구레한 걸 물어봅니까? 어떻게, 언제, 왜 반드시 그 금액인가까지 일일이 늘어놓느니 차라리 책을 쓰겠습니다.

여러분, 내가 고집을 부린다고 생각하겠지만 다시 한 번 부탁합니다. 제발, 믿어 주십시오! 나는 여러분을 진심으로 존경하고, 지금이 어떤 상황인지도 모두 이해합니다. 이젠 술도 다 깼어요. 하하, 취하나 안 취하나 늘 이렇긴 합니다만! 음……, 지금 내가 이렇게 농담할 입장은 아니죠. 나는 범죄자라서 여기에 있는 거고, 여러분들은 나를 감시하는 입장이니까요.

그리고리가 그렇게 됐으니 나는 당연히 처벌을 받아야 합니다. 벌을 주는 대신 내 머리를 쓰다듬어 줄 리는 없잖습니까? 당연히 우리의 입장이 다를 수밖에 없다는 건 잘 알고 있습니다. 그렇다고 자꾸 어디에 왜 간 거냐, 언제 가서 언제 도착했느냐 같은 것만 물으면 하느님이라도 정신을 못 차릴 겁니다. 나는 지금 아주 넋이 나갈 지경이라고요! 그래서 자질구레한 문제는 다루지 말자고 부탁했잖습니까? 이러다가는 절대 못 끝냅니다.

판에 박힌 수법으로 나를 심문하지 마세요! 몇 시에 일어났느냐, 뭘 먹었느냐, 어디에 침을 뱉었느냐 같이 시시콜콜한 질문을 해 대서 정신을 쏙 빼놓은 다음에, 갑자기 '왜 죽였어? 누구 돈을 훔쳤어?'라면서 뒤통수를 칠 게 빤하군요. 하하하! 여러분이 즐겨 쓰는 방법 아닙니까? 언제까지 이럴 겁니까? 그래 봤자 소용없어요. 나도 이미 써 본 수법이라 다 꿰고 있거든요. 내 말이 좀 심하기는 했지만, 화가 난 것은 아니겠지요? 드미트리 표도로비치 카라마조프가 한 말이니까 봐주십시오. 현명한 사람이 아니라 나 같은 사람이 한 소리니까 말이죠, 하하!"

예심 판사가 그를 따라 웃었다. 그러나 검사 시보는 절대 웃지 않고 드미트리의 말 한마디, 사소한 몸짓 하나, 작은 표정까지도 놓치지 않기 위해 날을 세우고 있었다. 예심 판사는 웃음을 거두지 않고 입을 열었다.

"처음부터 당신을 그런 식으로 대한 적은 없습니다. 언제 일어나서 뭘 먹었느냐는 질문 따위로 당신의 정신을 빼놓은 적도 없고요. 매우 진지하고 본질적인 것부터 물은 것 같은데요."

"네, 맞습니다. 그렇기 때문에 여러분을 고결한 분들이라고 생각합니다. 우리 모두 우아하고 고상한 귀족이죠. 상류 사회 사람들답게 서로를 믿어야 합니다. 지금은 비록 내 명예에 금이 갔지만 나를 당신들의 좋은 친구라고 생각해 주십시오. 혹시 언짢은 건 아니겠지요?"

"언짢다니요? 옳은 말씀입니다, 드미트리 표도로비치."

예심 판사가 맞장구를 치자 드미트리의 얼굴이 환해졌다.

"자질구레한 것 때문에 괜한 잔머리 굴리지 맙시다!"

"당신 말대로 하겠습니다만······."

갑자기 검사 시보가 끼어들었다.

"그래도 좀 전에 드린 질문에는 대답을 해 주시지요. 심문관으로서 꼭 확인해야 할 부분입니다. 무엇 때문에 당신에게 정확히 삼천 루블이 필요했습니까?"

"당연히 빚 때문이죠."

"누구에게 빚을 졌습니까?"

"그것은 절대로 말하지 않겠습니다. 말하면 안 되는 내용이라 그러는 것도 아니고 내가 겁쟁이라 그런 것도 아닙니다. 내 신념에 따라 말하지 않겠다는 겁니다. 그 질문은 이 일과는 무관하고, 이 일과 무관한 것은 모두 나의 사생활입니다. 여러분이 심문관이라도 내 사생활까지 침범할 수는 없습니다! 그러니 내 명예의 빚을 갚고 싶었다는 정도만 이야기하죠. 그 상대는 말할 수 없습니다, 절대로!"

"그렇다면 지금 말한 내용을 기록하겠습니다."

"좋습니다. '드미트리는 죽어도 말하지 않겠다고 했다!'라고 쓰십시오. 또 '드미트리는 이러한 말을 입에 담는 것조차 창피해한다.'라고도 덧붙여야 합니다. 정말 별걸 다 적는군요. 시간이 아주 남아도는가 봅니다."

"실례지만, 당신이 모르고 있는 것 같으니 한마디 하죠."

검사 시보가 엄격한 훈계조로 말했다.

"당신에게는 질문에 대답하지 않을 충분한 권리가 있습니다. 또한 당신이 대답을 하지 않는다고 해서 우리가 대답을 강요할 수는 없습니다. 대답을 하느냐, 하지 않느냐의 문제는 오로지 당신 판단에 달려 있는 거지요. 하지만 진술을 거부했을 때 따라올 불이익에 대해서는 마땅히 책임을 져야 합니다. 그럼 계속하겠습니다."

"내, 내가 화가 나서 이러는 것은 아니고……."

드미트리는 검사 시보가 훈계조로 나서자 당황스러웠는지 말을 더듬었다.

"사실은 삼소노프라는 노인을 찾아갔는데……."

제 25 장
드미트리의 진술

　드미트리의 진술이 시작되었다. 그는 기왕 이렇게 된 이상 아주 세세한 것까지 모두 다 이야기하겠다고 마음먹었다. 얼른 이 상황을 정리하고 싶었기 때문이다. 하지만 검사 시보는 드미트리가 진술하는 사이사이 말을 끊고 그것을 기록하곤 했다. 시계를 팔아 여비로 쓸 육 루블을 마련했던 일은 처음 듣는 내용이어서 엄청난 관심을 보였다. 그러한 태도는 드미트리를 몹시 화나게 했지만, 검사 시보로서는 드미트리가 땡전 한 푼 없었다는 두 번째 증거를 확보해 두어야 했다.

　이야기를 할수록 드미트리는 점점 우울해졌다. 랴가브이를 찾아가 산속 오두막에서 하룻밤을 지내고 다시 돌아온 일을 이야기를 하는 중에는 얼결에 그만 그루센카에 대한 질투와 고뇌도 생생하게 털어놓았다. 검사 시보는 그의 말을 주의 깊게 들었다. 드미트리가 오래전부터 표도르 파블로비치의 집을 감시하기 위해 이웃집의 뒤뜰을 이용했다는 것과 스메르쟈코프가 그의 앞잡이 노릇을 했다는 내용은 검사 시보에게 매우 흥미로운 사실이었다. 그는 이 점을 특별히 강조하여 기록했다.

드미트리는 자신의 질투심에 대해서도 자세하게 이야기했다. 모두에게 우습게 들릴 자신의 감정을 말하는 게 지독하게 부끄러웠지만, 그래야 자신의 결백을 입증할 수 있다고 생각했다.

드미트리는 호홀라코바 부인과 관련된 진술을 하면서부터 기분이 한결 나아졌다. 그는 사건과 아무 관련도 없는, 부인에 대한 최근의 일화까지 말하려고 설쳤다. 그러나 예심 판사는 본질적인 이야기에 집중하자며 저지했다. 드미트리는 호홀라코바 부인 때문에 느꼈던 절망감을 이야기하고, 그녀의 집에 들어설 때 '누구를 죽이고라도 삼천 루블을 손에 넣을 수밖에 없다.'라고 생각했다는 것도 밝혔다. 그러자 검사 시보는 기다렸다는 듯 '그는 누군가를 죽이고 싶었다.'라고 적었다.

그루센카가 드미트리를 속이고 어디론가 사라져 버린 지점까지 이야기했을 때, 드미트리는 불쑥 이렇게 덧붙였다.

"그때 내가 페냐를 죽이지 않았던 이유는 오직 그럴 만한 시간이 없었기 때문입니다."

검사 시보는 이 말도 역시 놓치지 않고 기록했다. 드미트리가 아버지 집의 정원으로 들어간 이야기를 하려던 찰나, 예심 판사가 서류 가방을 열고 놋쇠 공이를 꺼내며 질문했다.

"이 물건을 본 적이 있습니까?"

드미트리는 놋쇠 공이를 보며 씁쓸하게 웃었다.

"네, 물론입니다! 보다뿐이겠습니까? 어디 한번 자세히 좀 봅시다. 아, 아닙니다……. 됐어요."

"이것에 대해서는 언급하지 않더군요."

예심 판사가 지적했다.

"젠장! 숨기려고 한 게 아니고 그저 깜박했을 뿐입니다."

"그럼 이제라도 어째서 이런 도구를 챙겼는지 말해 주시죠. 무슨 목적이었습니까?"

"당연히 아무런 목적도 없었습니다. 그냥 챙겼고, 그냥 뛰쳐나간 거죠."

"대체 그게 말이 됩니까? 아무 목적이 없었다니요?"

드미트리는 신경질이 나서 미칠 것 같았다. 이렇게 자잘한 것에 신경 쓰는 인간들에게 진실만을 말했던 자신이 원망스러웠다. 그가 화를 참지 못하고 소리쳤다.

"그까짓 공이가 뭐 그리 대단합니까? 그래요, 캄캄한 밤길에 개라도 덤벼들까 봐 그랬습니다. 사람 일은 한 치 앞도 알 수 없으니까요!"

"밤길을 다닐 때는 항상 이런 흉기를 챙긴다는 말입니까?"

"내, 참! 여러분한테는 진짜 아무 말도 못 하겠군요."

드미트리는 더 이상 참을 수가 없었다. 그는 서기 쪽으로 몸을 돌리더니 시뻘겋게 달아오른 얼굴로 소리쳤다.

"당장 기록하게. '달려가 내 아버지 표도르 파블로비치의 머리통을 깨부수려고 공이를 챙겼다.'라고. 자, 이제 만족합니까? 속이 후련합니까?"

"지금 진술한 내용은 당신이 극도로 예민해진 상태에서 아무렇게나 내뱉은 거라고 생각합니다. 하지만 당신이 자질구레하다고 생각하는 일들이 우리에게는 반드시 짚고 넘어가야 할 문제라는 점을 이해해 주셨으면 좋겠군요."

검사 시보가 딱딱하게 말했다.

"제발, 여러분! 그래요, 공이를 챙겼습니다. 뭐든 목적이 있어야 손에 쥡니까? 그냥 눈에 띄는 대로 쥐었을 뿐이라고요. 그게 전부입니다. 이제 공이에 대해서는 그만들 하시죠. 안 그러면 절대로 입을 열지 않겠습니다."

드미트리는 감정을 추스르며 벽만 바라보았다. 당장 사형장에 끌려가더라도 더 이상 아무 말도 하지 않겠다고 소리치고 싶어 미칠 지경이었다. 그는 속이 부글부글 끓어오르는 것을 억누르느라 한참을 침묵했다. '침착하자, 참고 받아들여!'라고 수없이 되뇌이며 마음을 가라앉힌 후 어쩔 수 없이 입을 열었다.

"계속하죠."

드미트리는 적극적인 태도로 심문에 응하려고 했다. 단 한 가지도 빠뜨리지 않으려고 안간힘을 쓰는 기색이 역력했다. 그는 담장을 넘어 아버지의 정원으로 들어간 일, 창문 앞까지 가서 그루센카가 아버지와 함께 있는지 확인했던 순간을 최대한 정확하게 이야기했다.

이번에는 검사 시보도, 예심 판사도 그의 말을 끊지 않았다. 그들은 드미트리가 마치 그루센카인 듯 신호를 보내 표도르 파블로비치가 창문을 열게 했다는 것에는 전혀 관심을 보이지 않았다. 그런데 창문으로 몸을 내민 아버지를 보고 증오에 가득 차 놋쇠 공이를 꺼내 들었다는 대목에 이르자 갑자기 동요하며 말을 잘랐다.

"흉기를 꺼낸 다음에는 어떻게 했습니까?"

예심 판사가 물었다.

"그다음요? 그다음에는 죽였죠. 아버지의 정수리를 내리쳐서 머리를 완전히 박살 내 버렸습니다. 이거야말로 여러분의 생각대로 아닙니까?"

드미트리는 잠잠하게 가라앉았던 분노가 갑자기 다시 타오르는 것을 느끼며 눈을 번득였다. 예심 판사가 그의 말을 받았다.

"예, 우리 생각으론 그렇습니다. 하지만 당신 입장은요?"

드미트리는 눈을 내리깔고 있다가 힘겹게 입을 열었다.

"그 순간…… 내 안의 악마가 무릎을 꿇었습니다! 누군가 나를 위해 흘린 눈물 때문에 그랬는지……, 아니 내 어머니의 기도 때문에 그랬을지도 모르지요. 나는 그냥 도망을 쳤습니다. 담장 쪽으로요. 아버지가 나를 발견하고는 비명을 지르며 창가에서 얼른 물러나더군요. 기절할 듯이 놀라던 모습을 지금도 똑똑히 기억합니다. 그렇게 담장을 넘어가려고 했는데……, 바로 그때 그리고리가 다리를 잡고 늘어졌습니다."

그는 눈을 들어 사람들을 바라보았다. 너무나 무덤덤한 그들의 눈빛을 본 순간, 드미트리의 분노는 극에 달하고 말았다.

"지금 나를 비웃고 있군요."

그러자 예심 판사가 의아하다는 듯이 물었다.

"갑자기 무슨 말씀입니까?"

"내 말을 전혀 믿지 않으니까요. 이게 가장 중요한 대목이라는 걸 나도 잘 압니다. 나는 우리 아버지를 죽이고 싶었고, 한밤중에 그 집에 쳐들어가 놋쇠 공이를 꺼내 들었고, 아버지는 머리가 깨진 채 쓰러져 있었다. 그런데 난데없이 도망친 게 전부라니……. 그래요, 정신이 똑바로 박힌 사람이라면 당연히 믿을 수 없을 겁니다. 하하! 여러분이 비웃을 만합니다."

드미트리가 앉은 채로 몸을 크게 흔들며 웃는 바람에 의자가 삐걱거렸다. 그의 흥분 따위는 아랑곳하지 않고 검사 시보가 물었다.

"그런데 말입니다, 담장으로 뛰면서 행랑채의 다른 쪽에 있는, 그러니까 정원으로 통하는 쪽문이 열려 있었는지 혹시 보셨습니까?"

"네, 닫혀 있었습니다."

"열려 있지 않고요?"

"분명 잠겨 있었습니다. 그게 왜 열려 있겠습니까? 어, 그러고 보니 문이라면? 잠깐만요!"

드미트리가 갑자기 몸을 부르르 떨며 물었다.

"여러분이 발견했을 때 문이 열려 있었다는 말입니까?"

"네, 그렇습니다. 열려 있더군요."

"여러분이 연 게 아니고요? 그렇다면 누가 그걸 열었죠?"

드미트리는 놀라서 입을 다물지 못했다.

"우리가 갔을 때 문은 열려 있었습니다. 당신 아버지를 죽인 자는 그 문으로 들어와 살인을 저지른 뒤, 다시 그 문으로 나간 게 틀림없습니다. 현장 검증과 시체의 상태를 통해 살인이 방 안에서 일어났다는 사실을 확인했거든요. 의심할 여지가 없는 사항입니다."

드미트리는 엄청난 충격을 받았다.

"말도 안 돼요! 나는 절대 그 문으로 들어가지 않았어요. 분명히 잠겨 있었습니다. 맹세할 수 있어요. 나는 창문 밖에 서서 아버지를 보았습니다. 담장 쪽으로 뛰기 직전까지 아버지의 모습이 어땠는지 똑똑히 기억합니다. 게다가 그 신호를 알고 있는 건 나와 스메르쟈코프, 그리고 아버지뿐입니다. 신호가 없는데 아버지가 그 문을 열어 줬을 리가 없어요!"

"신호라니요? 무슨 신호 말입니까?"

검사 시보는 신호라는 말에 날카로운 호기심을 보이며 탁자에 바싹 엎드렸다. 지금껏 유지해 온 차분함이 대번에 사라졌다.

"이제야 묻는 겁니까?"

드미트리가 비아냥거리는 듯한 미소를 지었다.

"내가 말을 안 한다면 어쩌겠습니까? 신호에 대해서 아는 사람이라곤 돌아가신 아버지, 나, 스메르쟈코프가 전부인데요. 아, 물론 하느님은 아시겠지만, 그렇다고 그분이 여러분한테 그걸 말해 주실 리는 없잖습니까? 하지만 이 몸이 다 털어놓겠습니다. 스스로에게 불리한 진술도 서슴지 않는 나는 그야말로 명예로운 기사니까요. 여러분은 절대 아니지만 말입니다!"

검사 시보는 드미트리가 또다시 진술을 거부할까 싶어 그의 비아냥거림도 꾹 참았다. 드미트리는 표도르 파블로비치가 만든 신호를 정확히 설명하기 위해 실제로 탁자까지 두드려 보였다.

"신호를 아는 사람은 돌아가신 당신의 아버지와 당신, 그리고 하인 스메르쟈코프뿐이다 이거죠? 혹시 더 없습니까?"

예심 판사가 물었다.

"아까도 말했듯이 하늘이 알죠. 하늘도 알았다고 기록하십시오. 그것도 꽤 쓸 만할 겁니다."

검사 시보는 신호에 대해 기록하다가 새로운 생각이 떠올라 입을 열었다.

"스메르쟈코프도 이 신호를 알고 있다고 했는데, 당신이 아니라면 바로 그자가 창문을 두드려 문을 열게 한 건 아닐까요? 그러고서 범행까지 저지른 거죠."

드미트리는 정말 한심하다는 듯한 눈초리로 검사 시보를 오랫동안 쳐다보았다. 그러자 검사 시보는 민망해져서 두 눈을 깜박거렸다.

"지금 막 여우 한 마리를 잡았군요! 왜 자꾸 그런 수작을 부립니까? 검사님, 당신 생각대로 내가 당장 일어나 '그렇습니다. 스메르쟈코프가 내 아버지를 죽였습니다!'라고 외칠까요? 내가 그러길 바라는군요."

검사는 아무 대꾸도 하지 않고 드미트리를 바라보았다.

"사람 잘못 보셨습니다. 나는 괜히 스메르쟈코프라고 말하지는 않겠습니다."

"왜 그자에겐 혐의를 두지 않으십니까?"

"검사님은 혐의를 두십니까?"

"우리는 그에게도 혐의를 뒀습니다."

드미트리는 마룻바닥을 내려다보며 말했다.

"아까 커튼 뒤에서 여러분 앞으로 나왔을 때부터 내 머릿속에는 '스메르쟈코프다!'라는 생각이 떠올랐습니다. 아버지의 피에 관한 한 아무 죄도 없다고 외칠 때 줄곧 스메르쟈코프를 생각했던 거죠. 사실 지금까지도 같은 생각입니다. 그런데 동시에 '스메르쟈코프는 아니다.'라는 생각도 드는군요. 그는 절대 아닙니다!"

"혐의를 둘 만한 또 다른 사람은 없습니까?"

예심 판사가 조심스럽게 물었다.

"글쎄요, 모르겠습니다. 하느님이나 악마의 짓이 아닐까 싶네요. 어쨌든 스메르쟈코프는 절대 아닙니다!"

드미트리는 딱 잘라 말했다.

"그렇게 확신하는 이유는 뭡니까?"

"내 신념이죠. 그리고 그는 그럴 만한 사람이 아닙니다. 스메르쟈코프는 겁이 많습니다. 그놈은 정신이 온전치 않은 데다가 간질병까지 앓고 있어요. 여덟 살짜리 사내애도 그놈은 거뜬히 때려눕힐 수 있을걸요. 게다가 돈 욕심도 없는 녀석입니다. 아버지를 죽일 이유가 전혀 없다는 거죠. 사실 그놈은 우리 아버지의 아들일지도 모르는데……. 그러니까 사생아 말입니다. 알고 있겠죠?"

"네, 우리도 그렇게 들었습니다. 하지만 친아들인 당신도 아버지를 죽이고 싶었잖습니까? 그리고 못 할 이유는 없지요."

"정말 너무들 하십니다! 생사람 좀 그만 잡으십시오. 그래 봤자 하나도 겁나지 않으니까요. 죽이고 싶었을 뿐만 아니라 죽일 수도 있었고, 또 거의 죽일 뻔했다고 순순히 불지 않았습니까? 중요한 것은 내가 결국 아버지를 죽이지 않았다는 겁니다. 어째서 이 점은 아예 고려하지 않습니까? 여러분은 너무 야비합니다. 나는 죽이지 않았습니다! 검사님, 듣고 있습니까? 죽이지 않았다고요!"

그는 금방이라도 뒤로 넘어갈 듯 숨을 몰아쉬었다. 심문을 받는 내내 이렇게 흥분한 적은 없었다. 그는 잠시 입을 다물고 씩씩거리다가 불쑥 물었다.

"그나저나 무슨 말을 합디까? 스메르쟈코프 말입니다. 내가 이런 걸 물어봐도 되는 겁니까?"

검사 시보가 차갑고 엄격한 표정으로 대답했다.

"이 사건과 관련된 거라면 뭐든지 물어보십시오. 우리는 그 질문에 대해 당신이 만족할 만한 답변을 해야 할 의무가 있으니까요. 하인 스메르쟈코프를 발견했을 때, 그는 의식 불명 상태로 침대에 누워 있었습니다. 발작이 심했는데, 의사 말로는 발작이 열 번도 넘게 반복된 것 같다고 하더군요. 심지어 아침까지 버틸 수 없을 거라는 말도 했습니다."

"뭐, 그렇다면 살인범은 악마군!"

드미트리는 나름의 해답을 내놓았다. 속으로 계속 '스메르쟈코프인가, 스메르쟈코프가 아닌가?'라고 묻다가 내린 결론이었다.

예심 판사가 분위기를 정리했다.

"그것에 대해서는 나중에 다시 이야기하고, 진술을 마저 해 주시겠습니까?"

드미트리는 잠시 쉬게 해 달라고 부탁했다. 그는 완전히 지친 상태였다. 체력이 한계에 다다른 데다가 심문 내내 느낀 모멸감으로 정신적인 충격도 상당했다. 게다가 검사 시보는 이제 아예 자질구레한 것만 묻기로 작정한 것 같았다. 드미트리는 진술을 계속하면서 '물러나자. 그리고 이들이 원하는 대로 해 주자.'라고 결심했다. 그는 더 이상 아까처럼 자신의 속내를 있는 그대로 드러내지 않고 질문에 간략하고 무뚝뚝하게만 대답했다. 예심 판사와 검사 시보는 여전히 시시콜콜한 돈 문제 같은 것에만 무섭도록 집착했다. 심문은 이런 식으로 이어졌다 끊어졌다를 반복했다.

"당신은 왜 자살하려 했습니까?"

"살아갈 이유가 없었으니까요. 그루센카의 옛 남자가 지난 오 년간의 잘못을 사죄하겠다며 달려왔습니다. 나는 모든 것이 끝장나 버렸다는 사실을 깨달았죠. 거기에다 그리고리의 핏자국이 내 뒤에 선명하게 버티고 있으니……, 대체 살아서 뭘 하겠습니까? 나는 권총을 찾으러 갔습니다. 동틀 녘에는 꼭 이 머리를 날려 버려야겠다고 결심하고서요."

"그런데도 한밤중에 술판을 벌였습니까?"

"예, 한판 잔치를 벌였지요. 젠장! 어서 좀 끝냅시다. 나는 분명히 자살하려고 했습니다. 이 마을 어딘가에서 아침 다섯 시쯤 실행할 참이었고, 주머니 속에 유서도 넣어 뒀어요. 표트르 일리치 집에서 쓴 겁니다. 자, 여기 유서입니다."

드미트리는 조끼 주머니에서 유서를 꺼내 탁자 위로 던졌다. 예심 판사는 호기심을 갖고 읽어 본 뒤 사건 관련 서류로 첨부했다.

"표트르 일리치 말로는 당신이 권총을 찾으러 왔을 때 피투성이가 된 손에 엄청난 돈다발을 들고 있었다고 했습니다. 시간상으로 보면 분명히 집에 들를 만한 여유가 없었을 텐데, 돈은 어디에서 났습니까? 당신의 진술에 의하면 그날 오후만 하더라도 한 푼도 없었다고……."

드미트리가 날카롭게 상대의 말을 자르고 나섰다.

"십 루블이 필요했습니다. 그래서 표트르 일리치에게 권총을 저당잡혔죠. 그다음에는 삼천 루블이 필요해서 호흘라코바 부인을 찾아갔습니다. 하지만 그녀는 돈을 주지 않더군요. 그런데 돈이 궁했다면서 갑자기 수천 루블을 어떻게 구했냐 이거죠? 여러분은 내가 돈을 어디서 구했는지 말하지 않을까 봐 겁이 나 죽을 지경이겠죠? 그렇습니다, 나는 말하지 않겠습니다."

드미트리는 비장한 결심이라도 한 듯 보였다.

"우리는 돈을 어떻게 구했는지 반드시 알아야 합니다."

예심 판사가 조용하게 달래듯이 말했다.

"여러분을 이해하지만, 말하지 않겠습니다. 증언하지 않는 게 오히려 불리하다는 설교는 이미 들었으니까 됐고요. 이 사건에서 돈 문제가 얼마나 중요한지 알고 있습니다. 돈이야말로 본질이지요. 그래도 말하지 않겠습니다."

"그럼 그렇게 하십시오. 대신 당신이 그토록 말하지 않으려는 이유만이라도 말해 줄 수 있습니까?"

그러자 드미트리는 피식 웃었는데 왠지 조금 슬퍼 보였다.

"나는 여러분이 생각하는 것보다 훨씬 선량한 사람입니다. 왜 그러는 건지 알려 드리죠. 어디서 이 돈을 구했느냐는 질문의 대답 속엔 살인이나 강도 짓과는 비교도 안 되는 엄청난 치욕이 담겨 있습니다. 나에게는 그것을 말하는 것 자체가 곧 치욕입니다. 그래서 말할 수 없는 겁니다. 이것도 기록할 겁니까?"

"네, 기록할 겁니다. 그 치욕에 대해 구체적으로 이야기하는 것도 가능합니까?"

예심 판사가 물었다.

"됐습니다. 다 끝난 얘기입니다. 더 이상 내 얼굴에 먹칠을 할 수는 없죠. 이미 잔뜩 했으니까!"

드미트리는 단호하게 거절했다. 예심 판사는 더 이상 대답을 강요하지 않았지만, 검사 시보는 끝까지 집요하게 굴었다.

"그럼 표트르 일리치의 집에 갔을 때 당신이 들고 있던 돈의

액수라도 말해 주십시오. 정확히 몇 루블이었습니까?”

“그것도 말할 수 없습니다.”

“표트르 일리치에게는 호흘라코바 부인한테서 삼천 루블을 받았다고 말했다던데요?”

“그렇게 말했을 수도 있죠. 됐습니다, 됐어! 어차피 얼마였는지는 말하지 않을 테니까요.”

“그럼 모크로예에 온 이유는 무엇이고, 온 이후에 무슨 일을 했는지 말해 주시죠.”

“그거라면 여기 있는 사람을 아무나 붙잡고 물어보시죠. 하긴, 내가 얘기해도 되겠군요.”

이후 계속된 드미트리의 이야기는 모두 피상적이었다. 그는 어젯밤 그루셴카와 다시 만난 후 알게 된 사랑의 감정에 대해서는 말하지 않았다. 하지만 새로운 사실을 깨닫게 된 덕분에 자살하려던 계획을 접었다는 이야기는 했다. 그는 앞뒤가 안 맞는 말만 늘어놓았고, 건성으로 이야기를 이어 갔다. 다행히 검사 시보나 예심 판사도 더 이상 그를 힘들게 하지 않았다.

“우리는 이 모든 것에 대해 검증을 할 것입니다. 물론 증인을 심문할 때에는 당신도 함께 있어야 하고요.”

예심 판사는 이렇게 말하면서 심문을 마쳤다.

“자, 이제 당신이 갖고 있는 물건을 모두 꺼내 탁자 위에 올려놓아 주십시오. 돈까지 전부 다요.”

"돈이요? 알겠습니다. 뭐, 그래야겠지요. 처음부터 왜 돈 내놓으란 소리를 안 하나 싶었습니다. 여기 있습니다. 세어 보시죠. 그게 전부입니다."

드미트리는 조끼의 옆 주머니까지 샅샅이 뒤져서 모든 것을 내놓았다. 돈은 전부 팔백삼십육 루블 사십 코페이카였다.

"이게 정말 답니까?"

예심 판사가 물었다.

"네, 전부 다 꺼냈습니다."

"당신의 진술대로라면 플로트니코프 상점에서 삼백 루블, 표트르 일리치에게 십 루블, 마부에게 이십 루블, 그리고 이곳에서 카드놀이로 이백 루블을 썼는데……."

예심 판사는 동전 하나까지 포함해 몇 번이나 계산했다.

"여기 있는 돈이 대략 팔백 루블이니까, 당신이 원래 갖고 있던 돈은 천오백 루블 정도입니까?"

"그렇겠죠."

드미트리는 귀찮다는 투로 대답했다.

"다들 그보다 훨씬 더 많았다고 주장하고 있는데요?"

"그렇게 주장하라죠, 뭐."

"당신도 그렇게 주장하지 않았습니까?"

"예, 나도 그렇게 주장했죠."

"아무래도 증인들의 증언을 들어야겠군요. 아, 이 돈은 걱정하지 마십시오. 안전한 장소에 보관될 테고, 당신이 이 돈에 대해 떳떳한 권리를 갖고 있다는 것이 입증되면 곧바로 찾을 수 있으니까요. 자, 이제……."

예심 판사는 자리에서 일어나더니 드미트리의 옷을 비롯한 모든 것을 조사하겠다고 말했다.

"얼마든지요. 원한다면 주머니도 전부 뒤집어 보이죠."

"옷을 벗어 주셔야겠습니다."

"뭐요? 옷을 벗으라고요? 빌어먹을! 그냥 이대로 수색하면 되잖습니까?"

"안 됩니다. 옷을 벗으십시오."

"꼭 그래야 한다면…… 커튼 뒤에서 벗게 해 주십시오. 수색은 누가 합니까?"

드미트리는 완전히 포기했는지 고분고분하게 굴었다.

"물론, 커튼 뒤에서 수색할 겁니다."

이것은 전혀 예상치 못한 일이었다. 드미트리 자신은 물론이고 그 누구도 그가 이런 취급을 당할 거라고는 꿈에도 생각지 못했다. 프록코트를 벗는 것쯤은 괜찮았다. 그런데 아예 다 벗으라는 지시가 내려졌다. 그의 인생에서 가장 굴욕적인 순간이었다. 더욱이 그것은 부탁이 아니라 명령이었다. 그는 반항하는 것이 옷을 벗는 것보다 더 자존심 상하는 일이라는 것을 이해했다. 예심 판사와 검사 시보, 입회인 자격으로 온 농부 몇 명이 커

틈 뒤로 들어왔다.

"루바쉬카도 벗어야 합니까?"

드미트리는 질문을 던지며 잠시 시간을 끌어 보려 했는데, 예심 판사는 대꾸조차 하지 않았다. 그는 검사 시보와 함께 프록코트, 바지, 조끼, 군모 등을 살펴보느라 정신이 없었다. 둘 다 이 작업이 꽤나 재미있는 모양이었다.

'최소한의 예의도 갖추지 않는 작자들이군.'

드미트리는 이렇게 생각하며 더 퉁명스럽게 물었다.

"다시 묻겠습니다. 루바쉬카를 벗어야 합니까?"

"잠시만요, 때가 되면 알려 드리겠습니다."

예심 판사는 상관이라도 되는 양 거만하게 굴었다.

프록코트 왼쪽 뒷자락에서 커다란 핏자국이 발견되었다. 그것은 바싹 마른 채 엉겨 붙어 있었는데, 예심 판사와 검사 시보는 이러쿵저러쿵 속삭이며 의견을 주고받았다. 예심 판사는 프록코트의 옷깃과 소맷부리, 솔기, 심지어 바지까지 손가락으로 일일이 훑었다. 돈을 찾는 것이 분명했다. 드미트리가 돈을 옷 속에 꿰매 넣고도 남을 위인이라고 생각한 모양이었다.

'장교 대접은 고사하고, 이거 완전히 도둑놈 대하듯 하는군.'

드미트리는 속으로 투덜거렸다. 그때 예심 판사가 루바쉬카의 오른쪽 소맷부리가 온통 피로 얼룩진 채 안으로 접혀 있는 것을 발견하고는 크게 소리쳤다.

"여기는 왜 이렇게 됐습니까? 피범벅이 아닙니까?"

"네, 핏자국입니다."

드미트리가 태연하게 말했다.

"어떻게 묻은 겁니까? 소매는 또 왜 이렇게 접혔고요?"

드미트리는 쓰러진 그리고리를 살피다가 소맷부리를 더럽혔으며, 표트르 일리치의 집에서 손을 씻을 때 소매를 안으로 접어 넣었다고 순순히 이야기했다.

"당신의 루바쉬카도 챙기겠습니다. 중요한 물증이니까요."

이 말에 드미트리의 얼굴이 시뻘겋게 달아올랐다.

"그럼 나더러 벌거벗고 있으란 말입니까?"

"걱정 마십시오. 우리가 어떻게든 조치를 취할 테니까요. 아, 양말도 좀 벗어 보시죠."

"농담이겠죠? 이렇게까지 하는 이유가 뭡니까?"

"지금 농담할 여유는 없습니다."

"뭐, 필요하다면……."

드미트리는 중얼거리며 침대에 앉아 양말을 벗기 시작했다. 그는 몹시 수치스러웠다. 여러 사람 앞에서 혼자 벌거벗고 있으니 말할 수 없이 곤혹스러웠다. 이상하게도 옷을 벗고 있으니까 자신이 진짜 살인범처럼 느껴졌고, 심문관들보다 열등한 인간이 된 것 같았다. 그는 일부러 거칠게 루바쉬카를 벗어 던지며 소리쳤다.

"더 뒤지십시오. 여러분이 부끄럽지 않다면요."

"아닙니다. 이제 됐습니다."

"이렇게 벌거벗고 있으란 말이죠?"

"일단은 방법이 없군요. 여기 침대의 담요라도 좀 두르고 있든 지 하시죠. 우리는 이걸 전부 처리해야 해서요."

예심 판사와 검사 시보는 조사한 기록과 옷가지를 들고 밖으로 나갔다. 드미트리 곁에는 농부들만 남았다. 그들은 드미트리 에게서 눈을 떼지 않고 말없이 서 있었다.

제 2 6 장
야비한 고백

    드미트리는 담요로 몸을 감쌌다. 한기가 느껴졌다. 예심 판사는 돌아올 기미가 보이지 않았다. 드미트리는 '나를 강아지 새끼쯤으로 여기고 있어.'라고 생각하며 이를 갈았다. 그럼에도 조사가 모두 끝나면 당연히 옷을 돌려받을 수 있을 거라고 생각했다. 그러나 그의 예상은 보기 좋게 빗나갔다. 예심 판사는 전혀 다른 옷을 가지고 돌아왔던 것이다. 드미트리의 분노는 극에 달했다. 예심 판사는 옷을 마련해 온 스스로가 대견스럽다는 듯한 말투로 말했다.

    "여기, 입을 만한 옷을 가져왔습니다. 칼가노프가 당신을 위해 깨끗한 루바쉬카를 기부했습니다. 다행히 그분에게 여분의 옷가지가 있었거든요. 속옷과 양말은 그냥 당신 것을 써도 됩니다."

드미트리는 결국 폭발하고 말았다.

"남의 옷을 왜 입습니까? 당장 내 옷을 주십시오!"

"그럴 수 없습니다."

"내 옷을 달라니까요! 뒈져 버릴 칼가노프의 옷 따위는 저리 치우세요!"

사람들이 한참을 설득한 끝에 드미트리는 간신히 진정이 되었다. '피범벅이 된 옷은 물증에 포함해야 한다. 우리에게도 당신이 그 옷을 입도록 허락할 권리는 없으니 이해해라.'라고 타일렀던 것이다. 결국 그는 이를 악물고 칼가노프의 옷을 입었는데, 맞지도 않는 남의 옷을 입자니 그야말로 죽을 만큼 수치스러웠다.

"그냥 여기 앉아 있기만 하면 됩니까? 이제 남은 건 뭡니까? 매질이라도 할 건가요?"

그는 심문을 받던 자신의 의자에 앉아서 말했다.

예심 판사가 대답했다.

"증인 심문을 할 차례입니다. 증인 심문에 앞서 말씀드리죠. 이건 당신이 쓰러뜨린 그리고리 바실리예비치가 정신을 차린 다음부터 일관되게 진술한 내용입니다. 그는 무슨 소리가 들리는 것 같아서 정원으로 들어섰다가 담장으로 줄행랑치는 당신을 봤다고 했습니다. 당신의 진술과도 일치하죠.

하지만 그보다 훨씬 전에 그리고리는 정원의 쪽문이 열려 있는 것을 보았답니다. 당신의 진술과 완전히 다르지 않습니까? 숨김없이 다 말하자면, 그리고리는 당신이 열려 있는 쪽문으로 도망친 게 분명하다고 했습니다. 물론 그가 다소 먼 거리에서 당신을 발견했고, 당신이 문으로 나가던 순간을 직접 본 건 아니지만요."

드미트리는 의자에서 벌떡 일어나 울부짖었다.

"헛소리예요! 뻔뻔한 거짓말입니다. 그가 열린 문을 봤을 리가 없어요. 분명히 잠겨 있었으니까요. 거짓말이에요!"

"그의 증언은 확고합니다. 조금도 머뭇거리지 않았고 말을 바꾸지도 않았습니다. 우리가 몇 번이나 확인한 사실이에요."

"거짓말, 거짓말! 나를 모함하려는 겁니다. 아니면 헛것을 봤거나요. 나는 절대로 그 문으로 도망치지 않았습니다."

잠자코 있던 검사 시보가 예심 판사에게 넌지시 말했다.

"그걸 보여 주시죠."

그러자 예심 판사는 두꺼운 종이로 된 커다란 봉투를 탁자 위에 올려놓았다. 봉투에는 세 개의 봉인 자국이 남아 있었다.

"이 물건을 알아보겠습니까?"

봉투는 한쪽 옆구리가 찢어진 채 텅 비어 있었다. 드미트리는 한참 동안 그것을 바라보다가 중얼거렸다.

"이게 아버지의 봉투로군요. 삼천 루블이 들어 있었다던 그 봉투. 위에 수신인이 누구라고 되어 있나 어디 한번 봅시다. '병아리에게'라니……. 그래요, 삼천 루블! 내 말이 맞잖습니까, 그렇죠?"

"봉투 안에 있을 거라던 돈은 발견하지 못했습니다. 이 봉투는 텅 빈 채 마룻바닥에서 뒹굴고 있었거든요. 더 정확히 말하면 침대 옆에 있는 병풍 뒤쪽에서요."

드미트리는 머리를 한 방 맞은 것처럼 잠시 멍한 표정이 되었다가 소리쳤다.

"스메르쟈코프 짓입니다! 그놈이 돈을 훔쳤어요. 그놈이 아버지를 죽인 겁니다! 아버지가 봉투를 어디에 숨겨 놨는지 알고 있는 사람은 그놈뿐이에요. 그놈 짓이 분명합니다!"

"하지만 당신도 봉투에 대해 알고 있었잖습니까? 베개 밑에 있다는 것까지 말입니다."

"전혀 몰랐습니다. 절대로 본 적도 없고요. 그저 스메르쟈코프 한테서 전해 들었을 뿐이에요. 아버지의 침실 어디쯤에 숨겨져 있는지는 그놈만 알고 있었다고요. 나는 몰랐습니다!"

드미트리는 숨이 넘어갈 지경이었다.

"당신은 조금 전에 '아버지의 베개 밑에 숨겨 놓은 삼천 루블' 이라고 말했습니다. 베개 밑이라고 정확하게요. 그런데 이제 와서 어디에 있었는지 몰랐다니요?"

그러나 드미트리는 예심 판사의 말을 무시한 채 계속 소리를 질렀다.

"헛소리라고요. 베개 밑에 있다는 건 그냥 되는 대로 내뱉은 말일 뿐입니다. 스메르쟈코프는 뭐라고 했습니까? 봉투가 어디에 있었는지 그에게 물어봤습니까? 내가 제대로 생각도 안 해 보고 베개 밑에 있었다고 거짓말을 했군요. 혀가 제멋대로 돌아가서 거짓말이 튀어나올 때가 있으니까요. 오직 스메르쟈코프, 그놈만 봉투가 어디에 있는지 알고 있었습니다. 그놈은 봉투가 어디에 있는지 나한테도 털어놓지 않았어요. 분명 그놈 짓이에요. 틀림없이 그놈이 죽인 겁니다!"

드미트리는 점점 더 흥분하여 했던 말을 계속 반복했다.

"어서 그놈을 체포하세요. 그놈은 내가 도망칠 때, 그러니까 그리고리가 의식을 잃고 쓰러져 있을 때, 바로 그때 아버지를 죽인 게 분명합니다. 그놈이 신호를 보내서 아버지가 문을 열어 준 거라고요."

검사 시보가 가당치 않다는 듯 한마디 했다.

"흠, 이번에도 당신이 깜박한 게 있는 것 같군요. 신호를 보낼 필요 따윈 없었겠죠. 문은 당신이 정원에 있을 때부터 열려 있었을 테니까요."

"문, 그놈의 문! 유령의 짓입니다. 아, 하느님이 내 편이 아니라니!"

드미트리는 힘없이 중얼거리면서 검사 시보를 바라보다가 털썩 주저앉았다. 잠깐 동안의 침묵을 깨고 검사 시보가 근엄하게 말했다.

"신중하게 판단하십시오, 드미트리 표도로비치. 당신이 열린 문으로 도망쳤다는 확고한 증언이 있습니다. 그리고 다른 한쪽에는 돈의 출처에 대해서 아무것도 밝히지 않겠다는 당신이 있죠. 본인의 입으로 십 루블도 없어 권총을 저당잡혔다면서요. 그런 사람이 몇 시간 후에는 엄청난 돈을 손에 쥐고 나타났으니⋯⋯. 우리가 과연 어느 쪽의 말을 믿어야겠습니까? 우리를 당신의 고귀함을 이해하지 못하는 냉정한 인간들이라고 비난만할 게 아니라, 입장을 바꿔 생각해 보십시오."

드미트리의 얼굴이 붉어졌다가 이내 하얗게 질려 버렸다. 그러고는 마침내 결심한 듯 소리쳤다.

"좋습니다! 비밀을 털어놓겠습니다. 돈이 어디서 났는지 말하겠다고요. 결국 나의 치욕을 드러내게 되는군요."

예심 판사가 듣던 중 반가운 소리라는 듯 한껏 고조된 목소리로 말했다.

"우리를 믿어 주세요, 드미트리 표도로비치. 지금 당신이 진실된 자백을 한다면, 훗날 당신의 운명은 더할 나위 없이 순조롭게⋯⋯."

그 순간 검사 시보가 책상 밑으로 그를 살짝 찔러서 말리는 바람에 예심 판사는 입을 다물었다. 사실 별 소용없는 짓이었다.

어차피 드미트리에게는 아무런 말도 들리지 않았기 때문이다.

드미트리가 조심스럽게 이야기를 풀어 놓았다.

"여러분, 그 돈은 내 돈이었습니다."

검사 시보와 예심 판사는 예상과 달리 엉뚱한 소리를 듣게 되자 실망스러워서 울상이 되었다.

"당신 돈이요? 오후 다섯 시만 해도, 그러니까 당신이 했던 진술대로라면……."

예심 판사가 중얼거렸다.

"다섯 시니, 진술이니 하는 소리 좀 작작하쇼. 문제는 그게 아니잖아요. 그 돈은 내가 훔친 것입니다. 그래요, 정확히 말해 내가 훔친 후 내 몸에 쭉 지니고 있던 천오백 루블이죠."

"대체 어디서 났다는 겁니까?"

"목에서요. 바로 여기, 내 목에서! 걸레를 꿰매서 주머니로 만든 다음에 목에 걸고 다녔습니다. 벌써 한 달째 수치심과 치욕에도 불구하고 그 돈을 걸고 다녔어요."

"그 돈을 누구에게서 착복하셨죠?"

"착복? 흥, 솔직히 여러분도 착복이 아니라 훔쳤다고 말하고 싶죠? 뭐, 이러나저러나 상관없지만, 내 생각에는 훔쳤다는 게 맞는 말 같군요. 어제 저녁에 완전히 훔쳐 버린 거죠."

"어제 저녁이요? 방금 전에 한 달 전부터 갖고 있었다고 말했잖아요?"

"그랬지요. 하지만 아버지 돈은 아닙니다. 아버지가 아니라 그녀에게서 훔쳤어요. 그러니까 한 달 전, 나의 약혼녀였던 카테리나가 내게……. 아, 누군지 아시죠?"

"네, 잘 압니다."

"그럴 줄 알았습니다. 오래전부터 나를 증오해 온, 고결하기 그지없는 여자이지요. 뭐, 다 그럴 만한 이유가 있어서 그런 거지만요."

"카테리나가요?"

예심 판사가 깜짝 놀라며 되물었고, 검사 시보도 흥미로운지 드미트리를 뚫어져라 바라보았다.

"그녀의 이름을 함부로 입에 올리지 마십시오! 아, 그녀 얘기를 꺼내고 말다니…… 나는 정말 야비한 놈입니다. 그녀는 오래전부터 나를 경멸해 왔습니다. 맨 처음 내 집에 찾아왔던 그때부터 말이죠. 이 얘기까지 할 필요는 없는 것 같군요. 요점은 그녀가 한 달 전에 나를 불러서, 모스크바에 있는 언니에게 부쳐 달라며 삼천 루블을 건넸다는 것입니다.

그때 나는 야비하게도 다른 여인을, 지금 저기 아래층에 있는 그루센카를 사랑하게 됐습니다. 나는 카테리나의 삼천 루블을 들고 그루센카를 여기로 데려와서 이틀 동안 천오백 루블을 써 버렸습니다. 그리고 남은 천오백 루블, 그러니까 저주받은 삼천 루블의 절반을 부적 대신 지니고 다녔습니다. 목에 걸고 다니다가 어제서야 뜯은 거죠. 펑펑 쓰고 남은 돈은 지금 여러분 손에 있고요."

"그게 말이 됩니까? 한 달 전 당신은 여기서 삼천 루블을 썼습니다. 다들 알고 있는 사실인데요?"

"누가 내가 쓴 돈을 계산한 적 있답디까? 그게 누구죠?"

"그거야 당신이 직접 삼천 루블을 썼다고 말했으니까⋯⋯."

"맞습니다. 내가 그렇게 떠들어 대고 다녔으니 당연히 다들 그렇게 생각했겠죠. 그러나 내가 탕진한 돈은 삼천 루블이 아니라 천오백 루블이었다고요. 이게 진실입니다! 여러분, 그 돈은 훔친 돈입니다."

"기적이나 다름없군요."

예심 판사가 중얼거렸다.

"저, 궁금한 게 있는데요."

마침내 검사 시보가 입을 열었다.

"혹시 누구한테든 그런 정황을 말한 적이 있습니까? 남겨 둔 천오백 루블에 대해서요."

"아무한테도 말하지 않았습니다. 아무한테도!"

"무엇 때문에 그랬습니까? 마침내 당신이 비밀 보따리를 풀었는데, 그토록 숨기고 싶던 치욕이라는 게 그저 타인의 돈을 착복했던 것에 불과하다니요. 경솔하긴 했어도 그렇게까지 치욕적인 짓은 아닌 듯한데요. 물론 당신 같은 사람에게는 그것이 매우 부끄러운 일이라는 점은 잘 알지만 말입니다.

　나는 당신이 탕진한 삼천 루블이 카테리나의 돈이라는 얘기를 이미 들어 알고 있었습니다. 아, 경찰 서장님도 들었다죠. 게다가 다른 이들도 그렇게 짐작하고 있었어요. 심지어 당신이 카테리나의 돈을 썼다고 고백했다는 증거도 있습니다. 정말 놀랍군요. 고백하느니 차라리 감방에 가겠다던 당신의 비밀이 고작……. 도저히 믿을 수가 없습니다.”

　검사 시보는 열이 잔뜩 오른 채 입을 다물었다.

　“치욕은, 내가 그 삼천 루블에서 천오백 루블을 따로 떼어 놓았다는 데 있는 겁니다!”

　드미트리가 확고하게 말했다. 그러자 검사 시보는 어이가 없다는 듯 피식 웃으며 물었다.

　“그게 뭐가 어떻다는 거요? 당신 말대로 삼천 루블을 손에 쥔 순간 이미 치욕은 돌이킬 수 없게 됐습니다. 그런데 어떻게 그중 절반을 따로 떼어 놓은 일이 그보다 더 수치스러울 수가 있습니까? 중요한 것은 당신이 남의 돈을 착복한 것 자체이지 돈을 어떻게 처리했느냐가 아닙니다. 그나저나 왜 절반을 따로 떼어 놓았던 거죠? 목적이 뭡니까?”

　“바로 그놈의 목적이 문제란 말입니다!”

　드미트리가 소리쳤다.

　“야비하게 잔머리를 굴렸습니다. 이모저모 따져 보고 따로 떼어 놓았던 거죠. 한 달 내내 계속 야비했습니다!"

"이해가 안 되는데요."

"정말로 이해를 못 하겠습니까? 그렇다면 좀 더 설명을 하죠. 잘 들어 보세요. 한 여인이 나를 믿고서 삼천 루블을 맡겼는데, 술 마시고 노느라 그 돈을 죄다 써 버린 다음 그녀에게 '나는 죽일 놈이야. 당신의 삼천 루블을 다 써 버리고 말았어.'라고 말한다면, 어떻습니까? 이건 그야말로 짐승만도 못한 놈이나 할 짓입니다. 안 그렇습니까? 하지만 어쨌거나 도둑놈은 아니죠. 돈을 다 쓴 것이지 훔친 것은 아니니까요.

이제 두 번째 경우를 말씀드리죠. 자, 삼천 루블 중 딱 절반만을 탕진하는 겁니다. 그러고는 이튿날 그녀에게 나머지 천오백 루블을 내놓으면서 '내가 경솔한 놈이긴 해도 절반은 남겨 왔으니 받아 줘. 안 그러면 이것마저 써 버릴지 모르니까.'라고 말하는 거죠. 이 경우는 어떻습니까? 짐승이든 야비한 놈이든 다 좋다 해도 도둑은 아닙니다. 진짜 도둑이라면 당연히 절반의 돈을 돌려주는 일은 하지 않으니까요. 그녀는 절반을 다시 가져왔으니 나머지 돈도 곧 갖다 줄 거다, 이런 사람이라면 어떻게든 돈을 구해 돌려줄 거라고 생각하겠죠. 바로 이겁니다. 교묘한 수법으로 절반만 훔쳐서 완전한 도둑놈이 되지는 않았다고요. 누가 뭐래도 도둑놈은 아니지요!"

검사 시보가 싸늘한 웃음을 머금고 말했다.

"뭐, 두 경우에 약간의 차이가 있다고 칩시다. 당신이 두 가지 경우를 그렇게까지 달리 해석하는 게 참 의외로군요."

"그래요, 나는 엄청난 차이가 있다고 생각합니다. 아무리 야비한 놈이라도 쉽게 도둑놈이 될 순 없기 때문입니다. 야비한 놈 중에서도 최고로 야비한 놈만이 도둑놈이 될 수 있거든요. 나는 도둑놈이 가장 야비하다고 생각합니다.

꼬박 한 달 동안 카테리나의 돈을 몸에 지니고 다니면서 언제라도 결심이 서면 당장 돌려주자고 마음먹었죠. 그러니 나는 그렇게까지 야비한 놈은 아닙니다. 하지만 도무지 그 결단만은 내릴 수 없더군요. 스스로를 아무리 욕하고 재촉해도 한 달 동안 돌려주지 못했으니까요. 여러분의 생각은 어떻습니까? 내가 잘한 것 같습니까?"

"물론 올바른 처신은 아니지만 심정은 충분히 이해가 됩니다. 이런 감정적인 문제, 그러니까 야비한 놈과 도둑놈의 차이에 관한 거라면 이제 그만둡시다. 시시콜콜한 얘기를 하지 말자고 한 건 당신이니까요. 바로 본론으로 넘어가죠. 삼천 루블을 반으로 나눈 이유, 절반은 쓰고 절반은 숨긴 이유를 말해 주십시오. 따로 떼어 놓은 천오백 루블은 어디에다 쓸 계획이었습니까? 말해 보십시오, 드미트리 표도로비치."

드미트리가 깜박했다는 듯 이마를 툭 치면서 소리쳤다.

"아, 중요한 걸 빠뜨렸군요. 여러분이 이해하지 못할 만합니다. 실은 말입니다, 우리 아버지가 얼마 전부터 그루센카를 들쑤시고 있었습니다. 그녀가 나와 아버지 사이에서 갈팡질팡하는 것을 보고 나는 제정신이 아니었습니다. 혹시라도 그녀가 갑자기 나를 선택하면 어쩌나……, '내가 사랑하는 건 당신뿐이야. 그러니 나를 데리고 떠나 줘.'라고 말하면 어떡하나 매일 고민했죠. 나는 고작 이십 코페이카짜리 은화 두 닢밖에 없는 거지인데, 그녀가 사랑 고백이라도 할까 봐 걱정이었습니다.

나는 그녀를 잘 몰랐던 거예요. 당연히 그녀는 돈을 원할 거라고만 생각했으니까요. 그래서 삼천 루블의 절반을 숨겼습니다. 최대한 잔머리를 굴려서 결정한 것이었습니다. 천오백 루블로는 그녀와 술판을 벌이고, 또 나머지 천오백 루블은 그녀를 위해 남겨 둔 거죠. 너무나 야비하게 말입니다. 이제 알겠습니까?"

검사 시보와 예심 판사는 큰 소리로 웃어 댔다.

"그래도 돈을 다 써 버리진 않았으니까 그렇게 큰 문제가 될 것 같진 않은데요?"

"도둑질을 했는데도요? 아직까지 내 말을 이해하지 못했군요. 천오백 루블을 가슴속에 넣고 다니면서 '너는 도둑놈이다. 이 야비한 도둑놈아!'라고 날마다 말했습니다. 한 달 내내 사람들을 괴롭히고 술집에서 주먹을 휘두르고 아버지한테 손찌검한 이유가 바로 이것 때문이라고요. 나 자신에게 너무나 실망한 나머지 알렉세이한테도 이 천오백 루블에 대해선 털어놓지 못했습니다. 그러면서도 품속에 있는 절반의 돈을 만지작거리며 '드미트리 표도로비치, 너는 아직까지는 도둑놈이 아닐지도 몰라!'라고 되뇌었죠.

그런데 바로 어제, 그 주머니를 뜯어내기로 마음먹었습니다. 뜯어내는 순간 나는 곧바로 완벽한 도둑놈이, 평생 떳떳할 수 없는 놈이 됐죠. 왜냐고요? 나머지 절반마저 훔친 셈이고, '나는 야비한 놈이지만 도둑놈은 아니다.'라고 소리칠 기회를 스스로 차 버린 꼴이 됐으니까요. 이제는 좀 이해가 됩니까?"

"왜 하필 어젯밤에 결심한 겁니까?"

예심 판사가 질문했다.

"왜냐고요? 그거야 동이 틀 녘에 자살하겠다고 선언했으니까요. 어차피 죽을 목숨이니 야비한 놈으로 죽든 어떻든 마찬가지라고 생각했던 겁니다. 그런데 마찬가지가 아니었어요. 비로소 내 사랑이 결실을 맺었으니까요. 간밤에 나를 가장 괴롭힌 것은 내가 그리고리를 죽였다는 사실이 아니었습니다. 그보다 내가 이제 빼도 박도 못하는 도둑놈이 되었다는 게 훨씬 더 괴로웠습니다. 나는 정말 많은 것을 알게 됐습니다. 야비한 놈으로 사는 것도 불가능하지만, 야비한 놈 주제에 자살하는 것도 용납될 수 없는 일이라는 것을요. 그래요, 사람은 죽더라도 떳떳해야 합니다."

드미트리는 완전히 녹초가 되어 얼굴이 창백해졌다. 검사 시보는 그런 그를 바라보며 웬일로 부드럽게 말했다.

"슬슬 이해가 됩니다, 드미트리 표도로비치. 하지만 이 모든 것은 당신의 개인적인 판단에 불과할 뿐이고, 내가 볼 땐 신경 과민 탓인 것 같습니다. 꼬박 한 달간을 그토록 괴롭게 지냈다면서 왜 카테리나에게 돈을 돌려주지 않았습니까? 치욕에서 해방될 시간은 충분했는데 말이죠. 그게 아니라면 그녀에게 당신의 실수를 고백하고 보다 현실적인 해결책을 찾을 수도 있었을 텐데, 왜 그렇게 하지 않았습니까? 아니면 삼소노프와 호흘라코바 부인에게 제안했던 담보물을 그녀에게도 제안해 볼 수 있지 않았을까요?"

드미트리의 얼굴이 새빨갛게 달아올랐다.

"내가 그 정도로 야비한 놈으로 보인다는 뜻입니까? 오, 정말이지 너무나 야비한 일이군요! 여러분이 이토록 나를 괴롭히니 하는 수 없군요. 지옥 같은 나의 속사정을 전부 고백할 수밖에요. 나도 검사님이 말한 방법을 생각해 보긴 했습니다. 사실 한 달 내내 생각했고 실제로 카테리나를 찾아가려고도 했어요. 나는 그 정도로 야비했습니다! 하지만 그녀에게 '나는 당신을 배신했다. 그리고 배신을 실행에 옮기려면 돈이 필요한데, 좀 빌려줬으면 한다. 그 돈으로 당신을 모욕한 여자와 함께 도망을 치겠다.'라고 말한다는 게 가능한 일입니까? 갑자기 정신이 어떻게 된 것 아닙니까, 검사님?"

"정신은 말짱한데, 미처 거기까진 생각을 못 했군요. 여자들이 질투라는 감정에 민감하다는 것 말입니다. 뭐, 당신의 주장대로 그녀가 이 일에 질투를 느꼈을 수도 있었겠지요."

검사 시보가 히죽 웃으며 대답하자 드미트리는 탁자를 내리쳤다.

"그건 너무도 추잡한 짓이에요. 생각만 해도 역겹습니다. 그녀라면 나한테 돈을 그냥 줄 수도 있었을 겁니다. 그래요, 분명히 그냥 줬을 겁니다. 나에게 복수를 하기 위해서라도 선뜻 주었겠지요. 그러면 나는 태연히 돈을 받았을 테고요. 그리고 한평생을…… 맙소사! 나는 이런 생각을 어제 온종일 했습니다. 그 사건이 일어나기 바로 직전까지요."

"어떤 사건 말이죠?"

예심 판사가 호기심을 갖고 끼어들었지만, 드미트리는 제대로 듣지 못하고 계속 말을 이었다.

"나는 여러분에게 끔찍한 고백을 하고 말았습니다. 부디 그것을 높이 평가해 주십시오. 만약 그렇지 않는다면 여러분은 이제까지 나를 전혀 존중하지 않으면서 그런 척했다는 뜻이고, 나는 여러분에게 진실을 밝혔으니 콱 죽어 버리겠습니다. 아, 여러분은 결국 내 말을 믿지 않는군요! 아니, 설마 이런 것까지 기록하는 겁니까?"

드미트리가 경악을 금치 못하고 소리쳤다. 예심 판사는 놀란 표정으로 그를 보며 말했다.

"그런데 좀 전의 이야기는, 그러니까 당신은 마지막 순간까지도 카테리나에게 돈을 빌릴 생각이었단 말이죠? 이건 우리에게 아주 중대한 증언입니다. 이 사건을 통틀어서 가장 중대한 증언이에요."

드미트리는 기가 막혀 말이 안 나올 지경이었다.

"말도 안 돼요. 설마 그것까지 쓰지는 않았겠지요? 부끄러운 줄 아십시오! 나는 내 영혼을 여러분 앞에서 반으로 갈라 보였습니다. 그런데도 여러분은 내 말에 귀를 기울이기는커녕 찢어진 상처를 손으로 쑤셔 대고 있어요."

그는 절망에 차서 고개를 숙였다. 검사 시보가 차갑게 입을 열었다.

"염려하지 마십시오, 드미트리 표도로비치. 지금 기록된 것은 전부 당신이 직접 확인할 수 있고, 당신이 원한다면 고쳐 적을 수도 있습니다. 다시 한 번 묻겠습니다. 당신이 돈을 몸에 지니고 다녔다는 것을 아는 사람이 정말 없습니까? 이건 솔직히, 말도 안 되는 일이긴 합니다만……."

"아무도 없다고 말했잖습니까? 젠장, 당신들은 처음부터 나를 조금도 믿지 않았어! 나를 좀 가만히 내버려 두시오."

"죄송합니다만, 이 일은 너무나 중요한 문제라서요. 시간은 아직 충분하니 잘 생각해 보십시오. 삼천 루블을 썼다고 말한 건 바로 당신입니다. 천오백 루블이 아니라 정확히 삼천 루블을 썼다고 말입니다. 우리는 이 같은 증언을 수십 개는 확보했고……."

드미트리가 검사 시보의 말을 끊고 소리쳤다.

"수십 개가 아니라 수백 개가 있겠죠. 아니 그보다 훨씬 더 많은 게 당연하죠. 그 소리를 들은 사람이 한 천 명쯤은 될 테니까요. 그러나 그건 어차피 거짓말입니다. 내가 거짓말을 했으니까 다른 사람들도 거짓을 증언할 수밖에요."

"왜 거짓말을 했습니까?"

"그냥 허풍을 좀 떠느라 그랬겠죠. 아니면 숨겨 놓은 돈에 대해 잊고 싶어서 그랬는지도 모르고요. 아, 바로 그것 때문입니다. 젠장, 같은 질문을 몇 번이나 하는 겁니까?"

"당신이 돈을 넣어 꿰맸다는 그 주머니는 크기가 어느 정도였습니까? 컸습니까?"

드미트리는 주머니에 관해 엄청난 질문을 받아야 했다. 예심 판사와 검사 시보는 주머니의 크기와 떼어 낸 시기는 물론이고 맨손으로 뜯었는지, 어디에 버렸는지, 바느질을 할 줄 아는 게 확실한지까지 물어보았다. 결국 드미트리는 지칠 대로 지친 나머지 고개를 숙이고 손으로 얼굴을 가렸다.

심문은 끝났다. 드미트리는 고개를 들고 멍하니 심문관들을 바라보았다. 그는 완전히 자포자기하여 꼼짝도 하지 않고 앉아 있었다.

동이 튼 지 한참 지나 어느새 여덟 시가 되었고, 창밖에는 비가 억수같이 쏟아지고 있었다. 예심 판사와 검사 시보는 더 이상 드미트리에게 관심을 두지 않았다. 바로 증인 심문을 시작해야 했기 때문이다. 심문이 계속되는 동안 방 안을 들락날락하던 경찰 서장과 칼가노프는 둘 다 나가 버렸고, 피곤에 지친 검사 시보와 예심 판사만 자리를 지키고 있었다. 드미트리는 초점 없는 눈으로 창문을 쳐다보다가 예심 판사에게 말했다.

"창밖을 좀 보고 싶은데요."

"얼마든지 보십시오."

드미트리는 자리에서 일어나 창가로 다가갔다. 비가 유리창을 사정없이 내리치고 있었다. 창문 바로 밑으로 지저분한 길이 보였다. 저 멀리 보이는 허름한 오두막들은 비에 흠뻑 젖어 더욱더 칙칙해 보였다. 드미트리는 첫 햇살이 비칠 때 자살하겠다고 결심하던 순간을 떠올렸다.

'그래, 이런 아침을 맞이하는 일이 죽음보다 더 가치 있는 거겠지.'

그는 쓸쓸하게 미소 지으며 심문관들 쪽으로 몸을 돌리고는 나지막하게 말했다.

"내가 끝장났다는 건 알고 있습니다. 하지만 그녀는요? 제발 그녀 얘기를 좀 해 주십시오. 그녀마저 나처럼 끝장나는 겁니까? 그녀는 결백해요. 그녀가 어제 자신 때문에 생긴 일이라고 했던 건 헛소리였어요. 나는 밤새도록 그녀를 걱정하느라 가슴이 미어졌습니다. 그 여자를 어떻게 할 건가요?"

"그 점은 걱정하지 마십시오."

검사 시보는 수사의 다음 절차 때문에 마음이 급해져서 재빨리 대답했다.

"정황상 그분이 책임질 만한 일은 전혀 없었으니까요. 앞으로 계속될 조사에서도 마찬가지이길 바랍니다. 또 마땅히 그렇게 되도록 최선을 다할 테니 마음 편히 가지세요."

"감사합니다. 그럴 줄 알았어요. 여러분은 관대하십니다. 무거운 짐을 덜어 주었으니……. 자, 이제 뭘 하면 됩니까? 나는 준비가 되어 있습니다."

"예, 좋습니다. 서둘러야겠군요. 이제 증인 심문을 시작해야 하거든요. 이 모든 것은 반드시 당신이 지켜보는 가운데 진행되어야 하며……."

예심 판사가 검사 시보의 말을 자르며 끼어들었다.

"우선 차라도 한잔합시다. 우리 모두 그 정도 고생은 한 것 같으니까요."

모두 간단히 차를 마시기로 했다. 마침 아래층에 준비되어 있던 차가 들려 왔다. 드미트리는 처음에는 거절하다가 예심 판사가 상냥하게 권하자 게걸스럽게 한 잔을 비웠다. 그는 완전히 진이 빠진 상태였다. 원래 강한 체력을 가진 그였지만 하룻밤 사이에 벌어진 엄청난 일들을 감당하기에는 무리였다. 자리에 앉아 있는 것조차 힘들었고, 때때로 물건들이 이리저리 움직이는 것처럼 보이기도 했다. 그는 속으로 '이렇게 있다간 헛소리를 할지도 모르겠어.'라고 생각했다.

제 2 7 장
판결문

이윽고 증인 심문이 시작되었다. 여기서 가장 중요한 것은, 역시나 심문관들이 삼천 루블에 대해 엄청나게 집착했다는 사실이다. 드미트리가 한 달 전 처음 술판을 벌일 때 쓴 돈이 삼천 루블이었는지 천오백 루블이었는지, 그리고 어제 있었던 두 번째 술판에서는 또 얼마를 썼는지가 주된 관심사였다. 증언은 모두 드미트리에게 불리하기만 했다. 심지어 그의 진술과는 완전히 반대라서 심문관들의 눈이 휘둥그레지기도 했다.

여관 주인 트리폰이 첫 번째로 심문을 받았다. 그는 되도록 짧고 정확하게 대답하는 자제력을 보였다. 그리고 한 달 전에 드미트리가 이곳에서 쓴 돈이 삼천 루블보다 적을 리가 없다고 분명하게 말했다. 그는 이곳에 사는 농부라면 모두 그렇게 알고 있다고도 덧붙였다. 드미트리는 될 대로 돼라는 심정으로 듣고만 있었다. 트리폰은 어제 쓴 돈 역시 삼천 루블이 확실하다고 밝혔다.

"어제 드미트리 표도로비치 나리는 저기 왼쪽 방에 합창단을 불러 놓고서, 벌써 여섯 번째로 천 루블을 던지는 셈이라고 소리쳤어요. 그러니까 지난번에 쓴 돈과 합쳐서 육천 루블이란 소리였겠죠. 칼가노프, 그분도 그때 같이 있었으니까 똑똑히 기억하실 겁니다."

심문관들은 이 '여섯 번째의 천 루블'에 주목했다. 그들은 이런 새로운 표현이 마음에 들었다. 삼에다 삼을 더하면 육, 고로 그때의 삼천 루블에다 지금의 삼천 루블을 더하면 육천 루블. 이보다 더 명확한 결론이 어디 있겠는가.

트리폰이 증언하면서 지목한 농부들과 마부 안드레이, 그리고 칼가노프 등이 차례대로 심문을 받았다. 모두 트리폰의 증언에 힘을 실어 주었다. 특히 안드레이가 드미트리와 나눈 대화는 토씨 하나 빠트리지 않고 기록되었다.

칼가노프는 내키지 않는다는 듯 인상을 잔뜩 쓰고 들어왔다. 심문관들과는 오래전부터 잘 아는 사이였는데, 웬일인지 난생처음 그들을 보는 것처럼 뻣뻣하게 굴었다. 그는 아무것도 모르고 알고 싶은 것도 없다는 투였다. 여섯 번째의 천 루블이라는 말은 들었지만, 드미트리의 손에 정확히 얼마가 있었는지는 모른다고 밝혔다.

그는 폴란드 인들이 카드놀이를 할 때 드미트리를 속인 사실도 증언했다. 폴란드 인들이 쫓겨난 다음에 그루센카가 드미트리에게 사랑을 고백한 사실 역시 칼가노프를 통해 밝혀졌다. 검사 시보는 자신을 향한 혐오감을 숨기지 않는 이 젊은이를 오랫동안 심문했다. 오직 칼가노프를 통해서만 간밤에 있었던 드미트리의 로맨스에 대해 속속들이 알 수 있었기 때문이다. 드미트리는 단 한 번도 칼가노프의 이야기를 제지하지 않았다. 증언을 마친 청년은 너무 분하다는 듯 씩씩거리며 물러났다.

폴란드 인들도 심문을 받았다. 그들은 심문관들이 도착하자마자 옷을 차려입고 대기하고 있었다. 키가 작은 폴란드 인은 퇴역한 12등관의 관리로 성은 무샬로비치였다. 키가 큰 폴란드 인은 개인 병원을 운영하는 치과 의사였다.

키 작은 폴란드 인은 그루센카와의 관계에 대해 오만한 어조로 진술하기 시작했다. 드미트리는 곧바로 이성을 잃고 야비한 놈이 떠드는 꼴은 못 보겠다며 소리쳤다. 폴란드 인은 즉시 '야비한 놈'이라는 단어를 꼭 기록해 달라고 말했고, 드미트리는 길길이 날뛰었다.

"그래, 이 야비한 놈아! 몇 번이라도 쓰십시오. 난 끝까지 야비한 놈이라고 외칠 테니까!"

예심 판사는 이 모든 것을 기록한 후, 다른 문제를 물어보기 시작했다. 곧 심문관들의 호기심을 불러일으킬 만한 증언이 나왔다. 드미트리가 폴란드 인들을 돈으로 매수하려고 한 사실이 밝혀진 것이었다. 그가 삼천 루블을 확실히 줄 테지만, 지금은 그만한 돈이 없으니 일단 칠백 루블만 주고 나머지는 내일 시내에 가서 주겠다고 맹세했다는 증언은 심문관들을 흥분의 도가니로 몰아넣었다. 드미트리는 시내에 가서 주겠다고 말한 적은 없다고 주장했다가, 인상을 잔뜩 쓰며 '저 폴란드 양반들 말마따나 자기는 그때 대단히 흥분했으니까 그랬을 수도 있겠다.'라고 동의했다.

이 증언을 통해 심문관들은 드미트리가 가지고 있던 삼천 루블의 절반 혹은 일부가 시내 어딘가에, 아니면 여기 모크로예 어딘가에 숨겨져 있을 거라고 추측했다. 그러자 드미트리의 몸을 수색할 때 겨우 팔백 루블밖에 발견되지 않았다는 사실도 완벽히 이해가 갔다. 이로써 드미트리에게 유리한 증거는 하나도 남지 않게 되었다.

검사 시보는 드미트리에게 천오백 루블밖에 없었는데 폴란드 인에게 줄 돈은 어떻게 마련할 생각이었느냐고 물었다. 그러자 드미트리는 돈이 아니라 삼소노프와 호흘라코바 부인에게 제안한 그 권리, 바로 체르마쉬냐의 소유권을 주려 했다고 대답했다. 검사 시보는 피식 웃으며 그를 무시했다.

"당신이 준다고 저 사람이 현금 대신 그 권리를 기꺼이 받았을 것 같습니까?"

"틀림없이 그랬을 겁니다."

드미트리가 딱 잘라 말했다.

"그렇게 되면 저 작자는 이천 루블이 아니라 사천 루블, 아니 육천 루블이 넘는 돈을 챙기는 셈이니까요. 사실 그 소유권이면 돈 몇 천 루블이 아니라 우리 아버지한테서 체르마쉬냐 전체를 가로챌 수 있는걸요."

그러나 드미트리의 이 같은 주장은 씨알도 먹히지 않은 채로 폴란드 인들의 심문이 끝났다. 심문관들은 그들이 카드놀이에서 속임수를 쓴 것에 대해서는 아무 말도 하지 않았다.

다음에는 막시모프가 호출됐다. 그는 겁을 잔뜩 먹고 종종걸음으로 나타났다. 그는 아래층에서 줄곧 안절부절못한 채 그루센카 곁을 맴돌고 있었다. 나중에 경찰 서장이 전한 바로는, 그는 말없이 그루센카의 곁에 앉아서 그녀가 불쌍해 죽겠다는 듯 걸핏하면 눈물을 훔치곤 했다고 한다. 막시모프는 자기가 워낙 가난해서 드미트리한테 십 루블을 빌렸는데, 이 일과는 상관없이 곧 갚겠다는 등의 고백을 늘어놓았다. 예심 판사는 그에게 드미트리의 돈뭉치를 봤을 텐데 정확히 얼마였냐고 물었다. 그러자 그는 뜬금없이 이만 루블이었다고 대답했다.

"전에도 이만 루블을 본 적이 있습니까?"

예심 판사는 미소를 띠고 계속 질문했다.

"네, 그럼요. 아, 이만 루블은 아니었고 칠천 루블이었습니다. 우리 마누라가 마을을 저당잡혔을 때요. 아주 두툼한 돈뭉치였고, 모두 무지갯빛 지폐였어요. 드미트리 표도로비치가 가지고 있던 돈도 모두 무지갯빛이었지요."

막시모프의 심문은 이렇게 끝나고 마지막으로 그루셴카의 차례가 왔다. 심문관들은 그녀가 나타나면 혹시 드미트리가 난동을 부리지 않을까 염려하는 눈치였다. 그래서 예심 판사가 미리 그에게 훈계 삼아 몇 마디를 던졌고, 드미트리는 말없이 고개를 숙여 소란을 피우지 않겠다는 뜻을 내비쳤다.

경찰 서장이 그루셴카를 데려왔다. 그녀는 예심 판사의 맞은편 의자에 조용히 앉았다. 얼굴이 아주 창백했고 한기를 느끼는지 숄로 몸을 감싸고 있었다. 정말로 그때 그녀는 몸살 기운이 있었고, 이러한 증상은 그날 이후 오랫동안 그녀를 괴롭히는 병으로 커지고 말았다.

그녀의 단아한 자태, 진지한 시선, 평온한 말투는 누구나 호감을 갖게 했다. 예심 판사는 사실 그녀에게 약간 매혹되기까지 했다. 그는 훗날 어디선가 그루셴카 이야기를 하면서, 전에도 보긴 했지만 심문을 하던 순간 그녀가 얼마나 엄청난 미인인지를 새삼 깨달았다고 고백했다.

방으로 들어서면서 그루셴카는 드미트리를 힐끔 바라보았다.

드미트리는 내심 불안한 마음으로 그녀를 기다리다가, 그 순간 그녀의 표정을 보고서 안심했다. 곧 예심 판사의 심문이 시작되었다.

"퇴역 중위 드미트리 표도로비치와는 어떤 관계였습니까?"

그루센카는 차분하게 입을 열었다.

"그냥 아는 사이였다가, 최근 한 달 동안 매우 가까워져서 우리 집에 자주 오가곤 했습니다."

이어지는 질문들에도 그녀는 거침없이 노골적으로 대답했다. 드미트리를 사랑한 것은 아니었고 괜히 심술에 사로잡혀서 그를 유혹했다, 죽은 표도르 파블로비치도 같은 목적으로 유혹했다, 드미트리가 다른 남자들한테 질투를 느끼는 것을 종종 보았는데 자기에게는 오히려 그게 위안거리였다, 표도르 파블로비치에게 시집갈 생각은 애초부터 없었고 그저 그를 좀 골려 줬을 뿐이다, 하는 내용이었다.

"지난 한 달 내내 이 두 사람은 안중에도 없었어요. 나한테 몹쓸 짓을 한 다른 사람을 기다리고 있었거든요. 이 문제는 내 사생활이니까 여러분께 더 이야기할 이유는 없겠네요."

예심 판사는 그 의견에 동의했다. 그녀의 말대로 로맨스와 관련된 심문은 그만두고, 바로 삼천 루블에 대한 질문으로 넘어갔다. 그루센카는 한 달 전 드미트리가 모크로예에서 쓴 돈은 정말로 삼천 루블이었다, 돈을 직접 세어 보지는 않았지만 그에게서 삼천 루블이라는 말을 들었다고 증언했다.

"단둘이 있을 때 그가 직접 말했습니까, 아니면 다른 사람이 있을 때 그랬습니까? 혹시 그가 다른 사람에게 한 얘기를 당신이 엿들은 것은 아닙니까?"

검사 시보가 집요하게 물었다.

"사람들이 있는 데서도 들었고, 그가 다른 사람들과 말할 때에도 들었어요. 단둘이 있을 때에도 그에게서 직접 들었고요."

"그와 단둘이 있을 때 들은 건 한 번이었습니까, 여러 번이었습니까?"

검사 시보는 다시금 물으며 여러 번 들었다는 증언을 얻어 냈다. 그는 그녀의 증언이 아주 만족스러웠다. 이어지는 심문 과정에서 그루센카는 드미트리가 카테리나한테서 돈을 슬쩍한 것을 알고 있었다고 고백했다.

"한 달 전에 당신도 함께 쓴 그 돈이 삼천 루블이 아니라 그보다 더 적었고, 또 드미트리 표도로비치가 그 돈 중 절반을 따로 보관해 두었다는 얘기를 들은 적은 있습니까?"

그루센카는 그런 이야기는 들은 적이 없었고, 오히려 드미트리가 한 달 내내 자기는 땡전 한 푼 없는 거지나 다름없다고 자주 말했음을 증언했다.

"그는 아버지에게서 돈을 받게 되길 줄곧 바랐어요."

그루센카는 돈에 관련된 증언을 이렇게 끝맺었다.

"드미트리 표도로비치가 자기 아버지를 죽이겠다고 하는 말을 들은 적이 있습니까?"

예심 판사가 그녀에게 물었다.

"아, 왜 없겠어요!"

그루센카가 한숨을 내쉬었다.

"한 번입니까, 여러 번입니까?"

"여러 번이나 그랬죠, 늘 화가 난 상태에서."

"그럼 그가 그걸 실행에 옮기리라고 믿었습니까?"

"아뇨, 절대로 믿지 않았어요! 그는 고결한 마음씨를 가진 사람이니까요."

그녀의 증언에는 단호함이 배어 있었다.

"여러분, 죄송합니다만……."

갑자기 드미트리가 끼어들었다.

"여러분이 있는 데서 그루센카에게 딱 한마디만 하겠습니다."

"좋습니다."

예심 판사가 허락했다.

드미트리는 자리에서 일어나 말했다.

"그루센카, 하느님을 믿는다면 나도 믿어 줘! 나는 절대로 아버지를 죽이지 않았어."

드미트리는 말을 마친 후 다시 의자에 앉았다. 그루센카는 자리에서 일어나 경건하게 성호를 그으며 떨리는 목소리로 말했다.

"당신에게 주님의 영광이 함께하길!"

그녀는 그대로 서서 예심 판사를 바라보며 덧붙였다.

"저분이 지금 말한 것을 그대로 믿어 주세요! 나는 저분을 아주 잘 압니다. 양심에 위배되는 일이나 거짓말은 절대로 하지 않을 사람이에요. 그야말로 진실만을 말하는 분이니, 제발 믿어 주세요!"

"고마워, 그루센카. 이렇게 힘이 되어 주어서!"

드미트리가 떨리는 목소리로 소리쳤다.

그루센카의 심문도 끝났다. 예심 판사는 그녀에게 이제 집으로 돌아가도 좋다고 말했다. 그리고 혹시 마차가 필요하거나 누군가가 바래다주기를 원한다면 자신이 나서서 돕겠다고도 했다. 그루센카는 고개를 깊이 숙이며 거절했다.

"고마운 말씀이지만, 나는 막시모프와 함께 가면 됩니다. 그리고 허락해 주신다면 저분의 일이 정리될 때까지 아래층에서 기다리고 싶은데요."

그녀는 그렇게 아래층으로 향했다. 드미트리는 그녀 덕분에 마음의 안정을 찾았다. 안색도 아까보다 훨씬 나아져 있었다. 그러나 그것은 잠깐이었다. 곧 엄청난 무기력이 그를 휘감았고 시간이 갈수록 점점 심해졌다. 너무 피곤한 나머지 자꾸 눈이 감기기도 했다.

마침내 증인 심문이 끝났다. 심문관들은 조서를 다시 한 번 검토했다. 드미트리는 의자에서 일어나 구석에 있는 커다란 궤짝 위에 누웠다. 그는 순식간에 잠이 들어 버렸다. 그러곤 아주 이상한 꿈을 꾸었다.

그는 아주 오래전에 근무했던 마을의 들판을 달리고 있었다. 축축한 진눈깨비가 흩날렸다. 몹시 추웠다. 힘차게 말을 모는 마부는 쉰 살 정도로 보였으며 황갈색 턱수염을 길게 기르고 있었다.

저기 멀지 않은 곳에 마을이, 시커먼 오두막들이 보이기 시작했다. 그런데 절반 정도는 불에 타 버려서 기둥만 비죽비죽 서 있었다. 마을 안으로 들어가 보니 길가에 수없이 많은 아낙네들이 줄지어 서 있었다. 하나같이 바싹 여윈 데다가 누런 낯빛이었다. 그중에서도 피골이 상접할 정도로 마르고 키가 큰 한 아낙네가 눈이 띄었다. 마흔 살쯤 되어 보였지만, 어쩌면 겨우 스무 살밖에 안 됐는지도 몰랐다.

가까이 다가가 보니, 그녀의 품에 안긴 아기가 울고 있었다. 어미의 젖가슴이 바싹 말라서 젖이 한 방울도 나오지 않는 듯했다. 갓난아기는 연신 울어 대면서 고사리 같은 손을 뻗어 어미의 가슴을 더듬었다. 날이 너무 추운 탓에 손가락이 새파랗게 얼어 있었다.

"아니, 아기가 왜 저렇게 우는 건가?"

드미트리가 그들 곁을 지나가면서 물었다.

"갓난쟁이입니다. 그저 갓난쟁이가 울고 있는 겁니다."

마부의 대답을 들은 드미트리는 충격을 받았다. '아기'라고 하지 않고 자기네 농부들끼리 말하는 식으로 '갓난쟁이'라는 표현을 썼기 때문이다. 그는 왠지 더 애처롭고 따뜻한 정이 담긴 듯한 '갓난쟁이'라는 말이 마음에 들었다.

"그래, 갓난쟁이가 왜 울고 있지?"

드미트리는 대답을 재촉했다.

"갓난쟁이의 손을 왜 저렇게 두는 거야? 뭘로 좀 감싸 주지 않고?"

"옷도 몽땅 얼어붙었으니 갓난쟁이가 꽁꽁 얼어도 별수가 없지요."

"대체 왜 그런 거야, 왜?"

멍청한 드미트리는 여전히 물러서지 않았다.

"왜긴요? 찢어지게 가난한 데다가 이렇게 불까지 났으니까요. 어떻게든 다시 집을 짓겠다고 구걸하는 겁니다."

"아, 말도 안 돼."

드미트리는 여전히 뭐가 뭔지 모르겠다는 투로 말했다.

"집을 잃은 애 엄마들이 왜 저렇게 서 있는 거야? 사람들은 왜 가난한 거지? 갓난쟁이는 또 왜 가난하고? 왜 들판이 이렇게 황량해? 왜 저들은 서로 껴안지도 않고 입을 맞추지도 않는 거야? 왜 기쁘게 노래하지 않아? 왜 끔찍한 재앙은 하필 저들에게 찾아와서 저토록 시커멓게 만들었을까? 갓난쟁이가 저렇게 울고 있는데 왜 젖을 물리지 않는 거야?"

드미트리는 자기가 얼토당토않은 질문을 퍼붓고 있음을 느꼈다. 그러나 꼭 이런 식으로 묻고 싶었고, 또 이런 식이 아니면 안 될 것만 같았다. 그는 지금까지는 한 번도 경험해 보지 못한 벅찬 감동이 가슴속에서 솟아오르는 것을 느꼈다. 울고 싶었다. 갓난쟁이가 더 이상 울지 않도록, 시커멓게 말라 버린 애 엄마가 울지 않도록, 모든 사람이 절대 눈물을 흘리지 않도록 뭔가를 해 주고 싶었다. 지금 당장 카라마조프답게 앞뒤 가리지 않고 나서서 그들을 돕고 싶었다.

"나도 당신과 함께할 거야. 당신을 혼자 내버려 두지 않을 거야. 평생 동안 당신 곁에 있을 거야."

그루센카의 정겨운 목소리가 그의 귓가에 울려 퍼졌다. 갑자기 그의 심장이 활활 타오르는 것 같았다. 살고 싶다, 정말 살고 싶다! 새로운 빛을 향해 떠나고 싶다! 지금, 지금 당장!

"뭐라고? 어디로?"

드미트리는 눈을 크게 뜨고 정신을 차리면서 이렇게 소리쳤다. 그의 얼굴에는 환한 미소가 번져 있었다.

예심 판사가 그를 내려다보면서 조서를 읽어 줄 테니 잘 듣고 서명을 해 달라고 말했다. 그제야 드미트리는 자기가 잠시 잠이 들었던 것을 깨달았다. 예심 판사의 말은 신경 쓰지 않은 채 주위를 둘러보는데, 아까 궤짝 위로 쓰러질 때만 해도 없었던 베개가 머리맡에 놓여 있었다.

"누가 내 머리맡에 베개를 놓아 준 겁니까? 정말 착한 사람이군요!"

드미트리는 누군가의 작은 자비 덕분에 모든 고통을 잊을 수 있었다며 눈물까지 글썽였다. 그 착한 사람이 누구였는지는 나중에도 밝혀지지 않았다. 다만 그를 지켜보던 서기가 안쓰러운 마음에 베개를 받쳐 주었을 것이라고 추측할 뿐이다. 어쨌든 드미트리는 감동을 받았고 뭐든지 다 서명하기로 결심했다.

"나는 좋은 꿈을 꾸었습니다, 여러분."

그는 완전히 다른 사람으로 다시 태어난 듯한 마음으로 조서에 서명했다. 예심 판사는 의기양양하게 다음과 같은 내용의 '판결문'을 읽어 주었다.

XXXX년 0월 0일, 모처에서 모 지방 재판소의 예심 판사가 드미트리 표도로비치 카라마조프를 이러저러한 죄목의 피고로서 심문한 결과, 피고가 자신의 혐의를 인정하지 않으면서 혐의를 벗을 수 있을 만한 어떤 증거도 제시하지 않았다. 반면, 증인들의 진술과 모든 정황들로 볼 때 그의 소행임이 확실하다. 그러므로 형법 몇 조와 몇 조에 의거하여 다음과 같은 판결을 내린다.

드미트리 표도로비치 카라마조프가 심리와 재판을 회피할 가능성을 차단하기 위하여 그를 모 구치소에 감금하고, 이 점을 피고에게도 알린다. 이 판결문의 사본은 검사 시보에게 전달한다.

한마디로 드미트리는 완전히 살인범이 된 셈이며, 곧 시내로 호송되어 감옥에 갇히게 될 것이라는 소리였다. 모든 걸 다 듣고도 드미트리는 그저 어깨를 으쓱할 뿐이었다.

"여러분으로서도 어쩔 수 없었다는 것을 알고 있습니다. 나는 준비가 됐습니다."

예심 판사는 지금 여기에 와 있는 지서장이 그를 호송할 것이라고 상냥하게 설명해 주었다.

"잠깐만요!"

드미트리가 방 안에 있는 사람들을 둘러보며 말했다.

"여러분, 나는 날마다 어제보다 나아질 것을 다짐하면서 살아왔습니다. 그러면서도 한결같이 추잡한 짓만 저질렀죠. 나 같은 놈들은 운명의 가혹한 심판을 받아야 된다는 것을 이제야 깨달았습니다. 올가미로 꽁꽁 묶어 놓고 혼자서는 절대 일어날 수 없게 해야 된다는 것을요. 온 세상 사람들이 내게 살인자라고 손가락질해도 달게 받아들이겠습니다. 나는 고통받고 싶습니다. 고통을 통해 정화될 테니까요!

한 번만 더 내 얘기를 들어 주십시오. 나는 내 아버지의 피에 대해선 무죄입니다. 처벌을 달게 받겠다는 것은 아버지를 진짜 죽여서가 아니라, 죽이고 싶었고 어쩌면 정말로 죽였을지도 모르기 때문입니다.

나는 여러분과 싸울 생각입니다. 끝까지 싸운 후에 하느님의 결정에 따르겠습니다. 안녕히 계십시오. 심문을 받을 때 여러분에게 소리치고 화낸 일은 용서해 주십시오. 그때만 해도 나는 정말 멍청했으니까요. 뒤돌아서는 순간, 나는 죄인이 됩니다. 이 드미트리 표도로비치 카라마조프가 자유의 몸으로 내미는 마지막 손을 잡아 주십시오. 여러분과 모두에게 마지막 인사를 전합니다!"

이러면서 드미트리가 정말로 손을 내밀었는데, 예심 판사는 몸을 움찔하면서 손을 뒤로 뺐다. 드미트리는 이것을 알아차리고 대번에 내밀었던 손을 거두었다. 예심 판사가 멋쩍어 하면서 입을 열었다.

"심문은 아직 끝나지 않았습니다. 시내에 가서도 계속될 테니까요. 아무쪼록 일이 다 잘돼서 당신이 무죄 판결을 받길 바랍니다. 솔직히 나는 당신을 죄인이라기보다는 불행한 사람으로 여기고 있습니다. 우리 모두 당신의 근본은 매우 선량하다는 것을 인정합니다. 정말 안타깝습니다. 이렇게 고결한 젊은이가 어쩌다가 그토록 잔인한 사건에 연루됐는지……."

예심 판사가 말끝을 흐렸다. 드미트리는 그에게 물었다.

"그녀에게 작별 인사를 해도 될까요?"

"당연합니다. 그러나 반드시 누군가가 함께 있어야만 합니다."

"그럼 함께 있어 주시죠."

사람들이 그루센카를 데려왔다. 그루센카는 고개를 깊이 숙여 드미트리에게 인사했다.

"나는 이미 당신 거예요. 앞으로도 영원히 나는 당신과 함께할 거예요! 잘 가요, 아무 죄도 없이 스스로를 파멸시킨 사람!"

그녀의 눈에서는 쉴 새 없이 눈물이 흘러내렸다.

"그루센카, 당신을 사랑한 내 죄를 용서해 줘. 내 어리석은 사랑이 당신마저 파멸시켰으니……."

드미트리는 하고 싶은 말이 더 있는 듯했으나 입을 꾹 다물고 밖으로 나갔다.

그의 주위로 사람들이 몰려들었다. 그가 어제 요란스럽게 등장했던 현관에는 호송 마차 두 대가 도착해 있었다. 미리 와 있던 지서장은 드미트리에게 화를 내면서 어서 마차에 타라고 소리쳤다.

'이 사람도 전에 나한테 술을 얻어먹을 때와는 사뭇 다르군.'

드미트리는 돌변한 사람들의 태도 때문에 침울해 하며 마차에 올랐다.

트리폰도 현관 층계참에서 내려왔다. 그는 뒷짐을 지고 서서 오만한 표정으로 드미트리를 바라보고만 있었다. 대문 곁은 근처에 사는 사람들이 모여 인산인해를 이루고 있었다.

"안녕히들 계시오, 하느님의 사람들!"

드미트리가 마차 안에서 이렇게 소리쳤다.

"우리를 용서해 주시구려."

이렇게 외치는 두서넛의 목소리가 들렸다.

"안녕히 가십시오, 드미트리 표도로비치. 안녕히!"

갑자기 어디선가 칼가노프의 목소리가 들려왔다. 그는 호송 마차까지 달려와서 드미트리에게 손을 내밀었다. 정신없이 나왔는지 모자도 쓰지 않은 채였다. 드미트리는 그의 손을 잡았다.

"잘 있게, 사랑스러운 사람! 자네의 관대한 마음은 절대로 잊지 않겠네!"

드미트리를 태운 호송 마차가 쩔렁쩔렁 방울 소리를 내며 출발했다.

푸 른 숲
징 검 다 리
클 래 식
0 2 9

카라마조프 집안의 형제들 2

첫판 1쇄 펴낸날 2010년 11월 15일
7쇄 펴낸날 2023년 10월 10일

지은이 표도르 M. 도스토옙스키   **옮긴이** 서상범
발행인 김혜경   **편집인** 김수진
주니어 본부장 박창희
편집 강정윤 정예림 조승현
디자인 전윤정 김혜은
마케팅 최창호 임선주
경영지원국 안정숙
회계 임옥희 양여진 김주연

펴낸곳 (주)도서출판 푸른숲
출판등록 2003년 12월 17일 제2003-000032호
주소 경기도 파주시 심학산로 10, 우편번호 10881
전화 031) 955-9010   **팩스** 031) 955-9009
홈페이지 www.prunsoop.co.kr   **인스타그램** @psoopjr
이메일 psoopjr@prunsoop.co.kr

ⓒ 푸른숲주니어, 2010
ISBN 978-89-7184-907-1 44890
    978-89-7184-464-9 (세트)